KB134380

Re: 제로

Re: Life in a different world from zero

부터 시작하는 이세계 생활

「구신장 확보다」.

「네 염려를 걷어 낼 방법은 있다.

내가 해야 할 일을 이루려면 오히려 필수인 방법이.

「필수 조건……」

「네 이름 말이다. 설마 자기 자신과 함께 이름도 잃었나?

하나 그렇다고 하기에는 무명인이 아니라,

번듯하게 이름으로 불리지 않았더냐. 그건 확실히……」

「렘입니다.」

Re: Life in a different world from zero

The only ability I got in a different world "Returns by Death"
I die again and again to save her.

CONTENTS

Re:제로

Re: Life in a different world from zero

부터 시작하는 이세계 생활

28

나가츠키 탓페이 지음
오츠카 신이치로 일러스트

표지 · 본문 일러스트
오츠카 신이치로

제1장 『재회는 타오르는 피처럼』

1

——작열하는 불꽃처럼 강렬한, 짙게 풍기는 피처럼 '붉은' 여자였다.

성곽도시 과랄의 도시청사. 갑자기 전장으로 변모한 황폐한 참상. 붉게 빛나는 보검을 든 폭력적인 미모의 주인이 그 최상층의 시선을 독차지하고 있었다.

눈부신 주황색 머리카락, 핏빛의 화려한 드레스. 여성적인 매력이 넘치는 몸매에 보검을 든 사람은 그 뒷모습만으로도 강렬한 인상을 선사했다.

말문을 잃고 그 등을 바라보며 두 팔을 벌린 스바루의 사고는 혼란으로 가득 채워졌다.

어째서냐는, 무수한 의문이 스바루의 뇌를 지배하고——.

"얼빠진 얼굴이로구나, 어리석은 것. 소녀의 고귀한 모습에 눈이 타 버렸느냐."

"——읏, 뒤통수에 눈이라도 달렸냐."

"멍청한 것. 소녀가 그와 같은 괴물로 보이느냐? 어리석은 것의 표정쯤이야 숨결로도 알 수 있다."

단 한마디로 스바루를 제정신으로 되돌린 여자── 프리실라 바리에르.

오만불손을 그림으로 그린 듯한, 루그니카 왕국의 왕선(王選)에 참가한 후보자 중 한 명. 스바루와도 아는 사이이며 입장상 볼라키아 제국에 있을 리가 없는 존재였다.

"그러면."

그런 의문의 여지를 내버려 두고 프리실라의 붉은 눈이 주위를 깔아보았다.

흔적도 남지 않은 도시청사의 최상층, 『슈드라크의 민족』이나 제국 이장(二將)인 지크르는 부상당해 움직이지 못하고, 의식이 있는 것은 스바루와 등 뒤의 렘, 그리고 발코니의 아벨뿐.

그리고 그 피해를 초래한 것은──.

"──아라키아."

프리실라의 얇은 입술이 우두커니 선 은발의 반수인(半獸人)── 아라키아를 가리켰다.

볼라키아 제국 제2위의 실력자로 간주되며, 그 간판에 어긋나지 않는 실력의 편린을 과시한 소녀. 아라키아는 안대로 가리지 않은 오른쪽 붉은 눈으로 자신을 부른 프리실라를 응시했다.

그것은 강고한 자아와 사명감의 충돌── 아니, 그게 아니었다.

"공주, 님……."

방금까지 초연히, 확고한 자기 세계를 확립하던 아라키아.

그러나 프리실라의 눈빛을 받자마자 그 세계는 보기에도 처참하게 붕괴하고 있었다.

　"공주님, 공주님, 공주니임⋯⋯."

　아라키아가 위험한 분위기를 흩어 버리며 연방 확인하듯 말했다.

　그것은 길을 잃은 어린아이가 부모와 재회한 것처럼, 어린 동생이 사랑하는 언니와의 유대를 확인하려는 것처럼, 매달리는 듯한 집착이 느껴졌다.

　──프리실라와 아라키아, 둘의 관계는 스바루를 비롯한 타인이 알 수 없다.

　다만 둘 사이에 예사롭지 않은 과거가 있으며, 그 과거가 아라키아의 전의를 꺾었음은 알 수 있었다.

　"──읏."

　아라키아가 쥐고 있던 가느다란 나뭇가지를 내리고 감격에 겨운 모습으로 앞으로 나섰다. 곧장 프리실라의 가슴에 뛰어들어 재회의 감동을 나누려고 했다.

　그러나──.

　"공주──."

　"닥쳐라."

　그 바람은 이루어지지 않았다.

　짧고 매서운 한마디는 옆으로 그어지는 한 가닥 섬광을 동반한 것이었다.

　한 발짝 내디디려던 아라키아, 맨발인 그 발끝으로부터 불과 몇 센티미터 앞을 붉은 궤적이 휩쓸고 붉은 화염이 그 이상의 전진을 가로막듯이 타올랐다.

"_____."

기껏해야 정강이까지 오는, 모닥불 같은 화력의 불이었다.

마음만 먹으면 아라키아의 긴 다리로 훌쩍 넘을 만한 크기의 불——. 하지만 아라키아는 마치 넘을 수 없는 뜨거운 불길이 놓인 것처럼 움직이지 못했다.

그대로 사고정지에 빠진 아라키아에게 프리실라가 싸늘하게 말했다.

"아라키아, 너는 방금, 어이하여 소녀에게로 오려 했지?"

"아……?"

"설마 소녀가 재회에 가슴이 벅차서 너를 이 팔로 안기라도 할 줄 알았느냐? 그렇다면 네 태평한 발상에 아주 질릴 수밖에 없구나."

거듭된 프리실라의 말은 아라키아의 접근을 완전히 거절하고 있었다.

그 단절을 이해하고 아연하게 눈을 부릅뜬 아라키아의 눈이 일렁거렸다. 필사적으로 프리실라의 말에 대꾸할 최적의 해답을 찾으려는 눈이 흔들리고 있었다.

"프, 프리스카 님……."

"프리스카는 죽었다. ——시간이 흐르고 지위를 얻고도 너는 아무것도 변하지 않았는가."

진심으로 기대가 어긋났다는 듯이 프리실라가 한숨지었다.

솔직히 프리실라의 진의, 지금의 속내를 헤아릴 재료는 한참 부족하다. 다만 그 매몰찬 말이 아라키아의 마음을 찢고 유혈을 강요하고 있음을 스바루도 알 수 있었다.

소중한 인연이 있었던 상대에게, 그 인연을 정면으로 부정당하는 고통.

그것은 스바루에게도 친근한 아픔이다. 몸을 가누지 못하고 주저앉아도 이상하지 않은 아픔. 그러나 아라키아는 무릎을 굽히지 않고 그 붉은 외눈에 격정을 지폈다.

분노가 아니라 결의나 각오라고 해야 할 등불을.

"……공주님이, 어떻게 여기든 상관없어. 괴롭긴 해도. 하지만 난 결심했으니까."

"──호오, 결심이라. 소녀의 관심을 다시 끌어 보겠느냐? 무엇을 결심했는지 말해 보아라."

차분한 아라키아의 호소에 마음이 동하는지 시큰둥한지 알 수 없는 프리실라가 도발적으로 내뱉었다. 그 물음에 아라키아는 "나는!" 하고 고개를 들어 부르짖었다.

부르짖으면서 아라키아의 호리호리한 몸이 무릎을 굽히고.

"제국에! 공주님이 있을 곳을 되찾겠어! 그러기 위해서──."

감정을 터트린 아라키아, 그 감정이 향하는 곳은 귀도 기울이지 않는 프리실라──가 아니었다.

그 외눈은 프리실라로부터 떨어져 엉뚱한 방향을 바라본다. 격정이 향한 곳은 여전히 발코니에서 추이를 지켜보는 흑발의 미장부, 아벨이었다.

"거짓말쟁이 각하를──!!"

격정에 눈을 불태우며 아라키아의 날씬한 몸이 공중을 날았다. 프리실라와의 사이에 있는 화염의 단절을 무시하고 발코니에 있는 아벨을 겨냥했다.

　이미 피폐해진 스바루나 렘에게 그 흉행을 막을 방법은 없었다.

　"프리실라!"

　"――――."

　눈앞의 등을 향해 스바루가 외쳤다. 하지만 보검을 든 프리실라는 미동도 하지 않는다.

　그 붉은 눈은 발코니에 뛰어드는 아라키아와 그것을 응시하는 아벨을 보고 있었다.

　이마에서 피를 흘리며 반파된 발코니 난간을 잡고 서 있는 아벨에게, 제국 최강급인 아라키아와 싸울 실력은 없다. ――그런데도 그 검은 눈에 절망은 없었다.

　"아벨――!!"

　움직이지 않는 프리실라 대신 달려가려다가, 처음 한 발짝에서 스바루는 휘청거렸다. 발에 힘을 주지 못해 그저 손만 뻗을 수밖에 없는 시야에서 아라키아가 아벨에게 다가가고――.

　"――――."

　그 순간, 연쇄적으로 일어난 일련의 사건은 스바루의 이해력을 넘어서고 있었다.

　아벨이 육박하는 아라키아를 응시하면서 발코니 바닥을 세게 밟았다. 그 직후, 반파된 발코니에 균열이 확대되어 바닥이 단숨에 붕괴했다.

무너지는 바닥에 휩쓸려 아벨도 속수무책으로 추락하고——
아니, 그 몸이 공중에 매달렸다. 머리 위로 팔을 뻗어서 발코니
에 딸린 커튼을 잡고 있었다.

　난간에 올린 손 밑에 구명줄을 숨기고 자기 의지로 발판을 무
너뜨린 것이다.

　상대가 잡병이라면, 붕괴와 함께 아래로 떨어뜨려 일망타진이
가능한 작전이었을지도 모른다.

　그러나 상대는 제국 최강의 『구신장(九神將)』, 그것도 제2위
의 실력자다.

　"헛수작을……!"

　구명줄을 잡고 진자처럼 흔들리는 아벨에게 아라키아가 적의
를 드러냈다.

　아벨의 획책에 착지할 발판을 잃은 아라키아. 하지만 애초에
초인적인 신체 능력에 더해서 초인적인 이능을 지닌 것이 이 소
녀의 강점이다.

　그 다리가 아지랑이처럼 일렁이나 싶더니 무릎 아래가 단숨에
불타올랐다. 불꽃처럼 변한 다리는 마치 노즐에서 화염을 뿜는
기동병기처럼 공중에서 자세를 제어했다.

　미젤다를 태운 화염, 집단을 쓸어버린 회오리, 쓰러지는 기둥
을 받친 바닥의 변형, 렘의 무장을 해제한 돌풍, 그리고 급기야
자기 몸의 일부를 불꽃으로 바꾸기까지 한다.

　아라키아의 이능, 그 다채로움과 위협성은 한계가 전혀 보이
지 않았다.

"각하, 죽어 줘——!"

그리고 자력으로 자세를 유지하지 못해 빙글빙글 돌고 있는 아벨을 향해 어느 정도의 위력이 담겼을지 모르는 나뭇가지를 겨누었다.

그것으로 찌를지, 아니면 마법을 쏠지, 더 별개의 초상적인 효과를 발휘할지는 알 수 없다. ——알 수 없지만, 어느 것이라도 아벨은 산산조각 난다.

그런 확신만이 스바루의 검은 동공을 초조감과 긴박감으로 오므라들게 했다.

그러나——.

"——장난 아니잖아, 형제. 방금 목소리 듣기 전까지 나도 형제인 줄 몰랐어."

그 순간, 귀기가 감도는 아라키아와 공중에 매달린 아벨 사이에 인영이 끼어들었다.

인영은 설탕세공품으로 변한 바닥에 고정된 기둥 위를 달려 나가서, 내지른 나뭇가지에 일격을 가했다. 날이 두꺼운 청룡도의 검격이 돌진하는 아라키아의 기세를 억지로 덜어냈다.

공격이 방해받자 입술을 깨문 아라키아의 다리가 화력을 더해 고도를 올렸다. 한편, 혼신의 기습이 무난하게 막힌 인물은 "으아아!" 하고 착지하고 발을 굴렀다.

"젠장, 팔 아파 죽겠네! 남의 혼신을 다한 공격을 가뿐하게 받아치지 마라, 기죽잖아."

튕겨나간 팔을 흔들면서 푸념으로 방금 일어난 일을 정리한다.

참으로 맹한 대사지만, 말문을 잃은 스바루에게는 그 점을 꼬집을 여유가 없었다. 그저 또다시 나타난 상상의 범주 밖에 있는 인물에 목소리도 내지 못하고 눈을 부릅뜰 뿐이다.

칠흑색 풀 헬름으로 머리를 가리고 목 아래를 산적 같은 패션으로 꾸민, 산적이나 강도 같은 풍모. 있어야 할 왼팔이 없는 모습과 합치면 잊을 수가 없는 인상.

잘 아는 남자다. 프리실라가 있다면 있는 것이 당연하다고 짐작했어야 할 인물.

그것은――.

"알?"

"여어, 형제! 국경을 넘어온 곳에서 맞닥뜨리다니, 생각지도 못한 기연인 셈이네."

그렇게 상황에 맞지 않는 가벼운 투로 말한, 왕선 후보자 프리실라의 시종 알.

이세계에서 만난 동향인과 이국의 땅에서, 있을 수 없는 형태로 재회했다.

2

"알, 너, 어떻게……."

"어이쿠, 타임이야, 형제. 나도 형제랑 서로의 패션에 관해 이야기하고 싶은 기분인데, 지금은 좀 타이밍이 그래."

고개를 모로 꼰 알이 너스레를 떨듯 스바루에게 대꾸했다. 여느 때와 같은 답변이지만 직전에 일격을 주고받고, 지금도 공중을 부유하는 아라키아를 견제하고 있다.

알이 싸우는 모습을 보는 것은 처음이었지만, 아라키아에 대항할 실력이 있을 줄은——.

"아아, 놀라도 돼. 여하튼 한 방에 잘 먹혀 들어간 게 아니거든."

"비켜! 각하, 못 죽이겠어!"

"일부러 방해하려고 들어온 거라고, 비켜 주겠냐. 그나저나, 그거군……."

분노의 표정을 띠는 아라키아를 알이 정면에서 스스럼없이 바라보았다.

갈색 피부를 최소한의 천으로 가린 아라키아, 노출이 심한 소녀를 바라보는 알의 시선에는 정작 야릇한 기색이 없었다. 있는 것은 기묘한 감개뿐.

"어우～. 참하게도 자랐네. 미인이 될 줄은 알았다마는."

"……누구?"

"그렇게 말하면 은근히 나도 상처받는다. 서로 목숨을 맡긴 사이인데, 말이야!"

면식이 있는 티를 내는 알의 말에 아라키아는 눈썹을 모으고 의문을 드러냈다. 알이 그 날씬한 몸에 바닥의 파편을 발로 차 날려서 견제하고 거리를 벌렸다.

프리실라는 그런 알의 움직임을 바라보며 "알." 하고 짧게 불렀다.

"슐트 대신 너를 데려온 소녀의 의향은 알겠지. 할 일을 해라."

"하고 있거든! 내가 귀염둥이랑 즐겁게 노는 것처럼 보여? 긴장 풀었다간 나 10초 만에 걸레짝이 된다고?!"

"겉보기라면 지금하고 별 다를 게 없지 않나."

"아무리 그래도 걸레짝보다야 낫지?! 우와으아?!"

주인의 매몰찬 성원에 집중이 흩어진 알이 아라키아의 일격에 죽을 뻔했다.

공중을 나는 아라키아는 새보다도 자유로이 하늘을 선회하고, 잇달아 내지른 나뭇가지의 공격을 알이 필사적으로 한 번, 두 번 쳐냈다.

"거슬려……."

"다 큰 아가씨에게 그런 소리 들으면 아저씨 마음은 진짜로 아프다."

매달린 아벨과 이를 감싸는 알.

두 사람을 내려다보는 아라키아의 눈이 표독해지고 온몸으로 투기를 뿜었다. 그런데도 처음에 보여 준 것 같은 무시무시한 범위 공격을 쏘지 않는 이유는———.

"프리실라……."

공주님이라고 프리실라를 부른 아라키아.

프리실라는 무정하다. 하지만 아라키아는 그렇지 않다. 그렇기에 아라키아는 범위 공격을 할 수 없다.

따라서 이 상황을 움직일 사람이 있다면, 프리실라뿐이리라.

"매달리는 눈으로 보지 마라, 어리석은 것. 그 가짜 미모는 칭찬해 줄 수도 있지만, 그걸로 소녀를 움직이려고 한다면 이만저만 불경이 아니리라."

"욱……."

무릎을 꿇은 스바루가 돌아보지만 프리실라는 거만하여 말 붙일 엄두도 주지 않았다.

그 답변에 스바루의 말문이 막혔다. 하지만 그 소녀는 스바루 대신에 움직였다.

"──부탁합니다. 제발, 힘을 빌려주세요."

방금까지 스바루가 등으로 감싸던 렘이었다.

입술을 다물고 위태로운 발걸음으로 앞으로 나선 렘의 말에 프리실라는 "흥." 하고 콧방귀를 뀌었다.

"기특한 말투로고. 어리석은 그치와 비교하면 그나마 예의는 안다고 해야겠지."

"그렇다면……."

"보채지 말아라. 그리고 보아라. 이미 상황이 움직일 준비는 갖추어졌다."

렘의 애원에 프리실라는 기분이 상한 내색 없이 턱짓으로 전장을 가리켰다.

그 지적에 렘이 "어." 하고 놀라서 돌아보고, 덩달아 스바루도 같은 방향을 보았다.

"뜨아! 끄어! 아오! 꾸아! 우헙!"

불타는 다리로 하늘을 나는 아라키아의 일격일탈 전법이 잇달아 알을 덮친다. 불과 몇 초면 알과 아벨, 두 사람의 목숨이 빼앗길 상황은 지금도 계속되고 있다.

기적 같은 알의 방어도 영원히 이어지지 않고, 끝끝내 한 일격에 청룡도가 크게 튕겨나갔다.

그대로 자세가 흐트러진 알이 다음 공격을 무방비하게 맞으려는——그 순간.

"——어?!"

공중을 박차려던 아라키아의 몸이 부자연스럽게 흔들리며 제어가 어지러워졌다.

놀라서 크게 뜬 눈과 억누른 신음, 이는 아라키아에게도 예상 밖의 사태라는 증명이다.

무슨 일이 일어났는가. 아라키아를 포함한 전원이 숨을 집어삼켰다. 놀라지 않은 것은 두 사람. 여유롭게 상황을 주시하는 프리실라와 거센 공방 한복판에 있던 배후 조종자——.

"——쳐라!"

"비법은 나중에 가르쳐 달라고!"

타는 냄새가 가득한 공기를 가르는 신호는 허공에 매달린 아벨이 지른 목소리였다.

그 호령에 꼴사나운 자세로 청룡도를 회수한 알이 허공으로 도약했다. 공중에서 자세가 무너진 아라키아에게 그대로 무자비한 일격을—— 아니, 자비는 있었다.

창졸간에 청룡도의 칼등을 뒤집어 일격은 칼등치기로 변했다.

"멍청한 놈."

죽이지 않으려는 그 잔재주를 본 프리실라가 짧게 내뱉었다.

그리고 일반인의 이해를 넘어선 그 안력은 사태를 정확하게 예견했다.

"저리 꺼져……!"

충돌한 순간, 둔탁한 소리와 충격적인 광경에 스바루는 눈을 돌리고 싶어졌다.

알이 혼신을 다해 날린 일격. 아라키아는 그것을 쳐든 왼팔로 막았으나 팔꿈치가 부러졌다. 피가 튀고 하얀 뼈가 팔꿈치를 뚫고 나온 참상. 그러나 치명상은 아니었다.

그 직후 아라키아의 불타는 다리가 알의 목에 꽂히고, 그 충격에 알의 몸이 발코니 밖으로 날아갔다.

"뜨, 아아아악──?!"

덜떨어진 비명이 길게 이어지고, 알의 모습이 시야에서 사라졌다.

당연히 알의 안부는 궁금하지만, 이로써 아벨과 아라키아 사이에 있던 장애물이 사라졌다. 이상이 발생한 두 다리를 불꽃에서 원래 상태로 되돌린 아라키아가 바닥에 발을 댄다.

──그런 아라키아의 등에 검은 그림자가 사납게 달려들었다.

"오, 오오오오오오오──!!"

잔해를 날리며 용맹한 함성을 지르는 그림자가 아라키아를 급습했다. 그림자는 두꺼운 나이프를 거꾸로 잡고 수렵 본능의 명령대로 맹렬한 공격을 펼쳤다.

그 넘치는 기백에 압도되어 기습한 그림자의 정체를 알아채는 것이 늦어졌으나──.

"미젤다 씨!!"

"흐아아아아!!"

부른 목소리에는 응답하지 않고, 미젤다가 피를 토하듯 포효했다.

도시청사에 난입한 아라키아, 그 최초의 공격에 희생된 미젤다는 온몸이 불에 탄 고통스러운 모습으로 자신의 생명을 모조리 사를 듯한 공격을 연이어 펼쳤다.

알과 달리 결정적인 상황에서 사냥감에게 자비를 내리진 않는다. 그 싸우는 모습을 본 스바루는 뒤늦게나마 아벨이 "쳐라." 하고 명령한 대상을 깨달았다.

아라키아의 이상을 예견하고 빈사에 빠진 미젤다의 분전을 독려한 아벨.

돌발적이고 만회할 수 없어 보이는 상황에서 보인 이 절묘한 계산에 그가 도대체 어느 정도의 뇌세포를 소비했는지 스바루는 상상도 가지 않았다.

그러나 그럼에도 아직 한 발짝 더 부족하다.

"──큭."

아라키아는 빈사의 생명을 불태우는 미젤다의 공격을 가볍게 쳐내고 반격했다.

내지르는 나뭇가지 끝이 미젤다의 단련된 복근을 쉽사리 꿰뚫었다.

그것은 서슴없이 미젤다의 체내를 휘저어 중요한 내장을 모조리 파괴하고, 강인한 아마조네스의 육체를 죽음으로 밀어 넣고자──.

"이걸로, 드디어……."

"──어디를 보고 있지?"

방해꾼을 제거했다고. 아라키아의 의식이 떠난 순간이었다.

입 끝에 피거품을 달고 형형히 눈을 빛낸 미젤다의 두 손이 아라키아의 팔을 잡았다. 나뭇가지를 든 오른팔을 굳게굳게 움켜쥐어 운신을 막는다.

한순간 발생한 정체는 어쩌면 최후의 기회일지도 몰랐다.

하지만 아벨의 지모와 미젤다의 헌신이 만들어낸 그 한순간을 살릴 수 있는 자는, 스바루를 포함한 아군 중에 한 명도 없다.

단──.

"──열심히 가슴을 펴라, 오니 계집아이야. 네 애원이 소녀의 일격을 불러왔음을."

단, 그것은 아군이지, 제3의 세력은 별도였다.

"────."

전황을 부감하던 프리실라가 단걸음에 거리를 좁히고 아라키아의 무방비한 등을 노렸다.

그 순간, 아라키아는 배후로 육박하는 기척을 알아채어 요격하고자 움직이려 했다. 하지만 그럴 수는 없었다. ──기척의 정체를 눈치채고 그럴 수 없어진 것이다.

"공주──."

시종일관 프리실라에 대한 집착을 끊어내지 못하던 아라키아를, 붉은 검광의 일격이 덮쳤다.

등에서 팍 분출한 피가 불꽃에 타오르고 아라키아의 몸이 크게 휘청거렸다.

"말했을 텐데, 아라키아. ──다음에 소녀와 만나기 전에, 결심해 두라고."

주고받은 과거의 약속에 타인은 끼어들 자격도 없다.

다만 그 약속이 프리실라의 가차 없는 일격의 답이며, 아라키아가 털어내지 못하는 미련의 답이기도 하다고 짐작케 할 뿐이다.

붉은 보검의 일격을 받은 아라키아의 몸이 바닥에 쓰러졌다.

그 팔을 붙잡아 운신을 막고 있던 미젤다도 그에 휘말렸다. 두 사람은 뒤엉키며 바닥에 쓰러지고 실이 끊어진 인형처럼 팔다리를 추욱 팽개쳤다.

이후에는 직전의 공방이 허깨비인 듯한 침묵이 내려앉을 뿐으로──.

"──미젤다 씨!"

그것을 깨트리듯이 긴박한 목소리를 터트린 렘이 미젤다에게로 향했다.

렘은 주춤거리는 발걸음으로 기듯이 바닥을 나아가 아라키아와 포개져서 쓰러진 미젤다에게 도착하고는 그 만신창이 모습에 숨을 집어삼켰다.

온몸이 불타고 돌풍에 날아갔다가 급기야 배를 찔린 미젤다.

그 부상 수준에 렘은 어금니를 깨물고 결사적인 표정으로 미젤다의 몸에 손을 드리웠다. 희미한 빛이 손에 발생하고 치유의 파동이 넘실거린다.

──어느새 치유 마법을 어떻게 쓰는지 기억해 낸 것인가.

"넋을 놓고 있을 때냐. 손이나 보태라."

"──아."

렘의 행동에 의식을 빼앗겨 움직이지 않고 있던 스바루를 아벨의 목소리가 불렀다.

스바루는 고개를 내젓고 부서진 발코니였던 곳으로 달려갔다. 거기에 아직도 공중에 매달린 채로 겁 없는 표정을 짓고 있는 아벨과 시선을 주고받았다.

"살아남았나. 악운이 강한 자로군."

"……너도, 얄미운 말솜씨가 충분히 남은 모양이네."

입의 기세가 꺾이지 않은 아벨의 모습에 뺨을 일그러뜨린 스바루는 커튼을 잡고 그를 끌어올렸다.

솔직히 스바루도 피폐하지만 끌려 올라오는 아벨도 피폐하다. 당장에라도 팔다리를 팽개치고 의식을 놓고 싶지만, 그럴 수만도 없다.

"미젤다 씨, 만이 아니야……."

아라키아의 포학에 말려들어 부상당한 많은 사람들이 쓰러져 있는 판국이다.

치유 마법을 쓸 수 있는 자가 귀한 환경에서는 마법에 의지하지 않는 응급처치가 중요해진다. 쓰러져 있을 여유는 없다. 여기서 쓰러지면 상실을 허용하는 셈이 된다.

그런 짓은, 절대로 해서는 안 된다.

그렇기에──.

"얼른, 올라와······!"

어금니를 깨물면서 커튼을 잡아당겨 손이 닿는 거리까지 온 아벨의 손을 잡았다. 맞잡는 감촉을 의지해 자신보다 키가 큰 남자를 가까스로 끌어올렸다.

"애썼도다. 노고를 치하하지."

"시끄러워······."

한 톨도 성의가 없는 칭찬을 쳐낸 스바루는 작게 혀를 찼다.

그대로 다른 부상자를 응급 처치하러 가려고, 무겁게 느껴지는 허리를 들어올리고——.

"——멋대로 움직이지 마라, 어리석은 것. 이 자리의 지배자가 대체 누구인 줄 아느냐."

엉덩방아를 찧은 스바루와 무릎을 꿇은 아벨이 입을 다물었다.

그렇게 조용히 두 사람을 위압한 것은 팔짱 낀 팔로 풍만한 가슴을 과시하듯이 들어 올린 붉은 미인—— 프리실라의 눈빛과 한마디였다.

이 소녀와는 면식이 있으며 모르는 사이가 아니다.

그러나 양호한 관계냐고 물으면 수긍하기는 저어된다. 왕선에서 대립하는 진영이기 때문만이 아니라 프리실라의 기질이 원인이다.

누구를 상대로도 거만하고 양보할 줄을 모르는 프리실라는 같은 문제의 해결에 도전할 경우라면 강력한 아군이며, 그렇지 않을 경우에는 예측 불가능한 폭탄이 된다.

수문도시 프리스텔라에서의 싸움에서는 믿음직한 아군이었

다. 반대로 이번에는 어떠한가.

아라키아 격퇴에 힘을 보태준 프리실라를 아군으로 여겨도 되는 것인가.

어쨌든 간에——.

"부아가 치밀지만, 이 상황의 지배자는 너일 테지, 프리스카 베네딕트."

움직이지도, 말하지도 못하는 스바루를 대신해 아벨이 입을 열었다.

한쪽 무릎을 바닥에 꿇은 채로 다른 이름으로 프리실라를 부른 아벨. 그러나 그 이름은 아벨만이 아니라 쓰러지기 전의 아라키아도 입에 담았었다.

그렇게 불린 프리실라 본인은 작게 콧방귀를 뀌고는 대꾸했다.

"공교롭게도 프리스카 베네딕트는 싸움에 패배해 무참하게 죽었다. 이미 무덤 속에 있는 자가 이렇게 당당히 말을 하겠느냐."

"그런가. 그렇다면 너는 누구고, 무어라 이름을 댈 것이지?"

"——프리실라 바리에르. 그것이 소녀의 이름이다. 잘 기억해 두어라, 빈센트 아벨쿠스."

질문에 당당히 대답한 프리실라의 아벨의 시선이 교차했다.

아벨의 이름을 알고 있던 프리실라와 프리실라를 다른 이름으로 부른 아벨. 두 사람 사이가 예사롭지 않음을 찌릿찌릿 느끼면서 스바루는 조용히 숨을 집어삼켰다.

그리고 엉덩방아를 찧고 있던 몸을 천천히 일으켜 프리실라를 노려보았다.

"움직이지 말라고, 소녀는 그렇게 명령했을 텐데?"

"그래, 들렸어. 근데 엿 먹으라지. 나에겐 할 일이 있거든."

"호오? 소녀 앞에서 잘도 나불대는구나."

공기가 타는 냄새가 나고, 스바루는 프리실라의 시선이 열기를 머금은 것을 느꼈다.

하지만 물러날 마음은 없다. 프리실라의 비위를 맞추느라 부상자의 응급처치가 늦어지는 것은 말도 안 된다. 두 사람의 불화 때문에 사망자가 나오다니 말도 되지 않는다.

설령, 무슨 말을 듣든 간에 스바루는——.

"——프리실라, 너는 왜 『양검(陽劍)』을 뽑았지?"

갑자기, 한쪽 무릎을 꿇은 아벨이 프리실라에게 물었다.

천천히 일어나서 프리실라를 응시하는 아벨. 스바루는 그 질문의 진의를 알 수 없다. 프리실라가 들고 있던 『양검』—— 붉고, 눈부시게 빛나는 보검.

아라키아를 쓰러뜨린 지금, 허공을 칼집으로 삼는 보검은 이미 갈무리되었다.

물론 필요하다면 프리실라는 언제라도 그 검을 뽑겠지만——.

"어~이, 아무나 좋으니까 도와주지 않겠어? 이제 슬슬, 한계인데."

그 분위기를, 무너진 발코니 밖에서 도달한 목소리가 망쳤다.

그것은 아라키아의 일격에 튕겨져 나가 건물 벽에 설치된 결정등에 걸린 알의 목소리였다. 그 청승맞은 호소가 긴박한 상황을 허망하게 흔들었다.

그리고——.

"어리석은 것아. 이봐라, 저자를 끌어올려라. 이렇게 소란스러워서야 흥도 꺾인다."

"어……."

그렇게 말한 프리실라가 부서진 발코니 쪽에 턱짓했다.

그때까지의 살벌한 분위기를 무산시킨 프리실라는 태연히 스바루에게 명령했다. 변모한 태도에 눈이 휘둥그레진 스바루는 아벨 쪽을 보았다.

그러자 스바루와 같이 프리실라의 변심을 목도한 아벨은 탄식하고 말했다.

"눈싸움만 하고 있어 봤자 끝이 나지 않는다. 일단, 네놈은 저것의 말대로 따르도록 해라."

"알았어. 딱히 네 부하는 아니지만."

프리실라의 방자함에 감정은 있지만, 그것을 지적했다가 의견을 번복해도 곤란하다.

스바루는 아벨에게 일단 반론해 두고, 알을 구원하려 움직이기 시작했다.

"————."

머릿속이 미젤다와 슈드라크 사람들의 안부, 이다음 과랄의 취급이나 아벨과 프리실라의 관계, 다양한 요인으로 뒤죽박죽이다.

어금니를 세게 깨물어 일단 잊고, 눈앞의 일에 집중한다.

렘이 눈앞의 생명을 건지기 위해서 필사적으로 애쓰듯이.

스바루 또한 머릿속에 그린 '무혈입성'에 조금이라도 현실이 가까워지도록.

3

도시청사의 외부등에 걸린 알의 구원 작업 말이지만, 이것이 의외로 힘들었다.

여하튼 알은 팔 한쪽을 이세계에 봉납한 신세다. 덜렁덜렁 매달린 그를 끌어올리려 해도 외팔이가 상대여서는 취할 수 있는 선택지도 한정된다.

"덕분에 살았어, 미디엄 씨. 나 혼자라면 꽤 힘겨웠어."

"됐어, 됐어! 그보다 중요한 순간에 쓰러져서 미안해~!"

그렇게 말한 미디엄이 형편없는 몰골로 쾌활하게 웃었다.

스바루 혼자선 까다롭던 알의 구출 작업에 마침 깨어난 미디엄의 힘을 빌렸다. 덕분에 목숨을 건진 알도 대자로 드러누워 "흐헤에." 하고 삶을 구가하고 있다.

"그래도 미안해! 중요한 순간에 쓰러져서 힘이 되어 주지 못하다니, 반성, 반성!"

"아니, 미디엄 씨는 조금도 잘못 없어. 사과하지 말아 줘."

아라키아의 습격 때, 힘이 되어 주지 못한 것을 사과하는 미디엄. 하지만 그것도 이상한 이야기다. 애초에 이 남매는 말려들었을 뿐이니까.

"움직이지 못했단 것도, 플롭 씨와 우타카타……그리고 루이를 감싼 결과잖아."

약간의 불편함을 느끼면서도 스바루는 미디엄의 행동을 칭찬했다.

아라키아의 회오리가 대청에 불어닥쳤을 때, 미디엄은 바로 옆의 플롭과 양 어깨에 메고 있던 우타카타와 루이 두 사람을 지킨 것이다.

그 분투 뒤에 머리를 찧어서 움직이지 못하는 꼴이 되었던 것을 본인은 크게 반성하고 있다. 지나치게 후회하지 말기를 바라는 스바루 앞에서 그녀는 "음~!" 하고 신음하다가 말했다.

"다음! 다음에는 그런 한심한 모습 보이지 않을게! 내일의 나와 오빠에게 기대해 줘, 나츠미!"

"——그렇게 말해 주면 든든하지. 하지만, 두 사람은 더 이상."

자신들과 함께하지 않아도 된다며 스바루는 말을 이으려 했다.

그러나 머뭇거리는 그 말은 해님처럼 밝은 미디엄이 "아!" 하고 눈을 동그랗게 뜨며 꺼낸 한마디에 가볍게 사라지고 말았다.

"나, 저쪽에서 오빠를 돕고 올게! 나약한 오빠는 힘들 테니까!"

"어, 어어."

"그럼 나츠미, 이따가 봐! 가면 쓴 사람도 떨어지지 않아서 다행이네~!"

미디엄이 손을 크게 휙휙 휘두르고 허둥지둥 떠나갔다.

그대로 오빠를 도와 부상자를 돌보기 시작한 미디엄의 모습에 오코넬 남매에 대한 미안함은 커지기만 할 따름이다. ——언젠가, 이 은혜를 다 갚을 수는 있을까.

"커다랗고 귀여운 아가씨였지. 형제는 국경을 넘어서도 여전히 잘나가시네."

"잘나간다는 표현에 짚이는 곳이 전혀 없어서 벌벌 떨겠다. 미디엄 씨가 커다랗고 귀여운 사람이란 말에는 동감하지만. 그보다……."

"응? 왜 그래, 형제."

알이 목뼈를 뚜둑 꺾으며 여느 때와 같은 너스레를 떨지만 스바루는 번뜩 노려보았다. 거기에는 프리실라에게 보내지 못한 몫의 울분이 화풀이처럼 담겨 있었다.

당연한 노릇이다. 여태까지 내내 스바루의 의문은 미루어 둔 상태니까.

"무서운 얼굴 하지 말라고. 기껏 꾸민 화장과 헤어 세팅이 망가지잖아?"

"공교롭게도, 직전의 난장판 때문에 화장도 머리 세팅도 이미 다 망가졌어. 진짜 나츠미 슈바르츠는 더 귀여우니까 착각하지 마."

"나츠미 슈바르츠라."

으름장 놓는 스바루의 가명에 알이 왠지 의미심장하게 웃었다.

알의 태도에 스바루가 의아해하자 그는 "아니, 아니." 하고 고개를 가로저었다.

"절묘한 가명이라고 감탄했을 뿐이야. 여장도 각이 잡혔고, 돈 받을 수준이지 않아?"

"농담으로 때우지 마. 애당초, 여장 기술은 돈벌이를 위해 쓰지 않아. 그보다 대답이나 해. 왜 너랑 프리실라가 여기에……

제국에 있는 거야?"

아무리 생각해도 이해할 수 없는 해후라고, 스바루는 알에게 진지하게 힐문했다.

프리실라와 알, 이 두 사람과 제국에서 맞닥뜨리다니 부자연스럽기 그지없다. 물론 그들이 보자면 스바루 일행에게도 같은 말을 할 수 있겠지만.

"그쪽은 미뤄 두라고. 질문은 빠른 사람이 장땡이야."

"그건 참신한 의견이군. 하지만 형제가 나에게 묻고 싶은 진짜 속내는 그게 아니겠지."

"뭐?"

"나랑 공주가 제국에 있는 이유야 아무래도 좋아. 형제의 속내는 돌아갈 방법…… 이 겁나고 위험한 나라에서, 정든 우리 집으로 돌아갈 방법일 거야. 내 말이 틀려?"

되묻는 말에 이번에는 스바루가 아픈 곳을 찔려 우물거렸다.

루그니카 왕국으로 돌아갈 방법, 그것이 스바루가 가장 원하는 정보라고 들으면 부정할 말은 없다. 알과 프리실라에 대한 의문도 그 문제 앞에서는 사소한 일이었다.

렘을 데리고 에밀리아 일행에게로 돌아간다. 그 대목표와 비교하면.

"그럼, 너는 알고 있는 거야? 제국 국경을 넘어서 왕국으로 돌아갈 방법을……."

"아니, 미안. 기대하게 만들어서 분위기 띄워놓고 좀 그런데, 몰라."

"야, 너……."

"잠깐잠깐, 화내지 마! 정확히는, 지금의 제국에서 나가기는 어렵다는 소리야. 들어오는 것뿐이라면 또 몰라도 나가는 건 지극히 어려운 상황이 되고 말았거든."

한껏 감정을 농락당해 짜증이 솟구친 스바루에게 알이 손바닥을 보이며 제동을 걸었다.

변함없이 본심을 내비치려 하지 않는 말주변이다. ──타인의 눈으로 보면 스바루도 이런 식으로 보이는 것일까. 그렇다면 크게 반성하고 싶다.

어쨌든──.

"들어오는 건 가능해도 나가는 건 불가능하다. 수수께끼 같은 표현인데, 그 말뜻은?"

"왜 이러시나, 그거야말로 말할 필요도 없지. 편하게 나라에서 나갈 수 있는 상황으로 만들었다가 줄행랑치면 곤란한 상대가 있다는 소리 아니겠어?"

"──그 말은, 너도 아벨의 정체를 알고 있다는 뜻인가."

알의 대답을 듣자 스바루는 자연히 그 답에 다다랐다.

볼라키아 제국의 출입국이 엄격하다는 이야기는 전에도 들었지만, 현재 알이 말한 조건으로 출국 제한이 강화되었다면 그 원인은 아벨── 아니, 볼라키아 황제인 빈센트 볼라키아에게 있을 것이다.

황제 자리에서 쫓겨나 도망 중인 아벨이 다른 나라로 도피하는 것을 막기 위한 국경 경비 강화.

결국 스바루 일행이 왕국으로 돌아가기 위한 거대한 장애물, 그 벽의 높이에 변함은 없다는 뜻이다.

　"알, 너는 뭘 알고 있지? 우리보다 훨씬 정보가 많다면……."

　"이크, 더 이상은 입에 지퍼를 닫겠어. 쓸데없는 소리 떠들었다가 공주에게 혼나고 싶지 않거든. 하고 싶은 말이 있다면 공주랑 하라고. 그렇기는 해도."

　거기서 뜸을 들이듯이 말을 끊은 알은 조급해하는 스바루에게 어깨를 으쓱였다.

　"공주가, 그것을 순순히 얘기해 줄지는 나도 보증할 수 없지만 말이다?"

4

　"간신히 살아 돌아왔다고, 공주. 그쪽 대화는 대충 어때."

　"그다지 진전이 없다. 이럴 거라면 대롱대롱 매달린 네놈 쪽이 볼 만한 구경감이었겠군."

　알이 스스럼없이 진척을 묻자 턱을 괸 프리실라가 지루한 듯이 응수했다.

　도시청사 내에 있는 회의장에는 프리실라를 포함한 주요 인사들이 총집합해 있었다.

　아라키아의 습격으로 대타격을 받은 건물이었지만 다행히 튼튼히 만들어진 토대는 건재해서 회의장을 비롯한 청사의 기능 대부분은 살아 있는 상태다.

회의장에는 커다란 원탁이 놓여 있으며 아벨과 프리실라가 각각 앞쪽과 안쪽의 대극에 앉아 있다. 그 외의 참가자는 도시의 제국병을 규합하는 이장 지크르와 그 참모. 그리고 쿠나가 대표인 『슈드라크의 민족』 몇 사람이다.

　"여, 무사했나, 나츠미."

　"쿠나야말로 깨어나서 다행이야. 다친 데는."

　"홀리의 커다란 덩치가 도움이 됐지. 솔직히 나도 이런 장소 불편하니까 얼른 빠져나가고 싶지만……."

　원탁에 앉는 꼴이 되어 스바루에게 응수하는 쿠나가 씁쓸한 표정을 지었다.

　그 표정의 이유를 짐작한 스바루도 무심결에 시선을 내렸다. 쿠나가 슈드라크의 대표로 여기에 있는 것은 달리 그 역할을 완수할 만한 자가 없기 때문이다.

　즉, 족장 미젤다와 그 여동생인 타리타를 빼면 말이다.

　"타리타는 평정을 잃어서 족장에게서 떨어지질 않고, 홀리더러 얘기하라 그래도 별수 없잖아. 그렇다고 해서 나한테 차례가 돌아오는 건 봐줬으면 좋겠어……."

　"아니, 쿠나는 주위를 잘 지켜보고 침착한 성격이니까 적임자라고 봐. 지금은…… 미젤다 씨가 무사하길 빌 수밖에 없는 것이 답답하지만."

　"그러게 말이다."

　빈사의 중상을 입은 미젤다와 그 사실에 흐느끼던 타리타.

　스바루는 자매의 심신을 염려하면서 방 어디에 앉을지 시선을 이리저리 돌렸다. 일단 과랄 함락 작전의 입안자이기는 하지만 소속이 어디인지 애매한 상태로 오고 말았다.

"나츠미 양, 만약 곤란하시다면 제 옆은 어떠십니까."

그렇게 고민하는 스바루를 부르며 의자를 뺀 것은 재빠르게 일어선 지크르였다.

땅딸막한 체형의 지크르가 스바루를 바라보며 신사적으로 미소 지었다. 그 시선에 스바루는 갈아입을 여유가 없어서 여전히 여장하고 있는 자신을 손가락으로 가리키고 물었다.

"저기, 이미 눈치채셨을 거라 생각하는데, 전 여장한 건데요?"

"당신이 여성으로 꾸미고 있다면, 저도 남성을 꾸미고 있는 셈. 제가 믿는 남성상이라는 것은, 꾸미고 있는 상대여도 여성 상대로는 신사적으로 행동하는 자입니다."

"이, 이것이 『호색한』……."

멸칭이 아니라 존칭으로서의 『호색한』은 의식 수준이 다르다.

스바루는 경솔한 각오로 여장하고 있음을 부끄러워하면서 지크르의 대응에 따라 그가 빼 준 의자에 앉았다. 그리고 "죄송합니다." 하고 한마디 붙였다.

"위에서는 감싸 주셔서 감사합니다. 지크르 씨 덕분에 구사일생을."

"아니요, 반사적으로 몸이 움직였을 뿐이지요. 여하튼 저는 『겁쟁이』라서요."

스바루의 인사에 지크르가 어딘지 자랑스럽게 『겁쟁이』임을 자칭했다.

그것은 지크르 오스만이라는 제국의 『장(將)』이, 충성을 맹세한 황제가 자신을 기억해 주고 있었다는 증명을 받아 삶의 방식을 확고하게 정립했기 때문일 것이다.

그리고 그렇게 당당해진 지크르의 존경을 받는 황제, 다시 말해 아벨은———.

"성곽도시 과랄을 함락해 주둔한 병사들의 지휘관인 지크르 오스만 이장은 이쪽에 투항했다. 더해서, 바드하임 밀림의 『슈드라크의 민족』."

"한참 부족하군. 소녀 또한 『슈드라크의 민족』의 용맹함은 주워들었다. 그럼에도 제국과 일을 벌이기에는 전력이 심각하게 부족해."

"당연하군. 프리실라, 네 수하는?"

"소녀의 사병은 제국에 들어오지 않았다. 그것을 제외하면 소녀의 수하라고 부를 만한 것은 저기 쇠투구를 쓴 광대와 주정뱅이 검사, 그리고 사랑스러운 것만이 장점인 몸종이겠군."

프리실라와 둘이서 서로의 상황과 정보를 교환하고 이야기를 착착 진행하고 있다.

각자의 지성이 느껴지는 대화는 주위의 개입을 말없이 거부하고 있다. 하지만 스바루는 구태여 거기서 "잠깐." 하고 끼어들었다.

실컷 휘둘리기만 했었다. 그러던 끝에 여기에서도 방치당하는 것은 사절이다.

"무어냐, 어리석은 것. 네놈도 있었느냐?"

"당연히 있고, 스스로 말하기도 뭐하지만 지금의 나를 보고 인상에 남지 않는다는 건 터무니없는 이야기라고. 전에 이거 봤을 때 베아코는 한동안 끙끙 앓았을 정도다."

"그 복장에 관한 찬사라면 해 주었을 텐데. 설마 알을 더러운 천으로 끌어올린 정도로 상을 받을 수 있을 줄 알았느냐?"

"그런 기대는 안 해! 아니, 조금은 하고 있어. 최소한 내 얘기에 조금은 귀를 기울여 주지 않을까 하는 기대를 말이지."

원탁에 손을 짚고 몸을 기울인 스바루에게 프리실라가 눈을 가늘게 떴다.

상대를 품평하는 눈초리지만 스바루는 기죽지 않았다. 아까와 다르게 여기에는 쿠나와 지크르도 있다. 말하고 보면 믿음직스럽지 못한 방파제라는 감이 있지만.

"아무튼, 당연한 것처럼 네가 여기에 있는 이유는 대체 뭐야. 알에게 물어봐도 답이 나오지 않아. 네 입으로 똑바로 가르쳐 줘."

"번잡한 물음이로고. ——저기 있는 남자, 빈센트 아벨쿠스와 이야기하기 위해서니라."

프리실라가 턱짓으로 정면에 앉은 아벨을 가리키고 태연히 대답했다. 그 대답에 스바루는 팔짱을 낀 아벨을 시야 끝자락에 잡으면서 다시 물었다.

"아벨과 이야기하기 위해……? 어떻게 위치를 안 건데?"

"제도 루프가나에 있는 황제의 옥좌에는 황제를 전이하기 위한 장치가 있다. 정변을 알아차릴 능력이 있다면, 장치를 통해서 동쪽 땅으로 피신하겠지. ——대대로 황제가 매장된 묘소로."

"황제의, 무덤?"

"그곳으로 전이하는 구조다. 그렇지 않느냐, 빈센트…… 아니, 지금은 아벨이라 부르는 편이 형편에 좋은 모양이었지."

이야기의 화살표를 스바루로부터 아벨로 돌린 프리실라가 눈동자의 불꽃을 붉게 지폈다.

그 불타는 눈초리에 한숨을 쉰 아벨이 "그렇다." 하고 수긍했다.

"지금은 아벨이라고 불러라. 적어도 옥좌를 빼앗긴 나에게 황제를 자칭할 자격은 없지."

"기특, 성실, 우직…… 어느 쪽이든 퍽 나약한 생각을 하는구나. 황제의 옥좌에 앉는 중에 일어서는 법까지 잊은 모양이야."

"나를 보고 일어서는 법을 잊었다니 서슴없이 말하는군."

가차 없는 프리실라의 조롱에 천하의 아벨 쪽도 서슬 퍼런 기색을 숨기지 않았다.

그 순간, 두 사람의 시선이 열기를 띠고 충돌해 회의실의 공기가 타는 냄새까지 났다. 이대로 대화는 결렬되어 불을 뿜는 것은 피할 수 없다고 짐작──.

"자자, 진정합시다, 두 분. 다퉈 봤자 아무 이득도 없잖아?"

그 폭발 직전의 화약고에 당당히 담배를 피우며 들어서는 것만 같은 대담무쌍한 발언. 실실 웃는 알은 프리실라의 의자 등받이에 팔꿈치를 싣고 기대었다.

"이래 봬도 공주도 귀여운 구석이 있다고? 과랄에 초특급으로 달려가겠다며 비룡을 아예 잡을 기세로 몰았단 말씀이야. 그만큼 감동의 대면을 못 기다리겠다는…… 꾸억?!"

"멍청한 것."

알은 프리실라의 인간성을 옹호하려 했지만, 주인은 그 마음을 한 톨도 참작해 주지 않고 맹렬한 기세로 부채를 종자의 배에 찍었다.

엉겁결에 비명을 지른 알의 몸이 기역자로 꺾이며 무릎을 꿇었다.

"소녀의 심중을 대변하려 들다니, 어지간히도 주제를 넘는구나. 네놈, 언제부터 그렇게 잘나졌지? 광대여도 분수를 알아라."

"지, 진짜로 빠친 게 딱 증거잖아……. 하지만 구하러 온 건 사실이지?"

붉은 눈을 가늘게 뜬 프리실라가 알의 말에 언짢은 기색을 드러냈다.

하지만 명확하게 말로 부정하지 않는다는 말은, 알의 말이 정곡을 찔렀다는 증거다.

"프리실라가, 아벨을 구하러……?"

그것이 너무나 납득하기 어렵게 느껴져서 스바루는 위화감을 털어낼 수 없었다.

물론 결과나 행동만 보면 프리실라가 아벨이나 스바루 일행을 구하러 왔음은 확실하다. 그러나 스바루가 아는 그녀의 인간성이 납득을 막고 있다.

마음에 들지 않는 적을 쓰러뜨릴 일은 있어도, 누군가를 지키기 위해서 싸우는 것이 과연 프리실라 바리에르라는 인물 안에서 성립하는 로직이 맞느냐고.

"불쾌한 생각을 하고 있는 눈매로군. 뽑히고 싶더냐, 어리석은 것아."

"아니, 절대 아니지. 남을 도울 녀석에게 나올 발언이 아닌걸."

"어쨌든 간에, 옥좌의 구조를 이용해 내가 동쪽 땅으로 날아갈 것을 이해했지. 그렇다면 내가 『슈드라크의 민족』과 합류해 성곽도시에 올 것도 예상할 만한가."

"예상할 만한가……?"

프리실라에게 예사롭지 않은 통찰력이 있음은 인정하지만, 아벨이 순순히 받아들인 사정이 스바루에게는 받아들이기 어렵다.

확실히 주어진 사실은 그 추측을 충족하는 것처럼 느껴지지만.

"도로 헤집지 마, 형제. 머리 좋은 녀석들이 납득하고 있어. 여기서 정리해 두면 괜한 실랑이는 피할 수 있잖아."

"넌 그걸로 만족하냐……."

"만족이고 나발이고, 받아들일 수밖에 없지. 붙어 봤자 너만 손해라고―― 어차피 나랑 공주가 이길 테니까."

무릎을 꿇은 알이 작은 소리로 단언하자 스바루는 살짝 놀랐다.

솔직히 자신들이 이길 거라고 알이 단언한 것이 스바루에게는 뜻밖이었다. 원래 알은 겸손한 면이, 아니 주위에 적당한 일선을 긋는 눈치가 있었다.

실제로 다른 왕선 후보자의 기사들은 누구나 이름 있는 실력자들뿐. ――그 안에서 과다한 자신감을 품을 만큼 스바루도 알도 특별한 인간은 아니다.

스바루는 알에게 그런 일종의 공감을 품고 있었다.

그렇기 때문에 여기서 그렇게 단언한 것이 스바루에게는 뜻밖이었다.

불성실하게 실실 웃으며 아무 변화가 없는 것처럼 보이는 그에게도 변화는 있다. 프리실라와의 주종 관계나, 그에 부수된 왕선이라는 싸움의 나날이 가져온 변화다.

"뭐, 단, 내가 잘난 척 말할 수 있는 것도 억에 하나라도 승산이 있는 상대의 얘기지. 그 점에서 아라키아 아가씨 수준은 위험했어. 승산이 보이질 않는다고."

"그야 『구신장』은 제국의 최강 멤버잖아. 루그니카 왕국으로 따지면 라인하르트나 율리우스 같은 짝이지."

아마도 루그니카 왕국에서 최강의 멤버를 뽑을 경우, 라인하르트와 율리우스는 당연히 들어갈 것이다. 필두 궁정마도사 로즈월도 포함될지도 모른다.

스바루 입장에서는 거기에 빌헬름과 가필을 더해 올스타 멤버를 갖추어 『구신장』에 도전하고 싶다.

"아니, 그런 얘기가 아니지만. 게다가 아무리 『구신장』이라고 해도 라인하르트 같은 게 있으리라곤 도저히……."

"공교롭지만, 그렇지도 않다."

"으에?"

가장 경계할 상대로서 『구신장』의 전력을 가늠하려던 스바루에게 아벨이 귀를 의심할 발언을 던졌다.

그는 방금, 라인하르트에게 필적할 존재가 있다고 말한 것이다.

"라인하르트 같은 버그 캐릭터가 또 있어?"

"그런 표현은 처음 듣지만 필적한다는 의미라면 수긍하지. 구신장에는 아라키아 위에 제1위가 있다. 그것이 그렇다."

"구신장의 제1위라면……."

"——세실스 세그문트."

입을 뻐끔거리는 스바루 옆에서 지크르가 조용히 말했다.

그것이 사람의 이름이며, 바로 그 제1위의 이름이라고 스바루도 이해했다. 그 이름을 가진 인물이야말로 제국 최강, 볼라키아가 자랑하는 버그 캐릭터——.

"『볼라키아의 푸른 뇌광(雷光)』이라고 불리는 초월급 검사입니다. 루그니카의 『검성(劍聖)』이나 카라라기의 『예찬자』, 구스테코의 『광황자(狂皇子)』와 나란히 지칭되는 존재."

"으…… 그 이명은 전에도 들은 기억이…… 그럼, 진담으로?"

"적대하면 순식간에 목이 날아간다. 그런 남자다."

뺨이 굳은 스바루의 물음에 팔짱을 낀 아벨이 끄덕였다.

이 자리에서 아벨이나 지크르가 거짓말이나 농담을 주워섬길 이유가 없고, 다시 말해서 들은 말은 단순한 사실일 것이다.

라인하르트와 동등한 실력자인 제국 최강의 남자, 세실스 세그문트.

듣기만 해도 위험한 인상을 뗄 수 없는 초고수 검사. 도대체 얼마나 버겁고 흉포한 상대일지, 스바루는 자신의 등줄기가 싸늘해지는 것을 느꼈다.

"그런데, 그렇게 생각하니 그렇군. 여기서 제2위인 아라키아 아가씨를 때려잡은 건 이쪽도 큰 수확이었어."

"알⋯⋯."

마음이 무거워지는 스바루나 다른 이들과 정반대로 밝은 목소리의 알이 말했다.

실로 긍정적인 의견이지만 순순히 그에 편승할 수 없는 기분인 것도 사실. 하지만 알의 기개를 고려해 스바루는 "하기는." 하고 숨을 내뱉었다.

실제로 스바루 일행은 피해를 극한까지 억누르고 성곽도시를 손에 넣는 데 성공했다.

고립무원인 상황에, 적인지 아군인지 확실하게 말하기 어렵기는 해도 프리실라와 알이라는 원군까지 받을 수 있었다.

부상당한 슈드라크의 민족도 렘이 분명히 열심히 치료해 주고 있을 것이다. 미젤다도 전선에 복귀해 다시 힘이 쭉쭉 빠질 미남 만능론을 들려줄 것이다.

그러니까——.

"알의 말마따나, 구신장의⋯⋯ 그것도 거물을 쓰러뜨린 것은 큰 이득이야. 제국에서 위로부터 세는 편이 빠른 직함이라면 아마 상대의 정보도 갖고 있지 않을까."

"아하, 그럴싸해! 머리 잘 돌아가잖아, 형제. 정보란 것은 전쟁 중에는 금괴보다 가치가 있는 법이지. 기왕 생포했잖아. 얘기나 들어 보자고."

"그러게. 뭔가 좋은 단서가⋯⋯."

억지로 기분을 북돋는 스바루에게 알이 맞장구를 쳐 주었다. 그 장단에 생포에 성공한 아라키아로부터 정보를 얻는 방향으로 이야기가 진행되려 한다.

"잠깐, 스바루와 철가면. 나는 거기에는 반대하겠어."

하지만 거기에 슈드라크의 대표로 참가한 쿠나가 제동을 걸었다.

무슨 일인가 싶어 스바루와 알이 돌아보자 쿠나는 녹색으로 물들인 자신의 머리카락을 매만지면서 말했다.

"그 여자는 위험했어. 빈틈을 보이면 무슨 짓을 저지를지 알 수가 없어. 얼른 죽여 두는 편이 확실하게 나아."

"그건…… 이해는 하는데, 너무 생각이 짧잖아. 죽이다니, 무슨."

"족장이 그런 꼴을 당했어. 스바루가 뭐라 말하든, 나도 다른 녀석들도 그 녀석은 처형하지 않으면 성이 안 풀려."

쿠나가 물고 늘어지는 스바루를 노려보며 정면으로 아라키아의 처형을 언급했다.

미젤다의 용태를 지적당하면 스바루도 입을 다물 수밖에 없다. 그 안부는 렘에게 맡기고 있지만 상처가 아물어도 상처가 났다는 사실은 사라지지 않는다.

그것을 슈드라크가 용서할 수 없다면, 아라키아에게 대가를 치르게 하리라.

"_____."

쿠나에게 답변할 말을 찾으면서 스바루는 힐끔 프리실라 쪽을 보았다.

아라키아와 예사롭지 않은 관계를 내비치던 프리실라가 그녀를 처형한다고 주장하는 쿠나에게 어떤 반응을 보일지, 그것을 확인하려 한 것이다.

그러나——.

"아라키아에 대한 소녀의 태도는 이미 결정되었다. 애초에 그것의 등을 벤 것은 소녀다. 네놈의 얼굴에 달린 검은 눈은 장식이더냐?"

"으……."

"아라키아를 위해 이러쿵저러쿵할 마음은 소녀에게 없다. 그것의 명운이 여기서 끝난다면 그 또한 아라키아의 길이겠지. ——흥이 깨지긴 한다만."

"나는…… 너를 도통 모르겠어."

담담히 아라키아의 생명을 저울에 올리면서 논하는 프리실라에게 스바루는 고개를 내저었다.

마지막을 보면 험악한 관계로도 보이지만, 막상 아라키아의 태도를 보면 친밀한 관계이기도 했을 두 사람. 그런데 프리실라의 태도는 매우 단절적이다.

외부인인 스바루로서는 둘의 관계를 모르겠다.

"하지만 죽으면 다 끝나 버려. 목숨이란 건 돌아오지 않으니까."

"소녀에게 생명의 가치를 설파하는가. 소녀가 타인의 생명의 가치를 잘못 재었다고 할 셈이냐?"

"너도 만능은 아니야. 틀릴 때도 있을 거 아니야."

정면으로 프리실라를 바라보며 스바루는 거의 간격을 두지 않고 대답했다.

그 말을 하자마자 실내의 공기가 팽팽해졌다.

쿠나와 지크르가 숨을 집어삼키고, 알이 투구의 이마에 손을 짚은 것이 보였다. 스바루도 자신이 기세에 따라 위험한 말을 했다는 자각이 있었다.

이 말을 하면 프리실라의 역정을 사서 목숨을 잃을 수도 있고, 말을 마친 뒤에 퇴고하고 깨닫고 만 패턴이다.

다음 순간에는 그 붉게 빛나는 보검으로 목이 날아갈지도 모른다.

그렇다고 해도──.

"나는, 틀리지 않았어. 너도 틀릴 수 있어."

거듭해서 스바루는 목숨을 버릴지도 모를 발언을 반복했다.

그 순간, 프리실라의 눈이 가늘어지고 스바루의 경솔한 행동을 갚게 할 작열의 방문을 환시. 붉게 빛나는 보검이 무례한 자의 목을 치고 무자비한 '죽음'이──.

"소녀 역시 실수한다 했더냐. 부아가 치미는 일이지."

날아오지 않았다.

"어……."

확신했던 『죽음』의 통과에 스바루는 갈라진 숨을 내쉬었다.

그 모습을 흘끗 본 프리실라는 착 소리 나게 부채를 펼치더니 스바루를 뛰어넘어 쿠나 쪽으로 시선을 보냈다.

"그것의 목을 치기 전에 용도를 모색하는 것도 좋을 테지."

"큭, 우리에게 지시하겠단 거냐? 외부인인 네가."

"무시할 수 있다면 해 보아라."

의견을 철회한 프리실라의 시선이 쿠나의 날씬한 몸을 불태우 듯이 쓸었다.

쿠나는 무심코 자신의 몸을 껴안아서 그 시선에 느낀 압력을 스스로 증명하고 말았다. 아쉽지만 프리실라와 쿠나는 수준이 다르다.

몸을 움츠린 자신을 부끄러워하듯 쿠나가 입술을 깨물고, 프리실라가 콧방귀를 뀌었다.

"솔직히 조마조마했다고. 하지만 이걸로 얘기는 정리됐군!"

긴박한 분위기를 깨트리듯 알이 그 손을 힘차게 원탁에 짚어 소리를 냈다.

그렇게 주목을 모은 그는 쇠투구 너머로 스바루에게 시선을 보냈다.

"형제가 죽지 않은 것도 경사지만, 에로하고 귀여운 아가씨가 이 세상에서 무정하게 사라지지 않은 것도 낭보야. 그렇다면 아가씨가 깨거든 얘기를——."

"——큰일이야~!"

시답잖은 농담을 섞으며 알이 아라키아의 처우를 정리하려던 순간이었다.

홀리가 황급한 발소리와 당황한 목소리를 내며 그 커다란 몸을 방 입구에 밀어 넣어 회의장에 뛰어들었다.

모두의 주목을 모은 홀리가 그 몸과 숨을 들썩이며 말했다.

"제국병 2인조가 쳐들어와서 붙잡았던 구신장을 놓쳤어~!"

막간 『가진 자와 갖지 못한 자』

1

'살아 있으면 수모를 씻을 기회도 있어. 하지만 죽으면 끝이라고. 그렇게 되었으니, 나는 간다. 승산이 없는 싸움에는 동참할수 없어.'

그 말에 거짓은 없다.

승산이 희박한 싸움에 투신한다는 것은, 엄청난 바보만 저지르는 우행이다.

자신이 영리하다고는 먼지만큼도 생각하지 않지만, 영리하지 않기 때문에 신중하게 판단해야 한다. 현자라면 한순간에 다다를지도 모르는 결론에, 어리석은 자 나름대로 오래도록 시간을 들여서 다다른다.

그것이 가지지 못한 자가 싸우는 방식임을 토드 팽은 알고 있다.

승산이 없는 싸움에는 따라가지 않는다. 그러나 그것은 역설적으로 말해서──.

"──승산이 있는 싸움에는 따라간다는 얘기가 되는 셈인데."

오른쪽 눈앞에 주먹을 가져와서 살짝 벌린 틈새로 건너편을 내다본다.

보이는 범위를 좁힘으로써 더 먼 곳을 보는 원시적인 수법. 눈을 가늘게 뜨면 꽤 멀리까지 보이는 토드의 눈이지만 아무래도 혼란에 빠진 도시청사 안까지는 내다볼 수 없다.

그것이, 꽤 바람이 잘 들게 휑해진 상황이라도 말이다.

"어이, 도시청사의 지붕이 없어졌어! 뭔 일이 일어난 거야!"

바로 옆에서 높아진 의욕을 주체 못하는 사나운 동행이 빽빽 떠들고 있다.

시끄러워서 집중이 흐트러진다고 손을 흔들어 조용히 하라 시켰다. 조용해졌다. 의외로 순순하다.

"『구신장』이 쳐들어간 것은 확실할 텐데 말이야."

그렇지 않으면 적의 손아귀에 떨어진 성곽도시에 버티고 있을 의미가 없다.

앞서 말한 대로 도시청사가 적의 작전에 함락된 시점에서 토드는 도시를 버리고 도망칠 속셈이었다. 예의 바르게 무장 해제에 따라 투항할 생각도 없다.

애초에 적의 두뇌가 전장의 총아──── 나츠미 슈바르츠를 자칭한 그 남자인 한, 토드나 자말 같은 위험분자는 맨 먼저 제거될 터.

투항한 포로의 사적 처벌은 볼라키아에서도 경원시되지만, 그 남자라면 적당한 이유를 날조해서 자신들을 처형할 것이 뻔하다. 따라서 맨 먼저 도망을 선택한 것이다.

그 선택을 번복하고 남은 것은, 도시에 나타난 '증원'의 존재를 확인했기 때문이었다.

"확실해. 2년 전 종군할 때 본 여자…… 제2위, 아라키아 일장이었어."

닫힌 정문을 가볍게 뛰어넘어 유유히 도시에 잠입한 얇은 복장의 여자를 본 자말은 콧김을 씩씩대며 단언했다.

야성의 본능이 옷을 입고 다니는 듯한 남자다. 생물로서의 강함으로도, 암컷을 판별하는 수컷의 성질로서도, 심금을 울린 상대는 잊지 않으리라.

즉, 제국 최강인 『구신장』 중 한 명이 반란을 제압하러 나타났다. ──이것은, 토드가 사라졌다고 판단한 '승산'이 확실하다.

"편승할까 거부할까, 고민할 가치가 충분히 있는 승산이지."

별달리 『구신장』과 연계할 필요는 없다.

억류당해 일을 할 수 없는 도시청사의 병사보다 일장에게 이바지하면 그만이다. 적의 구속이나 심문, 상황을 보아서 지휘권을 얻어내면 일장의 인상도 좋아질 것이다.

그러면 상부에 등용되어 제도로 돌아갈 길도 일찍 열릴지도 모른다.

"좋아, 돌아가자, 자말. 우리도 도시청사 탈환에 협력하겠어."

"오? 오오, 그런가! 크하하, 그래야지. 도망처럼 성미에 맞지 않는 짓을 해서 여기저기 간지러워서 못 버틸 지경이었거든. 일장에게 공훈을 빼앗길까 보냐!"

"말 같은 소리를 해. 우리가 일장의 콩고물을 받아먹는 거라고."

사지로 돌아간다는 방침 전환에 기뻐하는 자말. 토드는 그 모습에 탄식하면서 시내로 돌아가 도시청사를 멀리서 관측, 자신을 팔아넘길 최고의 호기를 가늠했다.

어디까지나 자신의 신념에 따라 신중에 신중을 거듭해서, 그리고——.

"——죽여, 아라키아."

폭풍 같은 바람에 날아간 도시청사 최상층과, 어렴풋이 보이는 일장의 유린.

멀리서 보이는 은발에 갈색 피부의 제2위는 그 주변에서 주워 온 것으로밖에 보이지 않는 나뭇가지를 휘둘러 세계의 법칙을 지배하고 있는 것처럼 날뛰었다.

슈드라크도 제국병도 구별 없이, 누구나 황폐해진 대청에 쓰러져 있다.

그런 상황에서, 파란 머리 소녀를 등지고 아라키아를 막아선 것은 다른 누구도 아닌 나츠미 슈바르츠의 모습이었다.

그것을 본 순간 토드 안에 떠오른 것은 '일장 앞에 서다니 바보 같은 짓을' 이나 '이러고도 살아 있다니 대단하군' 처럼 안이한 생각이 아니었다.

오히려 토드는 최대한으로 경계심을 높이며 마음속으로 목청 높여 외쳤다.

——여기서 확실하게 그 남자를 죽여 버려, 아라키아.

최악의 경우 자신의 공훈 따위는 아무래도 좋았다. 원하는 것은 저 남자의 확실한 죽음이다.

그런데——.

"이봐, 이봐, 농담이지."

아라키아가 나츠미를 살해하는 순간. 그 결정적인 찰나를 놓치지 않겠다고 집중하는 시야 위쪽에서 무언가가 번뜩였나 싶은 직후, 토드의 갈망이 부서졌다.

번뜩인 붉은 빛이 나츠미와 아라키아 사이에 끼어들었다.

그것은 당당히 아라키아와 맞서며 절대적인 강자로서 나츠미를 비호하고자 등에 감쌌다. 그것을 본 순간, 토드 안의 저울이 크게 기울었다.

"방금 하늘에서 떨어진 건 뭐야?! 비룡인가?! 어디 비룡이야?!"

"————."

"토드, 어쩔 거야! 아라키아 일장을 원호해야 하지 않나! 이봐, 듣고……."

"——입 닥쳐, 자말."

상황의 변화에 언성을 높이던 자말이 토드의 그 한마디에 숨을 죽였다.

자말 쪽에 시선을 주지 않고, 토드는 도시청사의 광경에서 눈을 떼지 않았다. 붉은 드레스를 두르고 나타난 여자는, 정면으로 아라키아와 대치하고 있다.

한눈에 알았다. ——저 여자 또한 일반인과 동떨어진 '가진' 쪽의 인물임을.

그리고 절체절명이라고 여기던 상황에서 자신의 목숨을 건져 낸 나츠미 또한 전투력이나 운동력과는 다른 형태의, '가진' 자라는 사실을 통감했다.

"토드……!"

"움직이지 마, 자말. ――움직여 봤자 어떻게 될 것도 아니야."

있었어야 할 승산은 사라지고, 토드가 지켜보는 사이에 상황은 더욱 악화한다.

다가오는 자말의 분노는 알고 있지만 지금 나가 봤자 개죽음만 당한다.

여하튼――.

"마침 지금, 아라키아 일장이 당하는 중이니까."

붉은 여자의 칼날을 등에 맞은 아라키아는 속수무책으로 엎어졌다.

기울어진 저울은 망가져서 다시 반대쪽으로 기울어질 일은 더이상 없었다.

2

"――――."

아라키아가 쓰러지고 도시청사의 사태는 종결되었다.

이번에야말로 철저하리만큼, 성곽도시 과랄은 적의 손아귀에 떨어졌다고 할 수 있으리라.

여기서 만회할 방법은 없다. 저울은 완전히 기울어졌고, 남은 것은 패전 처리 방법뿐이다.

"이를 어쩐다."

도시청사의 추이를 지켜보던 건물 그늘에서 토드는 조용히 생각에 잠겼다.

　솔직히 노기와 분한 마음으로 감정이 끓어오르고 있지만 그것을 뱉어내 봤자 의미는 없다. 돌아온 이유가 사라진 이상, 냉큼 꽁무니를 빼는 것이 영리한 선택일 테지만——.

　"야, 토드…… 너, 설마 낯짝 두껍게 내뺄 작정은 아니겠지."

　그렇게 이마에 핏대를 세운 자말을 설득할 말을 찾아낼 수 없었다.

　도시청사의 깃발이 불타고 도시가 함락된 직후에도 자말을 설득하는 데는 애를 먹었다.

　그래도 그때는 그나마 자말의 감정 유도가 쉬운 상황이었다. 뽑으려던 검을 넣게 하고 마지못하게나마 따르게 할 수가 있었다.

　하지만 집어넣은 칼날을 도로 뽑게 한 지금은 그럴 수가 없다. 실제로 여기서 말을 잘못 고르면 뽑은 칼날을 토드에게 겨눌지도 모를 위험성이 있었다.

　그런 사태가 되면, 아무리 자말이라도 죽이지 않을 이유가 없어진다. ——장래의 형님이 될 상대다. 가능하다면 죽이고 싶지 않다.

　무사히 데리고 돌아간다는, 약혼자와 한 약속도 지킬 수 없어지니까.

　"그 방향으로 가 볼까."

　"아앙?"

　"네 마음도 이해해. 하지만 냉정해져. 아라키아 일장이 쓰러진 이상, 우리가 쳐들어가 봤자 승산은 없어. 개죽음이라도 당해서 여동생을 슬프게 만들 거야?"

"_____."

자말을 회유할 수단으로 가족애를 방패로 내세우며 설득을 시도한다.

이것이 효과가 있기를 빌며 착잡한 표정을 지은 직후, 조용히 뻗어온 팔에 멱살을 잡혔다. 그리고 외눈의 자말이 얼굴을 홱 들이대면서 이를 드러냈다.

"이 자식, 카츄아 얘기를 하면 언제든 내가 쭈그러들 거라고 여긴다면 큰 착각이다."

"그런가. ……아쉽군."

토드는 느릿느릿 고개를 가로젓고 자못 본심에서 나온 실의를 전했다.

두세 방 맞아서 직성이 풀린다면 맞아 주어도 되겠지만, 혀를 차면서 토드를 떠미는 자말에게 그럴 마음은 없어 보였다.

직접 손을 쓸 필요는 없을 듯하지만 그를 막을 수단도 없다.

다행히 개구멍을 수색하느라 거리의 지리는 파악이 끝났다. 아라키아가 날뛴 지금이라면 탈출은 쉬울 것이다. 자말도 한바탕 날뛰어서 이목을 끌어 주려는 모양이고.

"자말, 미안하지만 나는 가겠어. 말해 봤자 헛수고겠지만 개죽음이 될 거라고. 쳐들어가 봤자 놈들을 다 죽이기는……."

"바보냐! 그런 가당치도 않은 짓 안 해! 나는 아라키아 일장을 데리고 나올 거다."

"뭐……?"

무의미한 줄 알고도 말한 감상이었으나 생각지도 못한 한마디를 끌어냈다.

무심코 발길을 멈추고 뒤돌아본 토드. 그 얼굴을 자말이 "뭐야." 하고 언짢게 보다가 말했다.

"설마, 내가 죽음을 각오하고 돌진할 줄 알았냐?"

"그래, 생각했어. 넌 철석같이 개죽음당하는 게 희망인 줄로."

"웃기지 마! 네가 이것저것 얍삽한 생각하면 넘어가 주고 있지만, 나도 생각할 머리는 달려 있어! 가능한 일과 불가능한 일의 구별은 할 줄 알아."

자말이 뜻밖의 발언을 해서 진심으로 토드를 놀라게 했다.

전투에서는 볼 만한 점도 있지만 그 외에는 직설적인 행동거지와 소행이 너무 나빠서 무엇 때문에 머리가 달려있는지 모를 남자라고 여겼었는데.

"네가 얼빠진 겁쟁이라면 할 수 없지. 카츄아는 남자를 보는 눈이 없었던 거야. 나는 혼자라도 일장을 데리고 나온다. 괜찮은 엉덩이가 달린 여자였거든."

"잠깐, 나도 간다."

"아앙?! 이 자식, 설마 카츄아 엉덩이로는 만족할 수 없다는 소리…….."

"자살에 합류할 마음은 없지만 그게 아니라면 얘기가 다르지."

토드는 불명예스러운 의혹에 반응하지 않고 자말의 입을 손바닥으로 막았다. 강제적으로 입을 막고서 머릿속에서 전환한 방침에 따른 행동 예정을 구축했다.

본래 벼락치기로 일을 진행하는 것은 토드의 성미에 맞지 않는다. 하지만 서글프게도 자말과 행동을 함께하기를 거듭하는 중에 즉흥적 행동의 경험치도 본의 아니게 늘었다.

도시청사 탈환을 위해 자말이 혼자서 옥쇄하겠다면 내버려 두었을 것이다. 그러나 행동 목표가 아라키아의 탈환이라면 이야기는 다르다.

——서서히 상황의 뒤처리로 들어가고 있는 도시청사.

요주의 대상은 나츠미와 붉은 여자, 그것들이 있는 곳에서 행동을 일으키는 것은 자살행위다. 단, 상대방도 몸 성히 사태를 수습해 냈을 리는 없다.

팽팽해진 긴장을 푼다면, 거기에 파고들 틈이 있다.

"쳐들어가서 소동을 일으킨다. 그 틈을 타서 일장을 구출하면……."

"아까 감탄한 것이 물거품이군. 경계해야 할 사람이 두 명 있어. 절대로 그 녀석들이 있는 곳에선 일을 일으킬 수 없어. 뭘, 걱정할 것 없다고."

조급해하는 자말을 달래면서 손가락 틈새로 내다보는 토드가 미소를 띠었다. 그 안쪽에 있는, 하얀 송곳니를 혀끝으로 건드리며 숨죽여 웃는다.

시선 앞에 빈사 상태로 끌려 나가는 아라키아의 모습이 있다.

시체가 되지 않았다면 얼마든지 데리고 나올 수단은 있으니까.

3

　원래 거점으로 삼고 있던 건물이다. 도시청사에 숨어드는 것은 간단한 일이었다.

　토드는 평소부터 한 번이라도 들른 장소의 지리 및 배치를 파악하는 습관이 있다. 도피로나 숨을 수 있는 장소의 견적을 내지 않으면 안심하고 머무를 수 없는 성질이다.

　따라서 숙지하고 있다.——인간을, 어디서 죽이고 숨기면 남의 눈에 띄지 않고 끝나는지를.

　"억."

　도시청사 옥내에 숨어들고는 틈틈이 보이는 감시의 눈길을 제거한다.

　보초로 선 것은 자경단의 위사다. 원래 제국군에 협력하고 있음에도 도시가 함락하자마자 불온분자—— 이미 어엿한 '반란군' 으로 변한 무리에 가담한 기회주의자.

　"네놈들에게 베풀 인정은 없어."

　두 손으로 잡은 보초의 목을 상하 거꾸로 부러뜨린 자말이 짜증스럽게 내뱉었다.

　제국 귀족이고, 제국 군인인 것을 더 큰 긍지로 삼고 있는 자말이다. 그 제국에게 반역하는 반란군에게 협력해 배신한 위사에 대한 분노는 헤아릴 길 없다.

　"뭐, 나에겐 없는 발상이지만."

　죽일 필요가 있으니까 죽일 뿐이고, 죽이지 않아도 된다면 죽이지 않았다.

　지나치게 신속한 전향도 살아남기 위해서 강한 쪽에 붙었을 뿐
이라면 탓할 이유도 없다. 물론 그릇된 판단의 대가는 목숨으로
치르게 되었지만.

　그렇게 자말과 둘이서 방해되는 위사를 제거하면서 전진해 목
적한 장소로.

　도시청사 지하에는 감옥이 있고, 재판으로 도시장의 처분을
기다리는 죄인이 들어가는 관습이 있다. 포로가 된 아라키아도
그 감옥에 들어갔을 가능성이 높다고 짚고 있었다.

　"——찾았다. 일장이다."

　내려간 지하 공간에는 여러 감옥이 넓은 공간의 좌우에 각각
배치되어 있다. 가까운 곳부터 순서대로 형이 가벼운 죄인이 들
어가는 형식이지만 가장 견고한 곳은 가장 안쪽 감옥.

　그리고 당연하지만 아라키아가 들어간 가장 안쪽 감옥은 엄중
하게 지켜지고 있었다.

　입초를 서고 있는 것은 위사가 아니라 머리카락을 노랗게 물들
인 슈드라크 여자다. 창을 든 덩치 큰 여자로, 위사와는 비교도
되지 않을 실력자임을 한눈에 알 수 있었다.

　"피해서 지나갈 수 없어. 찔끔찔끔 숨어 다니는 것도 이제 끝이
란 거지."

　"넌 왜 기쁜 내색이야."

　피할 수 없는 강적을 앞두고 기쁜 눈치인 자말의 태도는 이해
하기 어렵다.

아마도 더 위험한 쪽이, 더 피를 흘리는 쪽이 제국에 대한 충성을 증명할 수 있다거나 하는 생각을 하는 것이리라. 토드는 할 수 없는 발상이다.

"뻔하지 않냐. 제국 군인답게 싸우고, 전과를 쟁취한다! 그래야 나는 자신이 제국 군인이라고 가슴을 펼 수 있단 말씀이야."

"몽상 같은 말을 듣고 놀라는 것도 웃기는 얘기겠지."

이렇게까지 언행이 일치하는 인간이란 것도 드물다.

대답에 불쾌한 표정을 지은 자말은 무시하고, 토드는 파수를 보는 여자를 관찰했다.

간수인 여자는 몸이 두툼하고 팔다리도 그만한 살집이 지키고 있다. 슈드라크의 운동 능력을 감안하면 토드의 도끼로도 팔다리는 한 방에 나가지 않을지도 모른다.

필연적으로 노릴 곳은 머리를 깨거나 목을 자르거나. 얼굴을 박살 낸다는 선택지도 있지만——.

"이럴 때야말로 내가 나설 때 아니냐."

그렇게 말하고 대담하게 웃은 자말이 우직하게 앞으로 나섰다.

그 행동을 불러 세울지 한순간 망설였지만, 토드는 아무 말도 하지 않았다. 실제로 자말을 떠밀어서 주의를 끄는 것이 즉흥적으로 떠올린 계획의 제1후보였다.

그 수고를 생략해도 당사자가 할 맘이 있다면, 일부러 그 의욕을 꺾을 필요는 없다.

"우웃, 웬 놈이야~?!"

"대답할 필요가 있나? 네놈들은 볼라키아 제국의 검랑(劍狼)

을 더럽혔다. 내가 없던 전장에서 이겼다는 행세하지 마!"

"이상한 녀석이 나왔, 어~!"

넓은 공간에 나선 자말을 본 슈드라크 여자가 큰 창을 들었다. 한편, 대치한 자말은 쌍검을 뽑더니 눈에 핏발을 세우면서 달려들었다.

이것저것 문제 행동이 많은 자말이지만 그 실력은 보증 수표다. 적어도 상대가 슈드라크 중 한 명이라는 차원이라면 뒤처지는 않는다.

"자아, 자아, 자아, 자아, 자아, 자아, 자아, 자아아!"

"──윽! 강한 녀석이야~!"

시끄러운 소리로 부르짖으면서 미쳐 날뛰는 쌍검이 슈드라크에게 무수히 꽂혔다. 슈드라크는 큰 창을 놀려 그 공세를 능란히 피하지만 방어 일변도다.

아라키아를 감시하기 위해 그만한 실력자를 배치하기는 했으리라. 하지만 감옥에 넣자마자 곧장 구출하러 나타나는 자가 있을 줄은 생각도 못 해 봤던 모양이다.

그렇기에 자말의 맹공에 노출되어 뒤늦게 뛰쳐나온 토드를 막을 방도도 없다.

"아! 한 패가…… 꺄윽!"

"딴 데 보고 있을 여유가 있냐? 아앙?!"

웬일로 눈치가 있는 자말의 도움을 받으며 토드는 감옥 자물쇠에 도끼를 있는 힘껏 갈겼다.

열쇠를 찾을 틈은 없다. 감옥을 파괴하는 것도 불가능하지만 자물쇠 정도는 부술 수 있을 터다.

둔탁한 소리와 단단한 손맛이 나고, 도끼 끝부분이 대차게 찌그러졌다. 하지만 대신에 감옥 자물쇠는 요란하게 망가지고 삐걱거리는 소리와 함께 열린 내부로 토드가 뛰어들었다.

"아라키아 일장!"

감옥 안, 간이 침대에는 앞으로 눕힌 소녀가 있었다.

의식이 없는 아라키아, 앞으로 눕혀진 것은 그 등에 받은 참격이 원인이다. 매끈한 피부에는 애처로운 상처가 마치 낙인처럼 새겨져 있다.

베인 상처가 동시에 불태워져 흉터로 변했다. ——달군 칼날로 상처 내지 않으면 이런 상처는 나지 않으리라.

"그 붉은 여자, 무슨 짓을······."

예사 인물이 아니었던 여자, 그 손에 잡혀 있던 보검의 힘도 상궤를 벗어났다는 뜻이다.

그 이상의 자세한 정보는 없고 부르는 말에도 아라키아는 반응하지 않았다. 토드는 할 수 없이 아라키아의 몸을 안아 들고 곧장 감옥 밖으로 뛰쳐나갔다.

"회수했어! 자말, 가자!"

"그러게 놔두진······ 아윽?!"

"그러니까! 딴 데! 보지! 말라고오오오오——!!"

아라키아를 빼앗기자 슈드라크 여자의 의식이 딱 한순간 다른 곳에 쏠렸다.

그 순간 뛰어든 자말의 일섬, 여자는 그것을 잽싸게 큰 창으로 막았지만, 충격에 무기가 나가떨어지고 무방비해진 여자의 몸통에 자말의 뒤차기가 꽂혔다.

비명을 터트리며 튕겨나간 여자의 몸이 지하 감옥 벽에 거세게 부딪혔다. 머리를 세게 부딪힌 여자는 축 늘어져서 움직임을 멈추었다.

그 모습을 보던 토드는 숨통을 끊으라고 명령하려 했지만——.

"——쯧, 위쪽이 소란스러워졌군. 위사의 시체가 발견됐나."

"치잇, 꾸물댈 수 없겠어. 일장은?"

"의식은 없지만, 죽진 않았어. 그거면 충분하잖아."

자말의 물음에 짧게 대답한 토드는 달려서 지하 감옥 밖으로. 그런 토드를 가볍게 추월해 앞장선 자말이 길을 트는 역할이다.

"대체, 누가…… 끄어?!"

"비켜, 비켜, 덜떨어진 머저리들아!"

지하를 들여다본 위사가 참격을 맞고 날아갔다. 토드도 자말의 뒤를 쫓아 경계가 높아진 도시청사를 달려 나갔다.

미안하지만 안아 든 아라키아의 몸을 배려할 여유는 없다. 『구신장』 중 한 명이라면 몸도 튼튼할 것이다. 그 내구력을 믿고 달릴 뿐이다.

"나왔다! 어디로 갈 거야!"

"정문은 닫혔어. ——따라 와."

소란스러워진 도시의 암야를 누비며 토드는 자말을 데리고 뒷골목으로 뛰어들었다. 그대로 좁은 길이나 샛길을 구사해 행방을 쫓아오는 적의 눈을 속인다.

싸움이 끝난 직후의 상황, 혼란이 식지 않은 전장, 덤으로 같은 복장을 한 제국병은 숫자만 따지면 300명은 도시에 있다. 분간이 갈 리 없다.

나머지는——.

"——큭!"

바람 가르는 소리가 들린 순간, 토드의 바로 등 뒤에서 칼이 휘둘러졌다.

뒤돌아보니 발 아래에 박힌 굵은 화살 한 대가 눈에 들어왔다. 베여 떨어진 그것은 토드를 노린 것으로, 자말이 반사적으로 대처했다.

도시 안, 숨은 채 도주하는 토드 일행을 정확하게 노린 일격.

틀림없이 며칠 전에 토드의 몸통을 관통한 사수와 동일 인물일 것이다.

——보고 있다.

그렇다면 섣불리 움직일 수는 없다.

골목을 나가면 표적이 되고, 아라키아를 데리고 있는 토드는 민첩하게 움직이기도 어렵다. 사수를 죽이려고 해도 각도상 적의 위치는 도시청사—— 세 번째 돌아간다는 선택지는 없다.

그러면, 아라키아를 버리고 도망칠까. 그쪽이 가장 목숨을 건질 가능성이 높지만, 그렇다면 무엇 때문에 위험을 무릅썼는지 알 수 없어진다.

현 상황을 돌아보며 취할 수 있는 수단을 찾았을 때, 가장 가능성이 높았던 것은——.

"──자말, 표적이 된 것은 알겠지."

"그래, 성가신 놈들이야. 너무 멀어서 도저히 죽이러 갈 수가 없어. 이대로는, 일방적으로 저격당하다가 끝장이야. 어쩔 건데."

"수단은 하나밖에 없어."

토드의 말에 자말의 외눈이 번뜩 가늘어졌다.

헌책을 요구하는 자말의 시선에 토드는 깊이 숨을 내쉬고 한쪽 눈을 감았다.

"적은 우리를 저격하고 있어. 그러니까 앞서 가는 네가 화살을 베어내는 거야. 한 발이 아니라, 두 발 세 발 연속으로. 그리고 나는 일장을 떨어뜨리지 않게 전력으로 달린다."

"핫, 어울리지 않는구만. 그게 네 수단이냐? 이판사판이잖아."

"궁극적으로 패가 다 떨어지면 그럴 수밖에 없단 얘기야. 그래도 난 그나마 운이 좋은 셈이지."

"앙? 어디가."

"너라는, 꽤 강한 패가 남아있으니까."

제시한 작전은 거의 자말의 무력에 다 떠넘긴 것이었다.

자말이 날아오는 화살을 쳐내지 못하면 그 시점에서 두 사람 다 죽는다. 그런 무모함에 목숨을 걸다니, 토드의 신념으로 보자면 제정신이 아니다.

그러나 그렇게 제안한다. 자말의 무력이라면 가능성이 없지는 않다고.

"역시 카츄아는 남자 보는 눈이 없었군. 더 머리가 좋은 녀석인 줄 알았었는데."

"내 약혼자 험담은 그만두라고, 형님."

머리를 긁은 자말의 말에 토드는 뺨을 일그러뜨리고 대답했다. 그 말을 들은 자말은 "하." 하고 짧게 숨을 뱉고는 쌍검의 칼자루를 고쳐 잡았다.

그리고 그 다부진 등을 토드에게 돌리고 선언했다.

"좋아, 넘어가 주마. 가끔은 바보 같은 내기도 나쁘지 않지."

"내가 없으면 넌 그런 도박만 할 것 같지만 말이지."

"시끄러. ──너는 잠자코 내 등이나 쫓아와!"

흰소리를 주고받으며 당당히 선언한 직후, 자말은 골목을 뛰쳐나갔다.

그 즉시 강풍을 두른 화살 한 발이 자말에게 꽂혔다.

"──읏."

그것을, 자말은 경이적인 반사 신경으로 대응해 쌍검을 마주쳐 쳐냈다. 충격이 자말의 손목에 반사되고 어금니를 악다물며 검랑이 웃었다.

피가 타오르고 심장이 뛰어 생명이 끓어오르는 감각이 자말을 지배했다.

"──하하핫!"

잇달아서 쏟아지는 화살비 속을 자말과 토드가 내달린다.

지면을 밟고 춤추듯이 검을 휘둘러 화살을 쳐내고 떨군다. 펼쳐지는 것은 검무, 자말 오렐리가 추는 검의 춤이다.

사납게 공격을 쳐내면서 자말은 토드의 분전에도 감탄했다.

폭풍 같은 치사성 화살이 쏟아지는 와중에 토드는 소리 한 번

지르지 않으며 따라오고 있다. 자말의 주의가 벗어나면 그것이 죽음으로 직결할 것을 그도 알고 있다는 증거다.

따라서 자말은 의식에서 토드를 쫓아내고 다가오는 '죽음'을 피하는 데 온 마음을 다했다.

직진. 회피, 쳐내기, 파고들기, 뛰고, 걷어내고, 길을 튼다.

그리고——.

"——젠장."

길의 종단. 창을 겨누는 슈드라크 무리의 마중을 받자 욕설이 튀어나왔다.

사수에게 저지당하며 저만한 수의 슈드라크를 피하기란 어렵다. 불가능하다 말해도 무방하다.

"이것저것 얍삽하게 행동해도, 마지막에는 운에 버림받나. ……하, 허무하기도 하지. 하지만 나쁘진 않았다고."

쌍검의 감촉을 확인하면서 자말은 등 뒤의 토드에게 진심으로 말했다.

토드의 생각이나 행동에는 이래저래 휘둘리며 짜증이 날 때도 많았다. 그러나 마지막에는 그도 제국 군인답게 자신의 목숨이 다할 때까지 저항하기를 선택했으니까.

"카츄아에게는 미안한 짓을 해 버렸지만 할 수 없지. 그 녀석도 제국 귀족 나부랭이야. 나나 네가 이렇게 될 것도 각오했겠지."

제도에 남기고 온 여동생을 생각하며 자말은 희미하게 가슴이 쑤시는 감각을 느꼈다. 그러나 그것은 금세 눈앞의 적을 향한 적의에 지워지고 피 냄새가 모든 것을 덧칠했다.

그렇게 되자 안심했다. ──자신은 골수까지 볼라키아 제국의 검랑이다.

　"하자고, 토드. 최소한 마지막에는, 녀석들에게 호된 맛을 보여 주겠어──!"

　자말은 앞으로 훅 쏠린 자세를 취하고, 안대에 가려진 오른쪽 눈에서 흐르는 피를 핥았다.

　그리고 사납게, 제국 군인으로서 최후의 위신을 보이고자 정면으로 적에게 뛰어들었다.

　치명적인 공격이 폭풍처럼 쏟아지지만, 이제 아무 후회도 없다.

　마지막까지 자신답게 있을 수 있다는 것이야말로 자말에게 가장 큰 훈장이었다.

4

　"진짜 마지막까지, 넌 바보였네."

　멀리서 들려오는 자말의 맹포한 포효에, 토드는 벽의 구멍을 지나가며 중얼거렸다.

　통과한 구멍은 즉시 없애고, 쫓아오지 못하게끔 공들여 흔적을 지워 두었다. 추적자는 한동안 자말에게 붙들려 있을 테니 도망칠 시간은 있을 터다.

　어울리지 않는다고 자말이 한 말이 맞다.

　이판사판의 작전에 목숨을 맡기는 짓, 토드는 죽어도 하지 않는다. ──아니, 죽지 않기 위해서야말로 그런 짓은 절대로 하지 않는다.

"녀석들의 주의는 네가 끌어 주겠지. 뭐, 카츄아에게는 미안한
짓을 했지만……."

형님을 데리고 돌아간다는 약속은 지킬 수 없어져서 약혼자는
몹시 가슴이 아파하리라.

그런 약혼자를 위로하기 위해서도 한시라도 빨리 제도로 돌아
가고 싶다. 다행히 자말을 잃어버린 대신에 제도로 돌아가기 위
한 다른 수단은 손에 넣었다.

그것도, 삼장(三將)으로 승격할 수 있을지 위태로운 자말보다
훨씬 더 큰 발판으로 이어질 만한 대박의 패를.

"공주, 님……."

"나 원 참, 꽤 앳된 표정을 다 지으셔. 구신장이라면 죽인 수는
백이나 이백으로 그치지 않을 텐데."

토드의 품에서, 감은 눈에서 눈물을 흘리는 아라키아. 그 뺨에
흐르는 눈물을 보면서, 그러고 보니 또 동행이 안대를 차고 있구
나 하고 토드는 멀뚱히 생각했다.

생각한 뒤에, 토드는 문득 갸우뚱했다.

"자말 녀석, 얼굴 어느 쪽에 안대를 했더라……?"

제2장 『자칭 영웅 나츠키 스바루』

1

　──사로잡힌 아라키아, 그 신병을 빼앗겼다는 보고는 회의장에 격진을 불렀다.

　애써 확보한 『구신장』의 신병이다. 그 취급을 둘러싸고 대화가 진행 중이던 점도 포함해 곧장 되찾고자 수색 인원이 떠났지만──.

　"면목 없어. 홀리의 활로도 따라잡지 못해서, 달아나 버렸어."

　"버렸어……."

　그렇게 고개 떨구고 사과하는 것은 장거리 저격의 허를 찔린 쿠나와 홀리 두 명이었다.

　쿠나는 즉시 흉보를 가져온 홀리를 데리고 청사 옥상에서 적을 찾았다. 도시 밖에서 토드를 맞추었을 때와 마찬가지로, 둘이 덤벼 도망자를 해치우기 위해서다.

　그러나 적은 미끼와 본대 양쪽으로 갈라져 쿠나와 홀리를 감쪽같이 따돌렸다.

그 결과, 아라키아의 신병 탈환은 실패하고 제국 일장은 도주에 성공했다.

"소수로 적진에 쳐들어와 목적만을 완수하고 벗어난 작자다. 각자의 역할 분담과 그것을 실행한 담력을 감안하면, 추적자를 보내 봤자 잡을 수 없을 테지."

"족장에게도 타리타에게도, 면목이 없군."

매서운 눈매로 적을 분석하는 아벨의 말에 쿠나는 입술을 깨물고 분한 마음을 드러냈다.

그 어깨를 홀리가 살며시 부축하고 있지만, 족장 대리로서 아라키아에 대한 응보를 주장하던 쿠나의 실의는 심각하다. 다만 아벨의 냉랭한 발언에도 수긍이 간다.

아라키아를 데리고 나간 적은 주도면밀하여 잡으려면 터무니없는 난관이 뒤따르리라는 것이.

"그자의 명운이 다하지 않았다면, 아직 역할이 남아 있다는 것이겠지."

"프리실라……."

침묵이 깔렸을 때, 프리실라의 고요한 말이 나왔다.

아라키아의 생사에 관해서 어딘지 달관한 인상이 있던 프리실라. 아라키아의 탈출을 어떻게 여기고 있는지, 그 붉은 눈에서는 읽어낼 수 없다.

스바루가 알 수 있는 것은, 그 죽음을 바라고 있던 것은 아니라는 사실 정도다.

"그래서, 결국 아라키아 아가씨는 어쩔 거야? 방치로 결정?"

"밖으로 도망쳤으면 달리 쓸 수단이 없지."

일부러 분위기를 깨는 알의 발언에 스바루는 씁쓸한 표정으로 대꾸했다.

쿠나와 홀리의 저격에 대처한 이상, 도망자의 실력은 상당한 수준이다. 더불어 도망 중에 아라키아가 깨어나기라도 했다간 감당할 수 없다. 희생자만 늘어날 것이다.

——안 그래도 도망자가 도시청사에 침입했을 때 죽은 위사가 있을 정도니까.

"무혈입성은 무슨, 멍청하기 짝이 없는 자식."

스바루는 긴 까만 머리 가발을 쓸어 올리고 한심한 자기 자신을 마음속 깊이 저주했다.

힘차게 떠맡으며 해내겠다고 장담했던 무혈입성—— 과랄 함락을 성공시키려던 작전은, 막상 들추어 보니 기개와는 정반대로 많은 희생을 치렀다.

구두 약속은 깨지고 거짓말쟁이라고 비난당해도 변명할 수가 없다. 만약 아무도 스바루를 사기꾼이라 탓하지 않는다 해도, 스바루 자신이 자신을 비방할 만큼.

뭐 이런 거짓말쟁이에 파렴치한 작자가 있느냐고——.

"무혈입성, 이라고?"

스바루가 중얼거린 말을 듣고 돌이키듯 되뇐 목소리가 있었다.

원탁에 턱을 괸 프리실라다. 그 고운 눈썹을 가볍게 들어 올리며 웬일로 놀람이 섞인 표정으로 "너." 하고 스바루를 쏘아보더니 말했다.

"퍽 무모한 말을 다 들었군. 설마 피를 보지 않고 도시를 함락하려고 한 것이냐? 이 전쟁 통에, 압도할 전력이 없는 상태로."

"그래. 뭐가 잘못됐냐. 아니, 잘못한 거겠지. 결국 실패했으니까……."

"어이없는 발상에 아주 기가 막혔을 뿐이다. 하물며 그 몽상을 실행에 옮기기로 했다는 것이 경탄스럽군. ──아벨, 네놈, 제정신이냐?"

"작전 자체는 제정신으로 할 짓은 아니었다만."

질문의 화살표를 아벨로 돌리자, 팔짱을 낀 그는 프리실라의 의혹에 수긍했다.

하지만 아벨은 제정신 같지가 않다고 평한 작전을 받아들이고 실행했다. 그와 옛 지기 같은 프리실라는 아무래도 그걸 이해할 수 없는 모양이었다.

"옥좌에서 제국을 바라보며 어떡해야 그렇게까지 해이해질 수 있지? 희생 없는 전과는 없다. 피를 흘리지 않고 긍지는 유지할 수 없다. 그것이 제국의 방식이지 않느냐."

"나 역시 검랑의 규정을 어길 마음은 없다. 예사로운 작전은 아니라고 말했지만, 승산이 있었지. 실제로 아라키아의 존재가 없었으면 무혈입성은 이루어졌을 것이야."

"────."

"틀린 것은 작전이 아니다. 내 안목이지. 프리실라, 네 녀석이라도 내 군사의 헌책을 우롱하는 것은 용서 못한다. 내가 재가했다. 책임은 나에게 있다."

의외롭기 짝이 없는 주장으로 아벨이 프리실라와 정면으로 대립했다.

군사. 못 들은 척할 수 없는 역할에 임명되었지만 아벨의 언동은 명백하게 스바루를 감싸는 것이었다. 두 사람의 서슬 퍼런 눈싸움에 끼어들 수 없었다.

"뭐야, 형제. 꽤 사랑받고 있잖아. 대출세했네."

"나는 에밀리아땅의 기사고, 베아코의 보호자라는 입장으로 충분해. 이보다 더 알지도 못하는 직함을 받는 건 사절이야."

다가붙은 알과 알지도 못하는 애먼 책임도 같이 밀어냈다.

물론 아벨이 감싸 준 덕에 프리실라의 관심은 그쪽으로 향한 듯하다. 다만 그걸로 스바루의 속마음에 난 상처가 아무는 것은 아니다.

잃어버린 생명의 책임은, 작전을 입안하고 실행한 스바루에게 있을 터다.

"다 구할 수는 없어, 형제."

그런 스바루의 갈등에 투구의 걸쇠를 만지작거리면서 중얼거린 알의 말이 꽂혔다. 힐끔 시선을 돌리니 그는 스바루 쪽을 보지 않으며 천장을 우러렀다.

"누구나 멋대로 살고, 멋대로 죽는 거야. 다들 자기 인생의 뒤치다꺼리는 알아서 하는 법이라고. 형제가 멋대로 떠안아도 될 게 아니야."

그것은 알이 가끔 보여주는 심드렁한 사고방식에서 드러난 주장이었다.

사실 알의 말이 맞다. 모두 구할 수는 없고, 구하려고 마음먹으면 한도 끝도 없다. 그러니까 스바루는 지금까지도 모든 것을 남김없이 구하려고는 하지 않았었다.

　그러나 전쟁은 규모가 다르다. ──진실로, 그 선택이 옳다고 할 수 있는가.

　스바루의 행동 하나로 구할 수 있는 생명은 열이나 백 수준이 아니지 않은가.

　"촌극도 어지간하구나."

　스바루와 알의 대화를 아랑곳하지 않고 프리실라와 아벨의 눈싸움도 이어지고 있다.

　자신의 책임이라는 아벨의 단언에 프리실라는 가슴골에서 부채를 뽑더니 그 끝으로 빙글 회의장── 아니, 도시 전체를 가리켰다.

　"군사의 헌책 덕에 성공적으로 도시를 함락하고도 이 꼬락서니. 아라키아를 쫓아낸 기적도 두 번은 없다. 그 수법도 다시 쓸 수는 없을 테지?"

　"그래, 두 번째는 없다."

　프리실라의 물음에 아벨이 주저 없이 수긍했다.

　아라키아를 쫓아낸 수법이라는 말에 눈썹을 찌푸리던 스바루도 생각이 미쳤다. ──알과 아라키아가 검극을 주고받는 도중, 아라키아의 모습이 이상해졌던 순간이 있었다.

　"그것은, 알이 무언가 했던 게…….."

　"응? 나 아니야. 애당초, 나라면 그다음을 좀 더 스마트하게 했었겠지. 난 튕겨져서 추락했었잖아."

듣고 보니 알의 소행치고는 그다음이 소홀했다.

두 사람의 대화를 듣자 회의장이 시선이 아벨에게 모였다. 그 자리에서 무언가 술수를 부렸다면 이 남자뿐이다. 모이는 시선에 아벨은 번거로운 듯이 콧방귀를 뀌었다.

"아라키아는 『정령 포식자』다. 대기 중의 정령을 포식해 그 힘을 흡수하는 성질이 있지."

"정령, 포식자……?"

들은 적이라곤 전혀 없는, 그러나 불길한 용어에 스바루는 무심코 눈을 동그랗게 떴다.

볼라키아 제국이 루그니카 왕국과는 다른 룰, 다른 토양에 성립되었음은 여태까지도 깨달았지만, 『정령 포식자』라니 또 상당히 해괴한 말이다.

스바루 본인도 정령의 힘을 빌리는 정령술사 나부랭이지만 그쪽과는 너무나 이질적인 용어로, 짧게 말하면——.

"절대로 베아코와 마주치게 하고 싶지 않네……. 그 『정령 포식자』란 일반적인 건가?"

"그럴 리가 있겠느냐. 『정령 포식자』는 원래 볼라키아의 변경에 사는 부족에만 전해지는 비술 중 하나다. 그 강력한 특성 때문에 멸망당해 강림법도 사라졌다."

"적어도 내가 알기로, 아라키아 외의 『정령 포식자』는 확인하지 못했다. 있다면 정성껏 보호했을 테지. 그것은 관람자의…… 아니, 지금은 관계없군."

이야기의 탈선을 꺼려해 고개를 가로저은 아벨이 "본론으로 돌아가마." 하고 레일로 복귀했다.

스바루도 『정령 포식자』가 일반적이지 않다는 말에 베아트리스가 깨물릴 걱정은 없어졌다고 안도하면서, "그래서?" 하고 되물었다.

"『정령 포식자』 아라키아를 어떻게 홀린 거야?"

"홀린 것이 아니다. ——마나 멀미에 빠트렸을 뿐이지."

"마나 멀미…… 아항. 옳거니. 그것참 용한 재주를 부렸어."

알이 아벨의 답변에 납득한 듯 턱을 어루만지면서 감탄한 투로 끄덕였다.

그런 알과 달리 스바루는 마나 멀미라는 말만으로는 느낌이 딱 오지 않았다.

"확실히, 마나 농도가 확 짙은 곳에 가면 마나에 과민한 체질인 사람은 몸 상태가 망가지기 쉽다…… 같은 얘기였던 것 같은데."

"아라키아는 『정령 포식자』라는 특성 때문에 그 방면의 영향을 받기 쉽다. 그렇다고는 해도 정령을 흡수하는 이상 내성은 평범 수준을 벗어났지. 그런 아라키아에게 멀미를 일으키려고 한다면……."

"그래, 비보를 써야 했다. 저것에 사용된 몫까지 포함해서 내 수중에 남은 건 바닥났어."

저것, 이라고 말하면서 턱짓으로 아벨이 가리킨 것은 스바루였다. 그 말에 스바루는 "비보?" 하고 눈썹을 찌푸리며 갸웃했다.

"비보라면 뭘 말하는데? 그런 건, 짚이는 구석이 없다만……."

"『혈명의 의식』 때, 마수(魔獸)의 뿔을 부러뜨리는 데 반지를 부수었을 텐데. 그게 그거다."

"아……."

까맣게 잊고 있었지만 듣고 보니 마법을 쓸 수 있는 반지를 빌린 기억이 되살아났다.

전투의 혼란 통에 반지째로 엘기나의 뿔을 때려 폭발을 일으킨 반지다. 마수의 뿔은 부러졌지만, 그 대가로 스바루의 팔과 반지는 엉망으로 망가지고 말았었다.

"발코니를 떨어뜨리는 척하며, 그것과 동일한 반지를 밟아 부쉈지. 내포한 마나가 넘쳐서 주위를 채우는 데 시간은 걸렸지만……."

"아라키아 아가씨는 완벽하게 마나 멀미를 일으켜 그 꼴이었단 말이군. 뭐, 나야 그 꼴의 아가씨에게 맥없이 당했지만."

"그 순간에 그런 잔재주를 부리고 있었냐……."

모두가 엉망으로 다친 상태였건만, 제국 최강급에 내몰리면서도 승리할 길을 찾고 있었다니, 아벨의 집념에는 탄복했다.

스바루도 포기할 줄 모르는 집념은 상당한 수준이라 생각하지만, 아벨과는 기본 지능이 너무 차이가 난다. 단순한 발버둥질과 결사의 반공 정도의 차이가 나서 갑갑한 심정이었다.

어쨌든——.

"원래부터 아라키아를 대비한 작전이겠지? 언제 뒤통수를 맞을지 모른다고 그런 수작을 부리다니 간이 작기도 하군."

"곁에 두는 자일수록 반목했을 때의 대책을 마련해야 하는 법이지. 특히, 아라키아는 언제 나에게 적의를 드러낼지 알 수 없었다."

"하나 기책이 통하는 것도 한 번뿐. 마나 멀미를 일으킬 만한 마정석을 준비하기도 쉽지 않지. 다음 기회가 올 때까지, 정상적인 전력 확보는 필수일 게야. 하지만."

그만큼 이야기하고, 프리실라는 의미심장하게 말을 끊었다.

펼친 부채로 자신의 입가를 가린 프리실라는 붉은 눈을 가늘게 뜨고 아벨을 굽어보았다. 어딘지, 탐색하는 듯도 시험하는 듯도 한 눈매로 그녀는 자그맣게 숨을 내뱉었다.

"『슈드라크의 민족』을 산하에 들이는 것까지는 예상대로……. 하지만 무혈입성을 내건 몽상가 군사의 작전을 채용해 성곽도시를 치는 우둔한 생각은 무어라 하기 어렵군."

"_____."

"이래서는 도저히, 소녀도 협력자에게 네놈을 지지하도록 진언하진 못하겠어."

"협력자?!"

태연히, 당연한 듯이 내뱉은 프리실라의 말에 스바루가 경악했다. 놀란 것은 스바루뿐만이 아니고, 아벨과 알을 제외한 회의장 전원이다.

"잠깐잠깐잠깐, 얘기가 너무 비약했어! 협력자라니…… 애초에, 네 방침을 모르겠어. 아벨을 구하러 왔다는 말은 들었지만……."

"구하러 오지 않았다. 소녀의 광대가 떠든 헛소리를 진담으로 들지 마라."

"알았다고! 네가 아벨을 구하러 왔는지 어떤지는 됐어. 그 점은 중요하지 않아. 내가 묻고 싶은 것은, 너의 대목표야."

눈앞의 작은 목표로, 아벨과의 대화가 목적이었음은 들은 대로다.

하지만 스바루가 알고 싶은 것은 프리실라── 그녀와 알, 그리고 데리고 왔다는 모양인 다른 일파가 어째서 볼라키아 제국에 있는지다.

"대답해 줘. 솔직히 나도 다른 사람들도 너를 어떻게 여기면 될지 가늠하지 못하고 있어."

"하, 건방진 것도 심각하군. 어리석은 것들이 소녀를 어떻게 생각하든 알 바가 아니다. 설령 네 녀석들이 어떻게 여기든 간에 소녀는 소녀가 하고 싶은 대로 한다. 여하튼⋯⋯."

"──세계는 소녀에게 편리하게 이루어져 있다, 그 말이지?"

귀에 딱지가 앉은 그녀의 철학, 그 말을 스바루가 따라 하자 프리실라는 콧방귀를 뀌었다.

"소녀의 목적은 옥좌에서 쫓겨난 황제를 원래 자리로 되돌리는 것이다. 그렇지 않으면 소녀에게로 번거로운 내객이 쉴 새 없이 찾아올 게야."

"더 말할 필요도 없을 테지만, 그 자객은 내가 지시한 것이 아니다."

"의심하지도 않는다. 따라서 구태여 날개를 시켜 여기까지 소녀를 옮기도록 했지."

한쪽 눈을 감고 아벨에게 대답한 프리실라가 시선을 위로 돌렸다. 그것이 가리키는 것은 회의장 천장이 아니라, 그 너머에 있는 밤하늘일 것이다.

　추가로 더 말하자면 그냥 하늘이 아니라, 하늘을 자기 것으로 삼는 존재——.

　"설마, 너와 알은 하늘에서 날아온 거야?"

　"비룡 속달편이란 거지. 솔직히 공주가 혼자서 뛰어내렸을 때는 이 세상의 종말인 줄 알았다고. 고도를 내려 줄 때까지 나는 내려오지 못했으니."

　"비룡……. 프리스텔라의 수룡에도 식겁했었는데."

　지룡 외의 판타지 생물로 수룡에 이어 비룡의 존재가 부상한다.

　들은 이야기로는, 비룡은 매우 흉포해서 길들이려면 전문 기술이 필요하다고 한다. 그 기술자가 적기에 애당초 비룡에 탈 수 있는 것은 희귀한 사례라고.

　"즉, 비룡 속달편을 보낼 수 있는 상대가 프리실라의 협력자?"

　"말꼬리를 잡는 야비한 짓을 하지 마라. 네놈의 경우, 영리함보다 비천함 쪽이 앞선다. 귀염성을 갈고닦아라. 화장을 고치고 오면 그나마 볼 만하겠다만."

　"지금 여기서 화장 고치고 오면 이상한 녀석이잖아……."

　그 말을 꺼내면 여장을 풀지 않은 것 자체도 문제시될 것 같지만, 이 자리에 있는 이들은 분위기를 파악할 줄 알기에 그 부분은 언급하지 않았다.

　어쨌든, 이야기가 또 대폭 엇나가고 말았지만——.

"아벨을 옥좌에 되돌리는 것이 목적이라고 하면, 서로 협력할 수 있다고 봐도 될까?"

"그렇게 순순히 수긍해 줄 수 없는 것이 본심이겠군. ──앞서 한 말은 잊지 않았을 테지. 이자에게 황제의 자질이 없으면 돌려놓는다 해도 의미는 없다."

정면으로 황제의 자질을 의문시당한 아벨이 시선에 날을 세우고 프리실라를 쏘아보았다.

프리실라가 문제시하는 것은 스바루가 제안하고 아벨이 인정한 『무혈입성』── 그것을 해내지 못한 것이 아니라, 착상부터 따지는 문제다.

볼라키아식 기준에 따르면 어설픈 마음은 치명적이다. 실제로 스바루의 마무리가 어설펐던 바람에 잃어버린 생명이 있다. 그 의혹은 부정할 수 없다.

그러나──.

"옥좌는 되찾는다. 누가 뭐라고 말하든 간에, 그것은 절대적이다. ──프리실라, 설령 네가 말하더라도 그것은 변함없다."

침묵하려던 스바루를 대신해 아벨이 굳게 단언했다.

그것은 스바루 앞에서 자신의 정체를 밝히고 이 나라를 탈환하겠다고 선언했을 때와 같은, 혹은 그 이상으로 열기가 담긴 선언이었다.

"_____."

아벨의 각오를 듣고 회의장에 있는 자들의 표정도 바뀌었다.

쿠나와 홀리는 『슈드라크의 민족』으로서 따라다니는 전의를

품고, 지크르는 신성한 것과 대치한 듯이 머리를 조아렸다. 고개
방향을 돌린 알은 프리실라의 반응을 신경 쓰고, 정면으로 단언
을 들은 프리실라는 붉은 눈을 가늘게 떴다.

"기개는 쇠하지 않았더라도 내실이 따르지 않는다. 실제로 옥
좌에서 쫓겨나 있지 않나."

"―――――."

"사정은 이미 알려졌다. 문제는, 누가 시작했지? 누구의 계획
이냐?"

"――그림을 그린 것은, 재상 벨스테츠일 테지."

프리실라의 물음에 아벨이 검은 눈에 적의를 띠며 대답했다.

재상이란 국정을 책임지는 실질적인 정점의 벼슬이며, 국왕
또는 황제의 측근이다. 무관의 정점이 장군이나 기사단장이라
면 문관의 정점이라고 할 수 있을지도 모른다.

어쨌든 간에 그야말로 배신을 감행하기 쉬운 넘버투 포지션이
라 할 수 있다.

"그 고목인가. 라미아의 유산을 용케 쓸 마음이 들었어."

"당연히 녀석의 역심은 내다보고 그에 따라 대비하고 있었지.
하지만……."

아벨은 거기서 말을 끊고 조용히 숨을 내뱉었다.

그것은 그답지 않은, 처음으로 보여주는 반응이었다. 황제로
서, 그 자리에서 쫓겨났어도 굳건하던 그가 처음으로 보인 희미
한 동요.

그 동요의 원인은 배신한 재상이 아니라――.

"감시를 시키던 치샤 골드······ 구신장 제4위의 역심은 꿰뚫어 보지 못했다."

"그게 무슨! 치샤 일장이?!"

수치스러운 마음을 토로한 아벨의 증언에 지크르가 얼떨결에 언성을 높였다.

제국의 이장인 지크르에게는 스바루가 모르는 『구신장』의 이름이 친근한 것이리라. 원탁의 시선을 모은 그는 자신의 풍성한 수염을 매만지면서 말했다.

"치샤 일장은 구신장 중에서는 이색적인 실력자입니다. 일장 본인이 무명(武名)보다 그 지략으로 이름을 떨친 분으로, 『선제(選帝)의 의식』에서는 빈센트 각하를 가장 잘 보필했다고······."

"그거, 제일 오른팔이란 소리인가? 정치적인 오른팔인 재상과 오래 알고 지낸 오른팔인 장군에게 각각 배신당했다는 뜻?"

"자꾸 말하지 마라. 내 오른팔은 내 오른쪽 어깨에 붙어 있다."

"그 말, 지금 해 봤자 허세로만 들리거든······."

지크르의 설명을 들은 스바루는 예상 밖으로 부족한 아벨의 인망에 놀랐다.

하기야 볼라키아 제국의 과격한 사상을 들어 보면 역부족이라 간주된 황제는 즉각 반역당할 만하기에 드문 일이 아닐지도 모른다.

"이 나라는, 황제가 도피하는 일이 흔해?"

"내가 옥좌에 앉은 뒤로, 형식상으로나마 쫓긴 것은 두 번밖에 없다."

"두 번밖에 없기는 무슨, 전과가 있네!"

"멍청한 것. 나를 끌고 다닌 것은 왕국의 근위기사다. 불평이라면 그자들에게 해라."

진심으로 못마땅하다는 표정에 스바루는 따지는 것도 피곤해서 입을 다물었다.

그러고 보니 이전, 율리우스가 제국에 사자로 파견되었다는 이야기를 했었던 것 같은데, 설마 그것과는 관계없다고 여기고 싶다. 만약 그렇다면 세상이 너무 좁다.

"아~ 황제 각하께서는 심복과 측근에게 옥좌에서 쫓겨난 바고, 아라키아 아가씨도 적으로 돌아섰다고. 위험하지 않냐? 아군은 없고?"

"치샤 놈과 같은 구신장인 고즈 랄폰……. 놈은 나를 피신시키기 위해서 진력했다. 그자가 발을 잡아두지 않았으면 전이 장치를 기동시키지 못했겠지."

"오오, 과연 고즈 일장……!"

"단, 치샤와 아라키아 외의 구신장도 돌아섰다면 고즈 혼자서 얼마나 저항했을지 모를 일이다. 전사했을 가능성이 높겠지."

목숨 걸고 아벨을 지킨 『구신장』의 존재는 희망이지만 그것도 꽤 덧없는 희망 같다. 그렇다고는 해도 지크르는 "아니요." 하고 고개를 가로저었다.

"외람되오나 저는 고즈 일장이 타계했다는 보고를 받지 않았습니다. 전사인지 병사인지는 몰라도 고즈 일장만 한 분의 죽음을 오래 숨길 수는 없을 터."

"그렇다면, 포로일 가능성도 있나."

"아마 그렇겠지요. 아니, 반드시 그럴 것입니다! 고즈 일장만한 무인이라면!"

아벨의 말에 지크르가 공손히 묵례했다.

이 지크르가 이토록 존경한다면, 그 고즈라는 인물은 어지간한 대인일 것이다. 혹은 우락부락한 이름과 반대로 여성이거나 둘 중 하나다.

"재상과 구신장이 적이라면, 제국은 사지나 마찬가지니라."

시답잖은 질문을 던지기 전에 이야기를 다 들은 프리실라가 중얼거렸다. 그 말에 동의하면서도, 스바루는 "저기." 하고 거수했다.

"새삼스럽지만 아벨이 황제라고 밝히고 나서는 건 어때? 그러면 제도에서 천연덕스럽게 정치하고 있는 녀석들은 모반한 배신자라는 얘기가……."

"아쉽지만 그걸로 성난 민중이니 군인이니 하는 치들이 쿠데타 정권을 피떡으로 만들어 주기를 기대하는 건 무리야, 형제."

"그렇게까지 뒤숭숭한 생각은 하지 않았지만, 어째서?"

"여기가, 힘 있는 자를 떠받드는 볼라키아 제국이기 때문이다."

스바루의 제안은 기각되고 알의 말을 아벨이 보충했다.

옥좌에서 쫓겨난 황제는 팔짱을 끼고 그 고운 눈썹을 살며시 찌푸리면서 말을 이었다.

"내가 이름을 밝히고 나서서 스스로 제도를 되찾을 의사를 표명하면 환영이야 받겠지. 하지만 그것이 나를 지지하는 쪽으로 흐르지는 않아. 빼앗긴 것은 도로 빼앗는다. 그것이 법도다."

"물건이나 토지만이 아니라, 황제 자리도……."

"예외는 아니다. ──따라서 내가 할 일은 결정이 났지."

사방이 다 적이라고 머리를 감싸 쥐려던 스바루는 아벨의 말에 놀랐다.

속수무책이라고만 여겼는데, 아벨의 답은 오히려 반대였다. 그는 그 자리에 일어서고는 천천히 원탁에 손을 짚었다.

그리고──.

"지크르 이장, 지도를 가져와라."

"옛! 즉시!"

명령을 들은 지크르가 방구석에 대기 중인 제국병에게 지시를 내렸다. 그러자 제국병은 곧장 회의장 벽에 걸린 지도를 떼어내어 원탁 위에 펼쳤다.

활짝 펼쳐진 그것은 볼라키아를 포함한 세계 전체를 나타내는 세계도였다.

"우리가 있는 곳이 동쪽 땅, 성곽도시 과랄이 여기다. 그리고 탈환해야 할 제도 루프가나는 대략 제국 중앙에 있지."

"볼라키아, 진짜 크구만."

지도로 표시되어 여태까지 의식이 희박하던 국토 크기를 새삼 의식했다.

이 세계는 네 대국이 대륙을 4분할하는 모양새로 통치하고 있지만, 세계도 남쪽을 차지하는 볼라키아 제국의 국토는 다른 나라들과 비교해서 가장 크다.

스바루 일행이 그토록 고생해서 빠져나온 바드하임 밀림도 볼라키아 전토로 치자면 아주 작은 지리를 차지하는 수준이었다.

　"제국의 각 도시는 각각의 도시장이나 영주가 관리하고 있다. 과랄의 예와 다르지 않게 어느 도시도 자치전력을 보유하고 유사시에는 전투도 불사하지. ——이것들을 산하에 넣어 제도를 탈환하기 위한 전력을 확보한다."

　"땅따먹기 시뮬레이션에서 왕도 패턴인 것은, 알겠어."

　"불만인 모양이군."

　"당연하지. 과랄 하나로 이렇게 대규모 작업이었어. 이렇게 잘 될 거라고는 생각 안 해."

　지도를 가리키는 아벨의 설명을 스바루가 가까스로 따라잡았다. 가까스로 따라잡을 수는 있지만, 그건 이치상의 이야기이지 감정의 이야기는 또 별도다.

　이것은 현실이다. 게임과는 다르다. 예를 들어 시뮬레이션 RPG라면 성립되는 수법이어도, 현실에 통할 거라고는 도저히 생각할 수 없었다.

　하지만——.

　"네 염려를 걷어낼 방법은 있다. 내가 이루어야 할 일을 이루려면 오히려 필수인 방법이."

　"필수 조건……."

　"——구신장 확보다."

　그 대답에 스바루는 눈을 동그랗게 떴다.

　당연한 노릇이다. 여하튼 그 『구신장』에게 배신당했기에 아벨은 옥좌에서 쫓겨났다고 이야기한 직후이지 않은가.

　호의적인 『구신장』은 생사 불명. 알고 있는 『구신장』 두 명은 이미 적.

　나머지는──.

　"남은 구신장은……?"

　"그 부분이다."

　갑자기 생겨난 의문에 아벨이 손가락을 세우고 동요하는 스바루에게 끄덕였다. 그리고 그는 스바루 말고 다른 이들의 얼굴을 둘러보았다.

　"제국민은 정강하여라. 구신장이야말로 그 관습의 체현이지. 다시 말해, 볼라키아 제국의 패자이고자 한다면 구신장을 통솔하는 것은 피할 수 없다."

　"그 말은, 즉……."

　아벨의 말에 그 뒤에 이어질 내용에 생각이 미친 스바루는 눈을 크게 떴다. 스바루의 반응에 뺨을 일그러뜨린 아벨은 호전적인 웃음을 지었다.

　그리고──.

　"──『푸른 뇌광』 세실스 세그문트. 『정령 포식자』 아라키아. 『악랄옹』 오르바르트 덩클켄. 『흰거미』 치샤 골드. 『사자기사』 고즈 랄폰. 『주구사』 그루비 검릿. 『극채색』 요르나 미시구레. 『강철인』 모그로 하가네. 그리고 『비룡장』 마델린 에샬트."

　"이 싸움, 더 많은 구신장을 확보한 쪽이 승리한다. 그것이 이기기 위한 방책이며, 내가 달성해야만 하는 절대조건이다."

2

——제위 탈환의 승리 조건, 그것이 『구신장』 확보.

제시된 승리 조건과 그러기 위해서 필요한 『구신장』의 이름과 별명을 들은 회의장의 분위기가 단숨에 긴장한 것을 스바루는 실감하고 있었다.

"이것이 만화나 애니메이션이라면, 간부급 녀석들의 이름이 한꺼번에 공개되는 뜨거운 전개라고 두근거렸겠지만."

그것이 자기 몸에 엄습하는 사태가 되면, 무턱대고 좋아할 전개는 전혀 아니다.

귀로 들은 『구신장』의 별명은 죄다 아라키아의 『정령 포식자』처럼 까다로운 상대임을 상상하기에 충분한 것이었다.

"그 까다로운 구신장을 확보하는 것이 승리 조건이라면, 물어보고 싶은 사항이 있어."

"뭐지. 의문의 여지라도 있나?"

원탁 위의 지도에 손을 짚은 아벨이 틈을 들이듯 한쪽 눈썹을 세웠다.

그걸로 설명을 마쳤다고 여기고 있다면, 영리한 인간 특유의 설명 생략도 갈 데까지 간 셈이다. 가뜩이나 스바루의 제국 지식은 이 자리의 누구보다 압도적으로 적건만.

"그러니까, 의문의 여지가 넘쳐. 너, 자신은 알고 있다고 해서 설명을 생략하기만 하면 주위에서 무슨 생각을 하는지 모를 녀석이라고 여길걸."

"조언할 의도라고 여기고 흘려듣지. 의문을 말해 봐라."

"흘려듣지 말고 가슴에 담아 둬라……."

팔짱을 끼고 아벨의 거만한 대꾸에 스바루는 한숨. 그리고 주위의 시선이 모이는 기척에 각오하며 "알겠어?" 하고 손가락을 네 개와 다섯 개, 각각 세웠다.

"구신장 말이지만, 고맙게도 홀수인 덕분에 누가 더 많이 확보하냐 대결은 알기 쉬워서 편해. 하지만 호의적인 상대는 안부 불명, 아라키아와 치샤라는 녀석이 확실하게 적이야. 이미 벌써부터 열세라고."

다섯 명 이상을 확보하는 것이 전제인데, 이미 두 명의 『구신장』을 빼앗겼다.

그것만이 아니라 아벨을 도운 고즈라는 인물이 살았는지 죽었는지 알 수 없기에, 확실하게 끌어들일 수 있는 패까지 잃었을 가능성이 높은 형편이다.

"애초에 구신장이란 시스템부터 모르겠어. 황제 직속의 아홉 장군이란 이미지지만, 그거 다들 제도에 대기하고 있는 건 아닌 거야?"

"일장은 국가의 핵심이니라. 제국의 쓸데없이 광대한 국토를 보아라. 아무리 나라의 중심이라고 해도 전원이 제도에 있어서는 유사시에 신속하게 움직일 수 없겠지?"

"네. 각하의 치세에는 극적으로 줄었습니다만 그래도 제국에는 내란의 불씨가 끝이 없습니다. 제국의 수호는 제도만 지킨다고 반석인 것은 아니지요."

"즉, 문제의 구신장도 제국 방방곡곡에 뿔뿔이 흩어졌다는 말인가."

프리실라와 지크르의 보충을 받아 스바루는 턱에 손을 짚고서 납득했다.

가까운 예를 따르자면, 로즈월도 루그니카 왕국에서는 서방 변경백이라는 거창한 직함을 받았으며, 왕국에 위기가 발생했을 때는 가장 빠르게 움직일 의무가 있다고 한다.

물론, 그러기 위한 사병 조직도 허가한다. ──하기야 로즈월의 경우에는 군대 같은 것이 없어도 하늘에서 불덩이를 던지기만 해도 웬만한 위협은 물리친다지만.

"그렇게 생각하면, 그 녀석도 상당한 치트 유닛이군……. 구신장과 비교하면 어디쯤에 위치할지 조금 흥미가 생기네."

"잘은 모르겠지만 얘기가 엇나가지 않았냐, 나츠미."

"미안. 아무튼, 구신장이 나라 이곳저곳에 흩어졌다면, 전원이 제도의 쿠데타에 관련된 건 아니라고 봐도 되지? 교섭할 여지, 확실하게 있지?"

"내가 보기로도, 현실적으로 생각해도 그럴 테지."

스바루의 확인에 아벨이 수긍했다.

솔직히 상당한 인망 부족이 발각된 직후라 아벨의 안목에는 불안도 있지만, 주위의 누구도 지적하지 않는다는 말은 일단 수용해도 될 화제 같다.

어쨌든 이미 『구신장』 전원을 빼앗긴 확정 패배만은 피할 수 있을 듯하다.

"최악의 가능성이 없어져서 천만다행……. 그렇다면 추가 질문인데, 구신장에도 서열이 있다면 서열이 높은 녀석을 우선해야 한다고 생각해도 될까?"

"그래, 그 인식이 맞다."

"그렇다면, 라인하르트와 비견될 정도니까, 세실스였던가? 그 사람을 확보하러 가는 것이 정석…… 아니, 그걸로 결론이 나지 않아?"

4대국에 이름을 떨치는, 인류 최강격 네 명 중 한 명.

화제에 오른 세실스가 라인하르트와 버금가게 평가되는 인물이라면, 그 인물만으로 싸움의 추세는 결판이 난 거나 다름없지 않을까.

실제로 라인하르트라면 왕국 전원과 싸워도 이기는 것이 아닌가, 라는 기대가 스바루 안에는 있다. 그러므로 그와 동격의 세실스에게도 그런 기대가 생기지만——.

"그놈을 확보하면, 전력 면에서 문제가 단숨에 해소되는 것은 사실이다."

"그런 것치고는 왜 그렇게 떨떠름한 표정인데?"

눈썹을 찌푸리고 스바루의 의문에 대답하는 아벨의 표정은 밝지 않았다.

대답과 표정이 모순되는 모습에 스바루가 곤혹스러워하자 아벨은 작게 한숨을 내쉬었다.

"구신장 확보가 승리 조건인 것은 녀석들의 무훈에 많은 장병이 따르기 때문이다. 보다 많은 구신장을 막하에 들이면 그만큼 많은 장병이 세력에 가담한다. 이해했나?"

"어——? 응, 이해가 가. 그러니까, 제일 강한 녀석을 아군으로 만들어야 한다는 얘기잖아. 아니면 제국 최강이란 이름에 거품이 있기라도 한 거야?"

"아니, 그놈이 제국 최강이라는 점은 의심할 수 없다. 단지, 문제가 있지."

"문제?"

"그놈에겐 인망이 없다."

뜸 들이고 뜸 들이다 내뱉은 한마디에 스바루는 잠시 사고가 정지했다.

무엇이 문제인가 생각하는 동안 아까 들은 말이 느릿하게 뇌리에 침투한다. 인망이 없다는, 정확한 정보를 곱씹는다.

"그거, 네가 할 소리야?"

"사실이다. 제국 일장 제1위라는 자리에 있지만, 그놈에게는 아무 권한도 없다. 주어도 아무것도 못해. 그놈이 할 줄 아는 것은 그냥 사람을 베는 일뿐이다."

"그런 녀석, 장군 포지션에 앉히지 말라고!"

"워워, 진정해, 형제! 그건 제국의 관습이니까 어쩔 수 없어!"

세실스의 평을 듣고 덤비는 스바루를 뒤에서 알이 겨드랑이에 팔을 넣어 붙들었다. 알은 한 팔로 스바루를 억누른 채로 갸웃거리며 아벨을 쳐다보았다.

"실제로 제1위라는 칭호 말고는 아무것도 주지 않았다고. 여기다 입장에 어울리는 권한까지 줘 봐라. 껄떡대는 녀석에게 신나게 이용당했을지도 모를걸?"

"물론, 그놈이 나 외에 다른 자에게 이용당하는 사태는 있어서는 안 되지. 그런 위험이 있다면 더 일찍 처분했을 거다."

"하지만 너, 고립무원으로 숲에 있었잖아……!"

고삐는 잡고 있었다는 투로 말해 봤자, 실상이 다르면 큰소리만 치고 있는 셈이다.

애초에 제국 최강이라고까지 칭송되는 인물이 강함을 받드는 볼라키아 제국에서 인망을 모으지 못한다는 이야기를 곧이곧대로 받아들여도 될까.

"그 부분은 어떻습니까, 지크르 씨!"

"저, 말입니까."

"네, 그래요. 부디 제국의 『장』으로서 기탄없는 의견을 들려주세요. 세실스라는 일장을 어떻게 생각하시나요?"

화제가 돌아온 지크르가 "그렇군요." 하고 짧은 팔로 팔짱을 끼고 생각에 잠겼다.

"우선, 세실스 님이 국방의 핵심이며 볼라키아 제국의 정강함을 상징하는 존재임은 확실합니다. 제국민은 정강하라는 자세의 체현이기도 하지요."

"오오, 괜찮은 서두잖아요. 그래서요?"

"인간적으로도 분방하고 친해지고 쉬우며, 누구에게나 태도를 바꾸지 않는 당당하고 통쾌한 인물입니다. 종합하면……."

"종합하면……?"

"많은 장병은 이해하기 어려운 괴물이며, 깊은 부분에서의 의사소통은 불가능하다고, 세실스 님을 두려워하고 있습니다. 각하의 안목은 옳은 줄로 사료됩니다."

"평가가 급전개했어?!"

지금까지 호감 가는 인물상밖에 보여주지 않은 지크르인 만큼, 상당히 말을 가린 평가다. 미간에 새겨진 깊은 주름과 고심하는 표정은 그것이 거짓 없는 본심이라는 증거일 것이다.

즉——.

"구신장 제1위를 확보해 추세를 단숨에 기울인다는 편법은 인정받을 수 없다는 말이군. 광대가 없는 머리를 쥐어짜도 멀쩡한 『아이디어』가 떠오르지 않는다는 말이렷다."

"시끄럽네! 저 녀석의 인망이 없는 것까지 내 탓으로 돌리지 마! 애당초, 황제도 장군도 인망이 없다니 쿠데타 일으켜도 당연하잖아!"

"네놈, 몇 번이나 반복할 셈이지? 언제까지고 불경을 못 본 척하리라고 여기지 마라."

프리실라와 아벨로부터 각각 날카로운 시선을 받은 스바루는 두 사람에게 혀를 내밀었다.

그렇다고는 해도 계획이 허망하게 무너진 것은 사실이다. 『구신장』의 확보가 전력 수의 확보와 마찬가지라면, 인망이 없는 『구신장』을 서둘러 확보할 메리트는 없다.

"오히려 인망이 없다면 방치하는 게 차라리 낫다……?"

"그것도 문제다. 그놈은 경우에 따라서는 혼자서 싸움의 판도를 바꿀지도 모를 역량이 있다. 만약 남은 구신장을 전부 확보하더라도 놈 혼자서 이 목을 가져갈 가능성은 충분히 있어."

"다루기 힘든 녀석이네! 무지무지 걸리적거리잖아!"

서둘러 확보할 메리트는 적지만, 내버려 두면 위험하기 짝이 없는 폭탄이 되는 인재.

그 실력과 인간성이 보증된 라인하르트가 대체 얼마나 우량주인지 먼 이국땅에 온 지금에야 깨달았다.

차라리 큰소리로 부르면 이웃 나라라도 달려와 주지는 않을까.

"미리 말해 두지, 어리석은 것. 『검성』이라면 국가 간의 약정 때문에 국경을 넘을 수가 없다. 하찮은 기대는 하지 않는 편이 현명하다."

"사람 속마음을 읽지 마. 진심으로 하려고는 생각하지 않았어. 곤란할 때만 기댄다는 건 친구에게 해도 될 태도도 아니고."

부르면 달려와 준다고 해서 편리하게 부려 먹는 걸 친구 관계라고는 할 수 없다.

진짜로 진짜 위험한 상황이 되면 그렇게 말할 수만도 없을지 모르지만, 그 순간이 찾아올 때까지는 스바루도 윤리관을 지킬 각오가 있었다.

"그래서? 아벨의 군사 취급받고 있는 범속한 것아, 의문은 다 사라졌나?"

"다 사라지지 않았고, 군사도 아니지만. 처음 부분은……."

입장을 두고 빈정대는 프리실라의 말에 얼굴을 찌푸린 스바루는 그렇게 대답했다. 그렇게 회의의 화제를 다음으로 진행하려던 순간——.

"——나츠미 양에 촌장 군! 실례하겠어!"

위세 좋은 목소리와 동시에 문이 열리고 힘차게 새로운 인물이 회의장에 나타났다.

청색 기조의 복장에 긴 금빛 머리카락을 상쾌하게 찰랑이는 미남자, 플롭이다.

회의장의 시선을 모은 채 스바루와 아벨 둘에게 "있었구나." 하고 끄덕이는 플롭. 그는 아라키아가 새긴 흉터가 남은 위층에서 부상자 치료를 해 주고 있었을 텐데——.

"플롭 씨! 모두의 치료는?"

"마침 일단락된 참이야! 응? 그 모습을 보니 지금은 나츠미 양이 아니라 남편 군이고픈 기분인가? 그렇다면 남편 군이라고 호칭을 되돌려 둘까."

"으음, 아무 쪽이나. 하지만, 그렇구나, 일단락……."

플롭의 살짝 엉뚱한 배려의 말을 받으면서 스바루는 치료 행위가 얼추 끝났다는 말에 안도와 불안을 동시에 곱씹었다.

이 이상 스바루의 작전 실패로 희생자에 이름이 올라가는 사람이 느는 것을 두려워해서.

"사망자는 나오지 않았어, 남편 군."

"어……."

"다들, 제법 힘겨운 상황이기는 했지만. 그래도 부인 군과 조카가 힘내 준 덕분이겠지. 타리타 양이나 우타카타 양의 기민함도 거들었지. 물론, 나와 동생도 분투했지만 말이야!"

스바루의 안색으로 내심을 간파했는지 플롭이 가슴을 펴며 힘차게 대답했다.

자신을 가리키며 그 공헌을 호언장담하는 플롭은 떳떳하다. 대답도 간결해서, 스바루는 정보를 분해하느라 한 박자 시간이 필요했다.

"사망자 없음……."

"그래, 모두가 살려고 최선의 노력을 한 증거이고말고. 나 같은 건 동생이 감싸지 않았더라면 머리를 박고 죽었을지도 몰라! 하하하, 동생에겐 머리를 못 들겠는걸!"

"응, 응, 정말로 그래. 미디엄 씨에겐 머리를 못 들겠어……."

플롭이 쾌활하게 웃고, 그 앞에서 스바루는 고개 숙이며 어깨를 떨었다.

에누리 없이, 농담 없이 전면적으로 동의한다. 미디엄이——아니, 다른 누가 없었다 해도 이 보고는 듣지 못했을 것이다.

잃어버린 생명은 있다. 하지만 잃지 않은 생명 또한, 있다.

그것이, 가슴에 초래한 감동은 커다랗고——.

"——상인, 치유술사는 어떻게 됐지?"

아벨이 그런 스바루의 감동은 아랑곳하지 않으며 담담한 어조로 대화에 끼어들었다.

치유술사라는 낯선 단어에 스바루가 눈썹을 모으고, 플롭도 마찬가지로 생각에 잠겼지만 곧 되물었다.

"그건 혹시…… 남편 군의 부인 군 말이야?"

"또 누가 있나. 그 자리에, 그 소녀 말고 치유 마법을 쓸 수 있는 자가 있기라도 한가?"

"아니, 달리 짚이는 인물은 없지! 단지."

"단지?"

"촌장 군은 상대가 더 호감을 가질 만한 표현을 쓰는 편이 낫지 않을까. 부른다 쳐도 친밀감을 의식하는 편이 훨씬 원활하게 매사가 진행될 거야!"

정면에서 돌직구로 명랑한 항의를 들은 아벨이 한쪽 눈썹을 세웠다.

말을 마친 플롭은 당당한 모습이지만 옆에서 듣는 입장에서는 조마조마한 발언이다. 물론, 유용한 기능으로 렘을 부르는 자세는 스바루도 좋은 기분이 아니지만.

"그 감각, 아까까지 형제가 보인 불경함으로는 설득력이 전혀 없구만."

"지금까지 여정을 고려하면 나도 그렇게 말할 권리가…… 그렇게 치면 플롭 씨도 같은 권리가, 있나?"

"모르긴 해도 형제 쪽 일행의 희한한 여정에는 흥미진진한걸."

썰을 풀기에는 지나치게 격동적인 이야기지만, 그 화제를 헤집는 것은 다른 기회에.

아벨의 표현이야 어쨌든 렘의 안부는 스바루의 최우선 사항이기도 하다. 물론, 그녀에게 눈에 띄는 외상이 없는 것은 이 눈으로 확인하기는 했어도.

"너무 노력하다가 쓰러지진 않았지?"

"그 점은 걱정할 필요 없어, 남편 군. 꽤 소모는 했지만 그건 쉬면 낫는 범주야. 부지런한 부인을 갖다니 참 멋진 일이네."

"그런가……. 그럼, 다행이지."

안심하고 가슴을 쓸어내린 스바루는 플롭의 보증에 안도했다.

상황이 상황이다. 렘에게 의지해야만 하는 국면이라고는 해도 그녀가 지나치게 노력하는 것은 솔직하게 무서운 참이었다. 설령 스바루가 뭐라 말해도, 지금의 렘은 자신이 할 수 있는 범주의 일이라면 귀도 기울이지 않을 테니.

"부인?"

가슴을 쓸어내리던 스바루 옆에서 알이 조용히 중얼거렸다.

그는 쇠투구의 턱에 손을 짚고서 고개를 모로 꼬았다.

"위에선 보지 못한 것 같은데, 형제 쪽 아가씨도 온 거야?"

"내 쪽 아가씨라면…… 에밀리아땅 말이야? 아니, 안 왔어. 여기에 있어 주면 얼마나 든든할지……. 반대로 없기를 바라는 마음도 있지만."

에밀리아의 다정한 마음씨와 볼라키아 제국의 모습은 물과 기름일 것이다.

다소 저돌적으로 생각하는 경향이 있는 에밀리아는 제국 방식과 잘 맞을 가능성도 있지만, 제국의 잔혹함은 그보다 더하다.

──에밀리아에게 제국은 어울리지 않는다.

"아가씨 외의 신부라."

"말해 두지만, 편의상 그렇게 치고 넘어가고 있단 얘기거든. 본심을 말하자면 그 정도로 소중히 다루겠다 결심한 아이야. 무슨 수를 써서든 데리고 돌아갈 거야.”

턱에 손을 댄 알이 조용히 중얼거리자 그렇게 변명해 두었다.

둘 다 제국에 있는 이상, 알의 입에서 묘한 소문이 퍼질 일은 없을 테지만 억측을 당하는 건 사절이다. 결의에 찬물이 끼얹어지는 것도.

“거기 기생오라비, 상인이라 불리던데……. 네놈도 아벨의 부하더냐?”

“음, 부하라는 것은 아니야. 나와 동생은 상황상 남편 군하고 촌장 군과 협력하는 입장이 되어서 말이지. 뭐, 제일 새로운 친구라는 것이 적절할까!”

“호오, 친구라.”

플롭과 말을 주고받은 프리실라가 그의 답변에 웃음기를 띠었다. 웃음기를 맴도는 입술을 부채로 가린 프리실라는 의미심장한 눈초리를 아벨 쪽에 보냈다.

“소녀가 모르는 새에 친구를 사귀느라 애쓰고 있었을 줄이야. 볼라키아 황제의 옥좌도 꽤 쉽게 비울 수 있게 된 것으로 보이는군.”

“비꼬지 마라. 애초에 저 남자와 내가 친구가 된 기억은 없다.”

“무슨 소리를 하는 거야, 촌장 군! 같이 여장하고 사선을 넘은 사이잖아!”

“함께 사선을 넘으면 바로 벗인가? 그렇다면 제국병은 모두 다 내 벗이라는 말이 되겠군. 그리고 가장 가까운 곳에서 사선을 넘은 한 명이 내 적이다.”

자신이 처한 입장을 이용해 완벽히 반증하자 플롭이 입을 다물었다.

그렇다고는 해도 말한 아벨도 상처 하나 없지는 않은 양날의 검 같은 반론이었다.

"아무튼, 플롭 씨가 좋은 소식을 가져와 주었어. 이쪽도 더 밝은 얘기를 하고 싶은데……."

"잠깐."

"뭔데……?"

그다지 긍정적이지 않은 회의 속에 비로소 생긴 밝은 화제다. 그걸로 탄력을 얻으려던 스바루를 아벨이 가로막고 플롭에게 턱짓했다.

그 움직임에 시선을 유도당해 스바루도 플롭 쪽을 쳐다보았다.

"플롭 씨?"

그리고 아벨이 그를 가리킨 이유, 그 표정 변화를 깨달았다.

밝고 명랑한 표정을 잊지 않는 플롭. 그런 태양 같은 자세를 관철해 온 그의 눈에 떠오른 것은 희미한 망설임과 우려의 감정이었다.

"상인이라면, 화제를 옮기는 요령에 주의를 기울이겠지. 그 점에서 네놈은 도저히 상인에 적성이 있다는 생각이 들지 않는군."

"그 의견은 나도 꽤 많이 받았으니까 복잡한 심경이지만, 지금은 치워 두겠어. 남편 군, 아까 내 얘기에는 설명이 부족한 부분이 있었어."

플롭이 지적하는 아벨을 흘긋 본 후, 긴 속눈썹을 우려로 살랑이고 스바루를 보았다.

그의 단정한 얼굴, 거기에 떠오른 절실한 분위기에 가슴이 옥죄어졌다. 그 뒷말을 듣고 싶지 않다고 생각하면서도 듣지 않을 수는 없었다.

그런 의미로 플롭은 상대가 이야기를 듣게 하는 천성적인 재능이 있었다. 이런 상황이 아니라면 상인으로서 활용할 재능이라고 극구 찬사했으리라.

하지만——.

"촌장 군과도 무관하지 않아. 쿠나 양과 홀리 양도 같이 와 줬으면 해."

그렇게 고한 플롭을 가로막을 수 없는 지금은, 그것이 저주받은 재능처럼 밉살스러웠다.

3

"——아벨과 나츠미도 왔나."

플롭에게 불려 한 번 회의장을 떠났던 스바루 일행은 도시청사 위층으로.

부상자가 모여 야전병원 같은 몰골이 된 공간, 그렇게 말하며 스바루 일행을 마중한 것은 그을린 흑발을 잘라서 정리한 미젤다였다.

아라키아의 습격을 당해 가장 중상을 입었던 미젤다.

아무리 강인한 육체의 소유자라 해도 원래 상태라고는 못할 렘의 치유술로 어디까지 대항할 수 있을지, 미젤다의 생명력이 시험받을 상황이었던 것은 확실하다.

"불러서 미안하다. 다만 최대한 빨리 전할 필요가 있다고 생각해서 말이야."

"미젤다 씨……."

그렇게 말하면서 벽 쪽의 장식물에 앉은 미젤다가 희미하게 미소 지었다.

강력한 아마조네스의 일원인 미젤다의 미소에는 여태까지 스바루 일행에게 수도 없이 보여준 야성미가 있는 풍격이 누락되어 있었다.

그럼에도 강렬한 눈빛을 가진 표정의 힘은 상실하지 않았다. 그것이 언밸런스했다.

"우선 감사를 표한다. 렘 덕분에 목숨을 건졌어. 기적이야."

"———."

"멋지게 도시도 빼앗아 보였지. 너의 활약에는, 슈드라크의 족장으로서 감복한다. 그러고서 이다음 싸움을 위해서 선언해야만 해."

렘의 헌신과 스바루의 공헌을 찬사한 미젤다는 앉음새를 바로했다.

그리고———.

"슈드라크의 족장 자리를, 내 동생 타리타에게 양보하겠다. 나로선 더 이상 소임을 다할 수 없어."

무릎 아래가 사라진 오른쪽 다리를 쓰다듬으면서 역할을 인계

한다는 선언을 했다.

"_____."

족장을 양보한다고 선언한 미젤다의 표정은 의연했다.

야성미가 짙은, 강렬한 눈빛을 가진 미모의 패기는 쇠하지 않아 처음으로 그녀를 보았을 때의 인상과 한 치도 다름이 없다. 끝까지 강한 여자라는 인상 그대로다.

그 인상은 여전한 채로 미젤다는 오른 다리를 잃고 족장 자리에서 물러날 것을 결심했다.

짙은 원통함을 품은 것은 그런 미젤다 주위에 있는 자들 쪽이었다.

족장인 미젤다의 강함을 가까이에서 보아온 『슈드라크의 민족』의 분통함과 상실감은 결코 쉽게 털어낼 수 있는 것이 아니다.

쿠나는 평소부터 무뚝뚝하던 태도에 박차를 가한 무표정이고, 평소에는 태평하게 마이페이스를 고수하던 홀리도 우울한 표정이다. 울먹이는 우타카타가 입술을 깨물며 고개를 숙이고, 다른 슈드라크들도 하나같이 침울한 표정을 띠고 있다.

그러나 개중에서도 가장 크게 평정을 잃은 것은——.

"어, 언니, 무리입니다. 제가 족장 자리 같은 걸, 맡을 수 있을리가……."

"——타리타."

"언니니까 맡은 역할입니다! 저는 그런 그릇이 아닙니다……."

타리타가 고개를 도리질하며 필사적으로 호소했다.

미젤다가 직접 다음 족장으로 지명했지만, 타리타가 언니를 경애하고 숭배에 가까운 심정을 품고 있음은 평소의 언동을 보아도 명백하다. 그런 만큼 미젤다가 다리를 잃었다는 사실은, 어쩌면 당사자인 미젤다 이상으로 타리타에게 동요를 주었다.

"제 힘이, 부족했어요."

타리타의 비통한 호소에 힘없이 자책하는 목소리가 있었다.

그것은 부상자들로 넘치는 층계 구석에서 지팡이를 짚고 초췌해진 렘이었다.

이 자리에서 유일한 치유 마법 사용자로서 렘은 많은 이를 구하기 위해서 이리저리 뛰어 다녔었다. 옷과 머리카락을 더럽힌 피와 피로가 짙은 안색이 그 가혹함을 설명하고 있다.

그런 렘의 모습과 회오를 보고 대체 누가 탓할 수 있으랴.

따라서——.

"렘, 네가 마음에 둘 필요는 없다. 제국의 『장』과 싸우고 한쪽 다리로 끝난 것은 운이 좋았지. ……아니, 네 조력 덕분이야."

"미젤다 씨…… 하지만."

"나는 너에게 감사하고 있다. 더 할 말은 없어."

다름 아닌 미젤다에게 거듭 감사를 들은 렘은 그 이상 아무 말도 하지 못했다.

침묵하는 렘 옆에는 그 긴 금발을 흐트러트린 루이가 붙어 있었다. 살며시 옷자락을 잡고 있는 루이의 어깨에 손을 얹은 렘은 조용히 눈을 내리깔았다.

렘이 느끼고 있는 자책감과 무력감, 그것을 스바루는 쓰라리도록 알 수 있었다. 하지만 스바루가 무슨 말을 입에 담기보다 흑발의 미장부가 앞으로 나서는 편이 더 빨랐다.

"미젤다, 생각을 바꿀 마음은 없는 거군."

앞으로 나선 아벨의 물음에 장식물에 앉은 미젤다가 끄덕였다.

그녀는 붕대를 감은 다리의 절단면을 손가락으로 만지면서 대답했다.

"그래, 바꿀 마음은 없어. 슈드라크와 볼라키아 황제와의 맹약은 지켜진다. 앞으로의 일은 내가 아니라 타리타…… 아니, 족장에게 묻도록 해라."

"──알았다. 미젤다, 애썼구나."

퇴임의 뜻을 굳힌 미젤다의 답변에 차분한 표정으로 아벨이 이해를 표했다. 그 말에 미젤다는 "후." 하고 웃으며 표정을 폈다.

"기왕이라면, 미소나 지어 봐. 그것이 잘생긴 남자의 책무라는 것이야."

"──흥."

"그래야지."

다리를 잃어버린 직후임에도 불구하고 미젤다는 너무나도 굳셌다.

그런 그녀의 자세에 오만불손한 아벨조차도 불경을 탓하지 않으며 웃어 보일 정도다.

그것은 옥좌를 빼앗긴 황제가, 숲에서 사는 여전사에게 경의를 표한 가장 큰 증거였다.

그리고──.

"들어라, 나의 동포들아!"

웃음을 띤 표정을 다잡고 고개를 쳐든 미젤다가 소리쳤다.

그 용맹한 음성을 들은 슈드라크들이 일제히 자세를 바로 하고 경청할 자세로.

"조금 전에도 고했다시피, 나는 족장의 책무를 완수했다! 따라서 나의 동생인 타리타에게 족장의 역할을 양도하겠다! 다들, 타리타를 따라라!"

"————."

"이것이 족장으로서 내 마지막 명령이다. ——아버지 조상의 맹세, 조상신의 긍지에 감사를."

""——감사를!""

미젤다의 마무리에, 슈드라크들이 복창했다.

그들의 풍습이나 오랜 관습 같은 것에 관한 지식은 없다. 그러나 문외한이고 외부인인 스바루도 그것이 계승의 의식이었음을 감각적으로 알 수 있었다.

짧고, 격식을 차린 것도 아닌, 실리와 관념적인 것이 합체한 듯한 계승.

이 순간 『슈드라크의 민족』의 족장은 미젤다에서 타리타에게로 계승된 것이다.

"언니……."

"침울한 표정을 짓지 마, 족장. 너의 미혹은 우리의 미혹. 너의 망설임은 우리의 망설임. 너의 죽음은, 우리의 죽음이 된다."

미젤다는 표정이 밝지 않은 새 족장 타리타를 격려했다.

그것이 타리타의 마음을 한 번에 편해지게 만든 것은 아니다. 하지만 이미 매달려 봤자 상황은 바뀌지 않는다고, 타리타도 이해한 것이리라.

잠시간의 침묵 뒤, 타리타는 말없이 쭈뼛쭈뼛 끄덕였다.

"_____."

그것을 본 미젤다의 눈에 스친 복잡한 감정은 머리를 숙인 타리타가 볼 수 없었다. ──그리고 당사자 말고 다른 사람이 언급해서는 안 될 성역이었다.

4

"솔직히, 의외였어."

족장의 교대극과 피해 보고가 끝난 차에, 스바루는 아벨에게 말을 건넸다.

불러 세워진 아벨은 눈썹을 찌푸리고 불쾌한 듯이 "뭐가 말이지." 하고 스바루의 진의를 물었다.

"고민할 일이 많다. 네놈까지 나를 번거롭게 하지 마라."

"일일이 아니꼽게 말하지 마. 그냥, 의외였다고. 네가 미젤다 씨의 전선 이탈을 선뜻 인정한 것이."

"_____."

"틀림없이 '다리 한 짝 잃어버린 정도로 뭐냐. 나를 위해 죽을 때까지 일해라.' 라고 말하지 않을까 생각했었거든."

지나치게 극단적인 의견이라고 생각하면서도 스바루는 솔직한 마음을 아벨에게 전했다.

옥좌를 탈환하기 위해서 『슈드라크의 민족』을 세력에 거두고 최악의 경우 성곽도시 과랄을 독으로 오염시키는 것도 고려하던 황제다.

아벨—— 아니, 빈센트 볼라키아라면 비정한 판단도 불사하리라 여겨졌다.

"멍청한 것. 그리 강요해서 대체 무슨 의미가 있나."

그러나 매도까지 각오한 스바루의 토로에 아벨의 답변은 냉정했다.

머쓱해진 스바루 앞에서 아벨은 멀리서 대화하는 슈드라크를 바라보며 말했다.

"애초에, 나는 부하에게 가능한 것 이상을 바라지 않는다. 자신의 최선을 다하라고는 명령해도, 자신의 한계 이상을 토해내라면 망언에 속하지 않나."

"————."

"평가보다 더한 활약은 이쪽 계산이 뒤틀릴 뿐이다. 부하에게는 그 이상도 이하도 요구하지 않아. 그리고 미젤다는 자기 분수에 맞는 일을 완수했다. 그렇다면 내가 줄 것은 포상뿐이지."

말로 독려하고 상으로 실력 이상을 끌어내어, 노고를 치하해 다음을 약속시킨다.

권력자란 그렇게 부하를 부리는 줄로만 알았었다. 그렇기에 아벨의 답변은 스바루가 머리에 그리는 인상과는 정면으로 상반되는 것이었다.

부하에게 실력 이상의 활약을 바라지 않는다. ——그것은 어떤 의미로 부하가 일하기 쉬운 환경 같으면서, 동시에 섭섭한 환경이라고도 여겨지기에.

　"물론, 평가하지 못할 행동에는 벌로서 보답한다. 신상필벌, 의미는 알겠지."

　"그 말은, 나에겐 벌을 주겠다는 의미냐?"

　"네놈이 내 부하라면 그렇겠지. 하지만 네놈은 내 부하인가?"

　정면으로 응시하는 아벨의 말에 스바루는 눈을 크게 떴다.

　물론 스바루는 아벨의 부하가 된 기억이 없다. 프리실라와의 대화에서 아벨은 스바루를 군사 취급했었지만 감투를 받을 마음도 없었다.

　"군사라는 직함이 당기긴 하지만, 네 부하는 사절하겠어."

　"그럴 테지. 네놈은 내 부하가 아니다. 따라서 신상필벌의 범주에 해당하지 않아."

　"그렇게 생각하면, 너는 나의 대체 뭐야……."

　결과적으로 부득이하게 동행하고 있지만, 본래 스바루와 아벨 사이에 주종관계는 없고 더 밀접한 관계를 맺은 것도 아니다.

　흐름에 따라 운명공동체가 되었을 뿐이지, 문제가 제거되면 갈라설 관계.

　아군이나 동료, 전우라는 것과도 전혀 다르다. 굳이 말하자면 여장 동료다.

　"멋대로 나를 친구라 부르던 자도 있었지만, 네놈은 그렇지 않을 테지."

"그래. 나는 낯을 가려서 쉽게 친구가 되지 못해."

지금 상황을 고려하면 여기서 친구 소리가 나오는 상대는 어지간히 착한 사람이거나 사기꾼 중 하나일 것이다. 플롭은 전자일 뿐이다.

그리고——.

"나는 프리실라와 마저 할 얘기가 있다. 네놈은 네놈의 분수에 맞는 일을 마쳐라."

"내 분수에 맞는 일……."

"말하지 않아도 알 테지."

날카로운 눈매에 베인 스바루는 층계 한구석에 시선을 돌렸다.

그곳에는 바닥에 털썩 주저앉은 렘의 모습이 있었다. 고개 숙인 그 얼굴은 보이지 않지만 조금 전의 자책을 감안하면 내버려둘 수 없는 것은 확실하다.

아벨이 먼저 말을 꺼내게 했다는 것이 다소 성질 나긴 하지만.

"프리실라와 다투다가 또 싸움이 시작되는 건 사양하겠어. 입 조심 좀 하라고."

"많은 이들은, 그 말은 내가 아니라 네놈이 알아야 할 거라고 충고하겠지."

독설을 더한 독설로 반격당한 스바루는 회의장으로 돌아가는 아벨과 헤어졌다.

족장 교대로『슈드라크의 민족』의 자세도 변한다. 그것도 포함해 아벨에게는 프리실라와 대화를 나눌 일이 있을 것이다. 거기에 스바루가 나설 차례는 적다.

우선할 사항은, 스바루만 할 수 있는 대화였다.

"——렘, 지금 괜찮을까?"

가볍게 심호흡해서 마음을 가라앉히고 말을 건넸다.

무릎을 접고 벽에 등을 기대며 앉아 있던 렘은 그 말에 꿈지럭거리더니 멍한 연청색 눈에 스바루의 모습을 비추었다.

"당신인가요. 언제가 되어야 갈아입을 거죠."

"옷보다 렘이 더 중요해. 이 얘기가 끝나거든 당장에라도 갈아입을게."

"그런가요. 그럼 얘기는 끝났습니다. 갈아입고 오세요."

"그렇게 대충대충!"

말 붙일 엄두도 내지 못할 렘의 매정한 대응에 스바루가 소리 높였다. 그런 스바루의 목소리에 렘은 눈매가 날카로워지며 "조용히 해 주세요." 하고 말했다.

이어서 자신의 왼쪽 어깨에 기댄 소녀 쪽을 턱으로 가리킨다.

"자고 있는 루이가 깨겠어요. 배려 좀 하세요. 아니면 이 아이에게는 그 정도 배려도 해 주고 싶지 않으세요?"

"꺼림칙하게 표현하지 마. 내가 잘못했어."

작고 고른 숨소리를 내면서 렘에게 붙어 있는 루이.

하얀 옷을 피로 더럽힌 루이도 치유 마법을 베푸는 렘을 도왔다고 들었다. 우타카타로부터 들은 이야기로는, 치졸하나마 제대로 말을 듣고 있었다고 한다.

당연히 스바루의 속마음은 복잡하긴 하지만.

"그 모습으로 험악한 표정을 하면, 대응이 난감하네요."

"아, 아아, 미안해. 화장도 엉망이고 볼썽사납지."

"볼썽사나운 건 화장이 멀쩡했을 때부터 그랬어요."

"어흐흑……."

변함없이 신랄한 렘의 말에 스바루는 어깨를 축 늘어뜨리고 낙담한 티를 냈다. 그리고 천천히 렘의 오른쪽, 루이와 반대쪽에 나란히 앉았다.

힐끔 렘의 항의 어린 시선이 날아오지만 그것은 의식적으로 무시했다.

"렘, 잘 해 주었어. 네 덕분에 다들 살았어."

"역부족도 통감했어요. 본심을 말하자면, 한심스러워요."

"렘……."

위로의 말에 반응해 렘이 자신의 두 손을 분하게 내려다보았다. 그 하얀 손가락을 바라보면서 힘없이 입술을 깨물고 있었다.

"한심하긴 뭐가 한심하다고 그래. 기억도 애매한 상태인데, 멋지게 치유 마법도 쓸 수 있게 되어서 많은 사람을 구해줬잖아. 그런데……."

"알 수가 있어요. 원래라면, 이 마법은 이런 수준이 아니었다는 걸."

"이런 수준이 아니었다는 건……."

"치유 마법 말이에요. 지금, 제가 쓰고 있는 마법은 감각적인 것이고 바꿔 말하면 자기류예요. 루이가 보조해 주어서 어떻게 모양은 잡혔지만……."

뒷말은 이어지지 않았다.

약한 소리란, 입 밖에 내면 자타를 상처 입히는 독이 된다. 대신에 아주 잠시, 가슴의 응어리를 가볍게 해 주는 요소다. 그리고 렘은 자신이 가벼워지는 것을 꺼리고 있다.

자신의 힘이 부족해 타인을 구하지 못했다고 자책하고 있다는 증거였다.

"――――."

그렇게 자신을 나무라는 렘의 심정을, 스바루는 쓰라릴 만큼 이해할 수 있었다.

더 잘할 수 있었을 거라는 후회는, 섣불리 범접하지 못할 벽보다 훨씬 더 자기 자신을 괴롭힌다. 그것이 누군가의, 자신이 아닌 누군가의 미래에 관련된 일이라면 더더욱 그렇다.

여태까지 없던 심정을 토로한 렘의 촉촉한 눈이 스바루를 응시하며 입술을 달싹거렸다.

"이전의…… 이전의 저라면, 어땠을까요."

"……기억이 있을 때의 렘이라면?"

"네. 그때의 제 치유 마법이라면, 미젤다 씨의 다리는……."

남길 수 있었을까. 그렇게 이어져야 할 말에 스바루는 눈을 감았다.

렘의 심정을 이해하지 못하는 건 아니다. 다만 기억의 유무가 렘의 치유 마법에 얼마나 영향을 끼치고 있는지, 문외한인 스바루에게 그 판단은 어려웠다.

"――――."

연청색 눈에 절실한 감정을 드리운 렘이 물끄러미 스바루를 보고 있다.

렘이 바라는 답, 그것이 스바루가 준비할 수 있는 것인지는 모르겠다. 스바루의 눈앞에 있는 것은 양자택일, 이전의 렘이라면 '가능했다', '불가능했다' 둘뿐.

어느 쪽 답이라면 렘을 구할── 아니, 렘을 이 이상 상처 입히지 않고 넘어갈까.

"기억이 있어도, 방법이 없었을 거라고 봐."

"_____."

"치유 마법도 만능은 아니야. 그 안에서, 렘은 최선을 다했을 거야."

몇 초. 그러나 스바루 안에서는 더욱 길게 느껴지는 고심 끝에 그렇게 대답했다.

설령 렘에게 기억이 있었다고 해도, 만전 상태의 치유 마법이었다고 해도, 미젤다에게 다리를 남기는 것은 불가능했을 거라고.

사실 여부를 따지는 것이 아니다.

만약의 이야기를 하기 시작하면 한이 없다. 확실히 렘은 미젤다의 다리를 구하지 못했다. 하지만 미젤다를 포함한 많은 부상자들, 그 생명을 구해주었다.

그 공적은 칭찬받아야 마땅하므로, 자책할 이유는 전혀 없다.

오히려 탓할 이유가 있다면──.

"──내 힘이 더 부족했지."

"아……."

"생각이 모자랐어. 더, 여러모로 잘 따져야 했던 거야."

내뱉은 스바루의 답변에 렘이 동그란 눈을 크게 떴다.

그런 렘 앞에서 스바루는 세게 어금니를 깨물고 두 손으로 얼굴을 가렸다.

역부족을 저주한다면, 그 죄는 스바루에게 쏟아져야 마땅했다.

"전부, 내 탓이야."

잘난 척하며 '무혈입성'을 떠들어 놓고서, 현실은 그와 거리가 먼 결과를 불렀다.

아라키아의 난입으로 많은 부상자를 내놓고, 나아가 그 신병 탈환에 도시의 위병 중에서도 사망자가 여럿 나오고 말았다. 한식구 중에는 희생자가 나오지 않았지만, 미젤다의 사라진 다리를 보고, 어떻게 '무혈' 같은 말을 할 수 있을까.

실패했다. 실패에 실패를 거듭해 만회할 기회를 놓치고 실패를 쌓았다.

바란 것은 최선의 해피 엔딩. 그런데 스바루의 눈앞에 있는 것은 그럭저럭 수준의 해피 엔딩, 아니면 그럭저럭 수준의 배드 엔딩이라고 불러야 할 결과다.

'신상필벌', 아벨의 그 말에 따른다면, 벌을 받아야 마땅하다.

최악의 경우 『사망귀환』을 해서라도 최선의 가능성에 도전할 것을 검토할 것쯤은——.

"어째서……?"

생각에 잠긴 스바루의 고막을, 그런 말이 갑자기 두드렸다.

반사적으로 고개를 드니 물끄러미 바라보는 렘의 눈과 정면으로 마주쳤다.

직전까지 자책감으로 젖어 있던 렘의 눈은 어째선지 더욱 강한 자책감을 드리운 스바루를 정면으로 바라보고 있었다.

"어째서, 이게 당신 탓이 되는 건데요."

렘의 눈초리에 동요해 움직임이 멎은 스바루에게 계속해서 말한다.

렘은 젖은 눈으로 손을 뻗어 처참해진 도시청사를 가리켰다.

"미젤다 씨의 다리도, 루이와 우타카타가 다친 것도, 미디엄 씨와 플롭 씨의 상처도, 죄다 당신 탓이라고요?"

"그건…… 그건, 그래. 내가 더, 공들여서 준비했더라면 이렇게는 되지 않았어."

"당신은 작전을 생각하고 무모하게 보이는 계획으로 제대로 성과를 냈어요. 이장을 확실하게 억류하고, 싸우지 않고 도시에 들어올 수 있었어요. 계획대로."

"하지만, 그다음이……."

"그다음 같은 건!"

스바루가 물고 늘어지자 렘이 눈썹을 세우며 언성을 높였다.

그 반사적인 움직임에 루이의 머리가 렘의 어깨에서 무릎 위로 떨어졌다. 작게 신음하고 눈을 뜨지 않는 루이. 렘은 그 어깨를 부축하면서 숨을 고르고 스바루를 바라보았다.

"그다음 일은 누구도 내다볼 수 없었어요. 그 반라의 여성이 나타나는 것도, 대난동을 벌이는 것도 전부, 예상할 수 없는 일이었어요. 그런데도."

"_____."

"그런데도, 어째서 당신이 그 모든 책임을 지는 건데요."

어째서냐고 거듭 묻는 말에 스바루는 숨을 집어삼켰다.

어째서냐고 물어본다면, 그게 힘을 가진 자의 책임이기 때문이라고 스바루는 생각한다.

렘이 자신의 치유 마법의 역부족을 한탄했듯이, 스바루도 자신의 권능이 메꾸지 못했음을 후회하고 한탄할 때가 있다. 『사망귀환』은 그 범위가 더욱 넓다.

스바루가 힘을 행사하면 미래는 더 좋게도, 나쁘게도 될 수 있기 때문이다.

단──.

"그건……."

그건, 설령 상대가 렘이어도 전할 수 없는 진실이다.

렘에만 한정한 이야기가 아니다.

스바루가 지닌 권능, 이것만은 아무리 흉금을 털어놓은 상대여도 전할 수 없다. ──아니, 마음을 터놓은 상대에게야말로 말할 수 없다.

말하면 상대를 죽음에 이르게 할지도 모르는 진실을 어떻게 밝힐까.

아픔은, 무섭다. 『사망귀환』을 털어놓으려 하면 주어지는 아픔은 두렵다. 대체 누가 여러 번 맛보았다고 해서 심장을 움켜쥐는 격통에 익숙해질까.

그러나 진정으로 두려운 것은 아픔이 아니라, 상실이다.

잃는 것보다 무서운 것이 이 세상에 존재할까.

그것을 극한까지 두려워하기에 이 권능은 나츠키 스바루에게 주어진 것이 아닌가.

"어째서, 당신은 저를 감싼 건가요."

"뭐……?"

"그 반라의 여성에게 습격당했을 때 말이에요. 기둥을 쓰러뜨리고, 그것도 통하지 않았는데…… 그 여성이 다가왔을 때, 당신은 제 앞에 섰어요."

아라키아에게 습격당하는 렘을 구하고자 스바루는 무아몽중으로 그녀 앞에 섰다.

두 팔을 벌리고 온갖 위협을 렘에게 접근시키지 않으려고 필사적이었다. 그 순간, 스바루는 아라키아에게 목숨을 빼앗긴다 해도, 그래도 상관없었다.

1초라도 더 오래, 렘이 자신보다 오래 살기를 바랐다.

그것은――.

"무혈입성을 헌책한 결과도, 그 자리에서 저를 감싼 것도, 미젤다 씨가 다리를 잃은 것도 당신은 전부 떠안으려 하는데……."

"―――."

"그 전부가 가능할 만큼, 당신은 강한 사람이 아니에요. 처음에야 그 끔찍한 냄새 때문에 경계했지만요."

거기서 말을 끊은 렘이 한 번 자신의 무릎 위에 있는 루이에게 시선을 내렸다. 금빛 머리카락을 자상하게 매만지던 렘이 시선을 스바루에게로 되돌렸다.

"저도, 루이도, 아벨 씨나 미젤다 씨 일행, 미디엄 씨와 플롭 씨도 다들, 의지가 있는 사람이고, 당신이 지키겠다며 씩씩댈 필요가 없어요."

"아……."

"그렇게 무엇이든 다 혼자서 해내려 하지 말아 주세요. 우리가 한 행동의 책임을 당신이 질 필요는 없어요."

쏟아지는 말에 압도되어 스바루는 입을 뻐끔뻐끔거렸다.

무슨 말을 듣고 있는지 뇌가 신속한 이해를 거부하고 있다. 다만 더 이상 들어서는 안 된다고, 정체불명의 초조감이 스바루의 마음을 태웠다.

역부족을 저주한 스바루에게, 절실한 감정을 드리우며 물고 늘어지는 렘.

그 이상, 말하게 해서는 안 된다고——.

"——당신은."

말하게 해서는 안 된다고, 알고 있는데.

"——당신은, 영웅이 아니니까요."

5

비틀비틀, 비틀비틀, 스바루는 방황하듯이 도시청사 안을 거닐고 있었다.

목적지를 정하지 않았다. 애초에, 언제부터 걷기 시작했는지

도 명료하지 않다. 정신이 들고 보니 걷고 있었고, 기실 지금도 의식은 애매모호한 와중이었다.

"──윽."

갑자기 단단한 충격과 정면으로 부딪혔다.

바라보니 발아래만 보며 걷고 있던 탓에 벽에 부딪혔던 모양이다. 아무것도 없는 벽에 이마를 찧은 스바루는 아픈 이마를 잡고 숨을 내쉬었다.

그리고 별 생각 없이 부딪힌 이마를 다시 한번 그 단단한 벽에 부딪쳤다.

단단한 충격과 둔탁한 소리가 나고 스바루는 뇌에 지끈거리는 통증이 퍼지는 것을 느꼈다.

그 통증을 왠지 모르게 원해서, 스바루는 몇 번이고, 몇 번이고 이마를 벽에 부딪쳤다.

몇 번이고 부딪치고, 부딪치고, 부딪치고──.

"하지 마, 관둬. 형제."

부딪치려고 뒤로 당긴 어깨가 뒤쪽에서 붙잡히고 그런 목소리가 날아들었다.

돌아보자 스바루의 검은 눈과 들여다보는 쇠투구 속 시선이 교차하고──.

"죽고 싶은 마음은 알겠는데. 몇 번 해도 끝이 없어, 그런 건."

제3장 『나아갈 길』

1

다부진 팔에 어깨가 잡혀서 억지로 돌아서게 된 스바루는 눈을 크게 떴다.

그만큼 바라보는 쇠투구—— 알의 말은 예상하지 못했다.

어깨를 잡는 힘도 굳세어서 무시하기 어려웠다. 벽에 이마를 부딪치는 스바루의 자해 행위, 그것을 절대로 간과하지 않겠다는 그런 의지가 전해지는 것 같아서.

"관두라고."

"아……."

시선을 맞대며 다시 한번 거듭된 제지의 말에 숨이 새어 나왔다.

그 즉시 스바루는 직전까지 벌이던 자신의 기행을 타박받았다는 생각에, 한심한 기분과 치욕이 뱃속부터 솟구쳤다. 마치 벽을 향해서 달려가는 게임 캐릭터다.

생각을 포기한 점도 포함해서 딱 그 짝 아닌가.

"그런 짓 계속하다가 바보가 되어도 난 모른다. 아니, 내버려 둘 수 없게 살벌했지만."

"그건, 폐를 끼쳤습니다."

"왜 존댓말이야. 그리고 목소리가 바싹 갈라져서 식겁하겠다."

스스로도 놀랄 만큼 쉰 목소리를 알이 지적하자 스바루는 다시 자조했다.

멘탈이 무너진 영향을 정통으로 받은 자신과, 멘탈이 이만큼 엉망인 상황에 내몰린 자신의 추태 그 자체에.

당연한 일이다. 여하튼 스바루는 다름 아닌 렘의 입으로——.

"그 아가씨에게 들은 말이 그렇게 힘들었냐?"

"윽."

그렇게 질문받은 순간, 스바루는 고개를 번쩍 쳐들었다. 그 기세에 알이 "무셔라." 하고 익살맞게 어깨에서 손을 떼지만, 스바루 쪽이 거리를 좁혔다.

"너, 듣고 있었냐……!"

"딱히 엿들은 건 아니라고? 우연히 형제를 부르러 갔더니 중요한 대화 중에다, 심지어 형제가 비틀비틀 걸어 나가더라고. 그랬더니 아니나 다를까……."

말하면서 알이 투구의 이마 부분을 손가락으로 두드렸다.

아니나 다를까, 불안이 적중했다고 말하고 싶은 것이리라. 알이 잘 보고 있었다기보다, 그렇게 여길 만큼 스바루가 알기 쉽게 절망하고 있었다는 뜻 같다.

지적받은 이마, 부딪친 부위가 지끈 아파서 스바루는 겸연쩍은 기분에 고개를 숙였다.

"뭐, 아가씨 앞에선 아슬아슬하게 안정적이었어. 아마 상대는 눈치채지 못했을걸."

"그런, 가……."

투구 걸쇠를 만지작거리는 알의 보충에 스바루는 한심하게도 안도했다.

렘까지 번잡하게 만들지 않고 넘어갔다면 이 추태 속에서 그것만은 다행이라고.

그리고——.

"알, 아까…… 무슨 의미야?"

"아까?"

"내가 죽고 싶은 마음을 알겠느니 뭐니 했잖아."

아픈 이마에 손을 짚으면서 스바루는 알이 걸어온 말의 진의를 물었다.

자해 행위를 저지당한 스바루는 제정신으로 돌아왔지만, 별것 아닌 것처럼 느껴지는 알의 표현이, 그 순간에는 지독하게 의미심장하게 느껴진 것도 사실.

죽고 싶은 기분과, 몇 번 해도 한이 없다는 발언.

어쩌면 그것은, 알이 스바루의 특수성을, 권능을 파악하고 있는 것처럼 느껴지기까지 해서——.

"말하고 싶진 않지만, 나도 나이 먹을 만큼 먹은 아저씨잖아? 형제 같은 아수라장, 나에게도 경험이 있거든. ——귀여운 아이 앞에서 꼴사납게 굴었던 적도 말이야."

"뭐……?"

"뭐는 무슨. 개망신 떨고 죽고 싶어지는 거야 남자라면 누구나 경험하는 일이야. 따지고 보면, 지금도 그럭저럭 높은 빈도로 저지르고 있거든. 그때의 공주 눈빛, 진짜로 죽을 지경이니까."

실실 웃으며 알이 스바루 쪽을 두드리고 인생 선배로서의 교훈을 논했다.

그 내용과 태도에 스바루는 알을 물끄러미 마주 보았다. 그것이 얼버무리는 말인지 진담인지를 가늠하려고.

"응? 왜 그래, 형제."

그러나 알의 본심을 탐색하려고 해도 강철에 막혀서 성사되지 않는다.

여태까지 알의 모습은 그냥 기발한 패션이라고 넘겨왔지만, 이렇게 그의 진의를 탐색하려고 대치하면 생각하던 것 이상으로 강고한 방호였음을 깨닫는다.

다만 동시에, 자신이 지나치게 예민해졌다는 점도 자각했다.

"들켰을 리, 없나……."

알의 말투가 우연히 스바루의 의식에 걸렸을 뿐이다.

만약 알이 『사망귀환』을 알고 있다면, 더 알기 쉬운 형태로 스바루에게 그 사실을 전하려고 했을 터. ──『사망귀환』의 권능은, 존재 자체가 위험한 종류다.

로즈월이 그러했듯이, 알고 있다면 접촉하지 않을 수 없는 위협.

동시에──.

"이세계에 소환된 녀석이 모두 뭔가 힘을 받은 것은 아니야."

알의 처지를 자세히 알고 있는 것은 아니지만, 그렇게 생각해도 될 듯하다.

만약 알에게 뭔가 특별한 힘이 깃들어 있다고 친다면, 그의 잃어버린 왼팔── 그것이 없어지는 사태도 막을 수 있었을 게 아닌가.

예를 들어, 가령 스바루가 비슷하게 한 팔을 잃는 사태에 빠졌다면, 왼팔을 잃기 전으로──.

"돌아가는, 건가?"

그렇게 생각하던 중에 스바루는 자신의 왼팔을 빤히 바라보았다.

가정으로 생각한 사지 결손이지만, 충분히 있을 법한 사태다. 애초에 여태까지 스바루가 멀쩡한 몸으로 살아남을 수 있던 것은 그야말로 『사망귀환』의 은혜 덕이다.

목숨을 잃은 루프에서는 수도 없이 팔이나 다리를 잃는 피해를 보았다.

만약 어딘가의 『죽음』을 죽지 않고 극복했더라면, 지금도 육체 일부를 결손한 채로 삶을 부지하는 일도 있었을 테니까.

결코 『사망귀환』에 의존해서는 안 된다고 스바루는 결심했다.

그러나 그렇다면 어디까지 의지할 수 있는가.

팔이나 다리는, 손가락이나 눈은, 어디까지 잃으면 『사망귀환』한다고 결단할 수 있는가. 그것이 자신의 팔다리가 아니라, 에밀리아나 렘의 것이라면 어떤가.

수문도시 프리스텔라에서 스바루는 리카드가 잃어버린 팔을 위해 『사망귀환』하지 않았다. 오늘 이때도, 다리를 잃은 미젤다를 위해서 『사망귀환』하지 않고 있다.

권능을 이용하면 보다 나은 성과를 끌어낼 수 있는 가능성이
있는 줄 알면서도.

팔이나 다리를 잃고, 여태까지 거쳐 온 길이 끊어진 자를 줄일
수 있는 줄 알면서도.

"나는……."

"_____."

"나는 위선자야."

주어진 권능이 강대한 것임을 알면서도 결정적인 한걸음을 내
딛지 못한다.

나츠키 스바루는 너무나도, 너무나도 무력하고 이기적이었다.

그렇기에——.

"렘에게도…… 으악?!"

"안 좋은 루프야, 형제."

렘에게도 그 결정적인 한마디를 말하게 하고 말았다.

그렇게 실의에 빠지려던 스바루의 이마가 강렬한 딱밤에 튕겨
나갔다. 강한 소리에 울상을 지은 스바루는 "뭐, 뭐……." 하고
알을 보았다.

그 습기 찬 스바루의 시야에서 알은 "저기 말이다." 하고 기가
막히다는 듯이 손가락을 들이대었다.

"그 아가씨가 한 말에 얼마나 흔들리는 거야. 한소리 좀 들었다
고 한심하게 구는 거 보게. 형제가 생각해도 그러지 않냐?"

"그, 건……."

"그 정도로 허둥대서야 쓰나. 이런 말은 하면 할수록 낯뜨겁지

만…… 난 말이야, 형제에게 기대하고 있거든?"

"기대한다고?"

생각도 못한 말에 스바루는 놀라서 되물었다.

스바루의 반응을 본 알이 "그래." 하고 깊이 끄덕였다.

"프리스텔라에서 형제가 한 연설, 기억하지?"

"어, 어어, 기억해. 하지만……."

"그때, 내가 말하지 않았나. 거기서 방송한다는 말은, 형제가 '영웅환상' 을 짊어지게 되는 거라고."

떠오르는 절망적인 상황, 도시가 대죄주교의 습격을 받아서 궁지에 몰렸다.

그런 와중에 역할을 요구받아 앞으로 한걸음을 내딛지 못하던 스바루에게 알이 건넨 말, 그것이 '영웅환상' 이었다고 기억한다.

사람들의, 많은 이들의 기대와 희망을 한 몸에 지고 패배하는 것은 용납되지 않는 존재.

누구나 그러기를 바라는, '영웅' 이라는 이름의 '환상' 을 짊어지는 거라고.

그리고 그때의 스바루는 너무나도 속 편하게 대답했다.

그건, 평소와 다를 게 없다고.

"여기서도 마찬가지야. 한 명에게 부정당했다고 그게 뭐 어쨌다는 건데. 그런다고 형제가 지금껏 한 일이 뒤집히는 것도, 각오가 뒤집히는 것도 아니잖아."

"_____."

"꺾이지 마, 형제. 갈겨 버리라고, 형제. ──기대에 부응해라, 형제."

거듭해서, 수문도시에서 있었던 스바루의 공적을 아는 알이 등을 두드렸다.

모든 것을 잊은 렘도, 유아 퇴행한 루이도, 당연하지만 아벨도 플롭도 미디엄도, 『슈드라크의 민족』도 아무도 모르는 스바루의 활약이다.

프리실라는 알고 있어도 기억이나 할지 수상쩍지만──.

"나는 잊지 않아. 그리고 미안하지만, 이제 와서 놔주지는 않는다, 형제."

"놔주지, 않는다니⋯⋯."

"시작했잖아. 내건 간판은 죽을 때까지 못 내린다 이거야."

"──────."

크리티컬한 알의 말에 스바루는 또다시 숨을 집어삼켰다.

수문도시에서 한 방송, 그것이 도시에서 불안과 공포에 삼켜지려던 사람들에게만이 아니라 그 외의 상대에게도 파급되었음을 처음으로 알았다.

알은 말했다. 내건 간판은 죽을 때까지 내릴 수 없다고.

그리고 나츠키 스바루에게 『죽음』이 찾아올 일은 없다.

따라서 끝없이 저항할 수밖에 없다고──.

"지금껏⋯⋯."

알의 말에 두 손으로 얼굴을 덮어 시야를 가린 스바루의 입에서 목소리가 흘러나왔다.

머릿속에 줄곧 울리는 것은 렘이 던진 치명적인 한마디. 스바루의 마음을 갈가리 찢고 흐르는 피에 빠뜨려 죽이려고 하는, 절대적인 죽음의 언령──.

　'──당신은, 영웅이 아니니까요.'
　"지금껏, 렘의 말을 의지하고 버텼어."

　'──당신은, 영웅이 아니니까요.'
　"렘이 믿어 주고 있었으니까, 나는 무릎을 꿇지 않을 수 있었어. 『성역』에서도, 프리스텔라에서도, 플레아데스 감시탑에서도, 마찬가지로……."

　'──당신은, 영웅이 아니니까요.'
　"렘이 일어나 주어서, 기억이 없어졌어도, 그래도 역시 기뻐서…… 앞으로 한 걸음이면 전부 되찾아서, 지금이 가장 분발해야 할 때인데."

　'──당신은, 영웅이 아니니까요.'
　"나를 북돋는, 마법의 말이었어."

　'──스바루 군은 렘의 영웅인걸요.'

　그 말이, 신뢰가, 버팀목이 있어서 오늘까지 버틸 수 있었는데.

그것을 거두어가는 바람에, 나츠키 스바루는———.

"그렇다면, 되찾으면 그만이야."

"———뭐?"

얼굴을 가린 채로 눈꺼풀이라기에는 너무나 깊은 어둠에 빠져 있던 스바루가 숨을 집어삼켰다.

바로 코앞에 알의 얼굴이 있다. 무심코 스바루는 뒷걸음질 쳤다. 그러나 물러나는 스바루를 놓치지 않겠다고, 물러난 거리만큼 알이 앞으로 나섰다. 등이 벽에 부딪혀 그 이상은 물러나지 못하는 스바루를, 알이 뻗은 외팔을 벽에 밀어붙여 도망갈 길을 막았다.

그리고———.

"되찾는 거야. 그 아가씨의 기대도, 형제 본인의 자신감도."

"기대와, 자신감……."

"간판은 내릴 수 없어. 싸울 수밖에 없는 거야. 그러니, 지고만 있을 수 없다면 바라는 대로 계속 이겨야만 해. 그렇게 이기고 또 이겨서 되찾는 거야."

"————."

"잃어버린 기대와 평가는, 그 이상의 결과로밖에 되찾을 수 없어. 형제도 알 거 아냐."

얼굴이 휙 다가와서 차가운 쇠투구가 이마에 닿았다.

그렇게 서로의 이마가 닿고 있음을 깨닫지 못할 만큼, 알은 굳세고 진지하게 스바루에게 호소하고 있었다. 그 사실과, 찾아온 하늘의 계시 같은 충격은 거대했다.

잃어버린 기대와 평가——. 스바루에게 가장 씁쓸한 기억은 물론 왕성에서의 실수다.

그때, 스바루는 에밀리아의 신뢰와 기대, 그리고 왕선 후보자들의 평가도 호되게 떨어뜨렸다. 그 뒤, 그녀들의 신뢰를 회복한 것은 행동을 했기 때문이다.

단연코 기가 꺾여 벽에 이마를 부딪쳤기 때문이 아니다.

"바보냐, 나는……. 아니, 바보지, 나는."

진보가 없다. 성장이 없다. 무엇보다 스바루에게는 제자리걸음이나 하고 있을 유예가 없다.

렘을 지키고 같이 돌아가야만 한다. 그러기 위해서 기댈 수 있는 상대도, 그때와 다르게 아무도 없다. ——렘에게는 스바루뿐이다.

렘이, 모든 것을 잊은 그녀가 스바루를 영웅이 아니라고 말했다고 해도.

강한 힘으로 스바루의 등을 받쳐 주던, 그 말이 같은 얼굴과 목소리로 철회되어도.

"나는, 렘의 영웅이야."

그렇게 끝까지 가슴을 펴는 것만이 나츠키 스바루의 본분이 아닌가.

"기력은 쫴까 되찾았나?"

그런 스바루의 결의를 들은 알의 목소리에서도 매서움이 가신다. 그 한마디에 "그래." 하고 대답한 스바루는 지근거리에서 알을 올려다보았다.

"꽤 나아졌어. 그나저나 좀 떨어져, 물러나. 이 벽쿵, 누가 이득이라고."

"그러게! 형제는 여장이고, 나는 외팔이에 마흔 앞둔 아저씨잖아!"

통쾌하다는 듯이 웃으면서 알은 벽에 짚은 손을 빼고 뒤로 물러났다.

그렇게 시야가 트이자 스바루에게는 그것이 눈앞의 현실만이 아니라 더 거대한 시야가 넓어진 결과처럼 느껴졌다.

──솔직히 알의 말과 격려만으로 완전히 회복했다고는 도저히 말할 수 없다.

렘을 앞에 두면 다리가 후들거리고 눈치를 살피며 같은 말을 듣지 않을까 겁을 먹으리라.

『사망귀환』이라는 권능을 무엇을 위해 어디까지 쓸 것인지에 대한 답도 내놓지 못했다.

다만 분명히 말할 수 있다.

나츠키 스바루의 이 오만한 권능은, 이 등에 짊어져야만 하는 '영웅환상'을 진짜로 만들기 위해서 없어서는 안 될 힘이다.

그렇기에, 앞으로도 권능과 어떻게 어울릴지 끝없이 고민하게 되리라고.

"아~ 그런데 형제, 좀 묻고 싶은 게 있는데."

스바루가 자신의 양손을 내려다보며 마음을 새로이 할 때 갑자기 알이 말을 꺼냈다. 직전까지 그런 대화를 하고서 새삼 소극적인 알의 모습에 스바루는 의아해했다.

"새삼스럽게 왜 그래. 묻고 싶은 게 있다면 물어봐."

"그럼, 사양하지 않고…… 그 렘이란 아가씨, 입장이 어떻게 되는 거야?"

고개를 모로 꼰 알이 입에 담은 질문. 그것은 새삼스럽다면 새삼스럽기 그지없는 의문이었다.

그렇다고는 해도 알의 입으로 듣고야 비로소 설명이 아무것도 없었다고 스바루도 깨달았다.

"제국 구석탱이까지 데려온 형제의 동행이잖아. 하프엘프 아가씨도, 계약한 로리 아가씨도 아니란 말이지. 덤으로 신부 대접하고 있잖아?"

"그건 편의상 그런 거고, 본인도 싫어하고 있어."

"하지만 그 아가씨의 한마디로 형제는 엉망이 됐지. ──그거, 대체 뭐야."

살짝 목소리를 낮추고 유독 진지하게 묻는 알.

그의 말에 스바루는 눈썹을 찌푸리고 기억을 뒤지다가 알과 렘 사이에 면식이 없었음을── 적어도 이 시간축에는 없음을 확인했다.

애초에 알 앞에서는 렘의 화제를 꺼낸 적도 없다. 그가 렘에 대해 모르는 것은 당연한 일. 그런데, 미묘하게 걸리는 데가 있었다.

그것은 아마, 질문하는 알의 태도가 원인이다.

"────."

표정은 보이지 않는다. 하지만 시선에 깃든 열기가 느껴진다.

그것이 진지함이나 긴장감의 표현이라고 스바루는 감지했다.

앞선 대화도 포함해 유일한 동포인 알의 인상이 짧은 시간에 변동하는 것을 느끼면서 대답했다.

"렘은 나의…… 우리의 식구야. 단지, 『폭식』의 대죄주교의 피해를 봤어. 그 바람에 누구의 기억에서도 사라져서, 자기 자신에 대해서도 기억하지 못해."

"──그렇게 된 건가. 그렇군, 그래. 납득이 갔다고."

"납득?"

짤막하게 사실을 읊은 스바루의 말에 알이 턱에 손을 집고 연거푸 끄덕였다.

그 입에서 나온 말에 스바루가 갸웃거리자 그는 "그래." 하고 맞장구를 쳤다.

"이래저래 걸리고 있었거든. 모르는 애일 텐데, 아는 애랑 닮았어. 그것이 목에 걸린 생선 가시처럼 자기주장하고 있었지."

"모르는데 안다니…… 그거, 람 얘기야?"

"오오, 그거야, 그거."

생각지도 못한 접점이 튀어나와서 놀란 스바루의 되물음에 알의 목소리가 활기를 띠었다.

다만 그걸로 스바루 쪽도 태도에 수긍이 갔다.

람과 렘, 둘 중 한쪽의 기억이 누락되었을 때의 반응은 다름 아닌 에밀리아 진영의 모두 덕분에 충분히 통감했기 때문이다.

그 성격이나 성질을 제외하면 람과 렘 쌍둥이는 정말로 똑 닮았다. ──아니, 뜻밖에, 그 성질도 자매답게 빼닮았을지도 모른다는 생각이 들 때가 최근 많이 있었다.

그런 람을 알고 있는데, 그 판박이인 렘을 보면 혼란도 일어날 법하리라.

"하지만 너랑 람이 아는 사이라는 얘기는 처음 들었어."

"아는 사이라고 할 정도는 아니야. 인연이 좀 있던 수준이지. 하지만 그걸로 대체적인 건 수긍이 갔어. ──쌍둥이 자매냐? 그리고 그 둘을 재회시키고 싶다는 거고."

"그래, 맞아."

렘을, 람과 재회시켜 주는 것이 최우선.

그리고 에밀리아 진영 모두가 렘을 맞이해 원래 보금자리로 돌려보내는 것이 스바루의 대목표다. 그러기 위해서도 렘의 신뢰를 잃은 채로 있을 수는 없다.

어떻게 해서든 그녀의 신뢰를 되찾고 이 손을 맞잡도록 해야 한다.

"좋아, 알았다. 협력하마, 형제."

대목표를 다시금 응시하며 주먹을 쥐는 스바루. 그런 스바루 앞에서 설명받은 사정을 곱씹던 알이 끄덕이면서 말했다.

무심코 스바루는 "으엉?" 하고 얼빠진 목소리를 흘렸다.

"형제, 지금 엄청 얼빠진 울음소리 냈지?"

"냅둬! 그게 아니라, 뭐라 그랬어? 협력하겠다고? 누가 누구에게?"

"내가, 형제에게. 뭐, 공주에게 이런저런 소리 듣겠지만 그 부분은 어떻게든 방법이 있고. 아무튼 편을 들어 주겠다고 결심했다."

"_____."

"단, 거들어 줄 팔은 하나밖에 없지만."

"안 웃겨."

징그러울 정도의 열의를 담은 말에 반사적으로 반박하면서도 스바루는 곤혹.

그건 그럴 만하다. 도대체 무엇이 알의 심금을 울렸는지 잘 모르겠다.

"람과 아는 사이니까, 힘을 빌려주는 거야?"

"그런 것도 아니야. 내가 편드는 건 형제라고. ──어차피 형제가 영웅질 하겠다면 그 아가씨 문제도 떼어놓을 수 없어. 그걸 거들겠단 얘기야."

"딱히 영웅이 되려는 건……."

"되는 거야. 나츠키 스바루는, 영웅이."

그것은 아니라는 말을 틀어막는 차단이었다.

굳세게, 조용히 선고된 한마디에 간직된 열기는 스바루의 마음을 태우고자 했다.

"그런 셈 치자고."

그러나 그 강렬한 열기는 농담 같은 알의 한마디에 무산했다.

그 급변에 휘둘리는 스바루에게 알은 "미안, 미안." 하고 손을 내저었다.

"하지만 그 정도의 기개로 가자, 형제. 나나 형제 같은 게으름뱅이는 다소나마 허세를 부려서 퇴로를 끊는 편이 마음을 다잡기 좋지."

알은 그렇게 말하고는 빙글 뒤돌아서 큼직하게 걷기 시작했다.

"알, 방금 한 말은……."

"이크, 쓸데없는 얘기는 여기까지 하자고. 여하튼, 기억이 났는데, 나는 회의장으로 형제를 부르러 온 거였어. 공주의 호통은 벌써 확정이라고."

"―――."

"자, 서둘러. 뭘, 얘기할 찬스라면 얼마든지 있어."

그렇게 말하고 고개만 뒤돌아본 알은 어깨를 으쓱이고 가볍게 뛰려는 제스처. 그 몸짓에 재촉받은 스바루도 어쩔 수 없이 궁금증을 거두었다.

방금 알이 한 말을 얼마나 진담으로 들어도 될지는 모르겠다.

그래도 정면으로 '협력한다' 는 선언을 들은 것은 적지 않게 스바루를 긍정적으로 만드는 힘이 되기는 했다.

억지로라도, 스바루는 긍정적으로 앞을 보아야 한다.

그렇게 가슴을 펴고, 등을 곧게 세우고, 크게 다리를 벌리며 걷지 않으면――.

"렘의――."

영웅이라고, 그렇게 자신을 긍정하는 버팀목을 잃어버리니까.

" '영웅환상' 이라."

익살맞게 잔달음질하면서 쇠투구 안에서만 중얼거림이 울렸다.

밖에는 나오지 않는, 그저 자신에게 들려주려는 의도일 뿐인 목소리를 내면서 눈을 감는다.

그렇게 눈을 감으면서 눈꺼풀이라는 어둠 속에 울리듯이──.

"영웅이 되어 줘야겠어, 형제. ──아니, 나츠키 스바루."

2

"어리석은 것 한 명 데리고 돌아오는데, 대체 얼마나 시간을 들이지? 소녀와 네놈에게 흐르는 시간의 가치가 동일하다고 여기고 있느냐?"

"아니, 그러니까 미안하다고 사과하고 있잖아……."

주군의 냉랭한 시선에 마중받은 알이 고분고분한 태도로 고개를 숙였다.

스바루를 데리고 회의장으로 돌아온 알을 기다리던 것이 앞에 나온 질책이었다. 단순한 호출일 예정이다가 예상 이상으로 대화가 깊어졌으니 프리실라의 분노도 무리는 아니다.

무리는 아니지만, 알의 말 덕에 등이 떠밀린 스바루로서는 못 본 척할 수 없다.

"프리실라, 너무 알을 탓하지 말아 줘. 잘못한 것은 알이 아니라 나야."

"흥. 대충, 시시한 고뇌를 느끼고 광대끼리 서로를 달래고 있었을 테지. 이마가 붉어진 것은 벽이라도 박아서인가?"

"너, 『천리안』도 있어? 너무 정확해서 겁나네."

알을 옹호한 스바루를 프리실라가 눈으로 보았던 것만 같은 한 마디로 때려눕혔다.

여장한 남자가 상대인 철가면의 벽쿵이다. 그리 흔한 현장은 아니었을 텐데, 프리실라의 통찰력에는 몸서리칠 수밖에 없다.

어쨌든――.

"네놈이 부재여서 결론은 낼 수 없다. 여하튼, 네놈은 아벨의 군사라고 하니 말이다."

야유하는 듯한 프리실라의 눈초리에 스바루는 아벨 쪽을 보았다. 원탁 자리에 앉은 아벨은 팔짱을 낀 채로 스바루의 추궁 어린 시선을 묵살했다.

아벨의 군사 발언은 어쩌다가 나온 소리겠지만, 직접 프리실라를 반론하는 데 써먹은 체면상 섣불리 철회할 수도 없었으리라고 추측된다.

"너, 의외로 생각 없이 행동하다가 자기 목 조르는 면 있는 거 아니야?"

"네놈이야말로 발언의 질에 주의해라. 아무리 뛰어난 방책이라도 용어 선택에 따라서 현책으로도 우책으로도 취급된다."

"군사 취급한 걸 후회하는 것에 비해 비아냥대는 데는 잘 써먹네⋯⋯."

뻔뻔한 아벨의 회답에 스바루가 얼굴을 찌푸리고 깊이 한숨.

그리고 재차 회의장에 있는 이들―― 아벨과 프리실라, 그리고 지크르 및 족장을 계승받아 불안한 내색인 타리타 같은 사람들을 둘러보았다.

"그래서, 내지 못하는 결론이란 건 프리실라와의 협력 체제 얘기야? 아까 듣기로는 프리실라에게 협력자가 있다나 보던데."

"이야기에 따라올 머리는 있는 모양이로고. 물론, 그 이야기 다. ——구신장을 더 많이 차지한 쪽이 이긴다. 그것은 기억하 겠지?"

"그래. 제1위가 무용지물인 것에 비해 방해물이란 부분까지 는."

회수하지 않았다가 자객으로 오면 손을 쓸 수 없고, 회수해도 형세라는 의미로는 크게 기여하지 않는 상대란 이야기였다. 이 것이 시뮬레이션 게임이라면 성가신 유닛이다.

아군으로 삼아도 쏠쏠한 맛이 적고, 적으로 남기면 맹독이 되 는 상대.

"그렇다고는 해도 그건 최종적인 승산의 얘기지. 프리실라와 그 협력자의 지원이 어쨌다는 얘기가 아니야. 안 그래?"

"흠."

스바루가 요령 좋게 이야기를 정리하자 프리실라가 작게 목울 대를 울렸다.

그 순간, 프리실라의 붉은 눈에 호기심의 빛깔이 스쳤다. 아무 래도 스바루에게 모종의 흥미를 품은 듯한 프리실라는 알 쪽을 쳐다보고 희미하게 웃었다.

"광대끼리 대화한 성과인가. 어울리지도 않게 친절해졌구나, 알."

"이보쇼, 나처럼 붙임성 좋은 나이스 가이를 잡고 누군가에게 상냥히 대하는 것이 어울리지 않다니 당치도 않은 소리라고, 공 주."

프리실라의 야유에 알이 어깨를 으쓱이며 대답했다.

광대의 대화라니, 여전히 프리실라는 일의 본질을 알아맞히는 재주가 좋다. 그 대화가 스바루에게 준 영향을 정확하게 파악한 듯한 눈치도.

그런 대화 속에서 아벨이 원탁을 손가락으로 두드려 주의를 끌었다.

"이야기를 자꾸 이탈하지 말도록. 지금 필요한 것은 논의의 결말…… 이후, 프리실라가 이쪽과 어떻게 상대할 마음이 있느냐다."

"아아, 미안해. 얘기가 샛길로 새기 쉬운 군사라서."

비꼼을 돌려받은 아벨이 언짢게 눈을 가늘게 뜨는 것을 스바루는 혀를 내밀고 무시. 그리고 다시 프리실라 쪽을 돌아보고 앞서 한 말을 마저 촉구했다.

"그래서 어쩔 건데. 프리실라와 협력자의 지원이 있든 말든 아벨이 제도에 쳐들어가는 건 변함없겠지만……."

"공주의 지원이 있고 없고로, 쳐들어가는 수준도 바뀌지."

"광대끼리 호흡이 맞아서 아주 좋구나. 어쨌든 네놈들의 안목은 옳다. 따라서 소녀가 네놈들에게…… 아벨에게 힘을 빌려줄지 감정하기 위해 조건을 달았다."

"조건?"

"단순한 이야기다. ──구신장을 한 명, 아군으로 끌어들여 보라는."

눈썹을 찌푸린 스바루에게 프리실라가 별것 아닌 것처럼 조건을 제시했다.

그렇게 건넨 조건을 듣자 스바루는 "구신장……." 하고 입 안에서 중얼거렸다.

제시된 조건은 터무니없지 않다고 스바루는 생각했다.

애초에 제위 탈환을 위한 싸움에 도전하려면, 『구신장』을 많이 획득하는 것이 전제 조건이다. 그리고 프리실라는 그 처음 한 걸음을 요구하고 있다.

오히려 승리에 필요한 전제 조건을 채우기 위한, 짭짤한 이야기이지 않은가──.

"하고, 어깨춤을 춰도 될 조건이 아니……겠지?"

"당연하다. 고즈의 안부를 알 수 없는 이상, 무조건적으로 나를 따를 구신장은 없다. 그리고 일부러 질 싸움에 가담할 괴짜는 썩 없지."

"조금이라도 승산이 보이지 않으면 아무도 따라오지 않나."

비참한 상황을 읊는 아벨의 말에 스바루도 마뜩잖은 표정으로 미간에 주름을 잡았다.

아벨의 비참한 자기 인식── 황제의 위광이 『구신장』에 통하지 않는다면, 프리실라와 그 협력자의 지원은 절실히 필요하다.

오히려 『구신장』과의 교섭 재료에야말로 그녀들의 이름을 빌리고 싶지만.

"말해 두지만, 소녀에게 자비를 기대하지 말도록. 소녀도 관용은 있으나 그것은 거지에게 내주기 위한 것이 아니다."

턱을 괸 프리실라는 희미한 기대를 싱겁게 짓밟았다.

뻔히 아는 일이지만, 프리실라는 무르지도 자상하지도 않다. 제시한 최소한의 조건조차 이루지 못하겠다면 볼 일이 없다고, 붉은 눈은 스바루 일행을 매정하게 품평하고 있다.

"황공하오나, 각하, 역시 여기선 세실스 일장을 의지하시는 게 맞지 않겠습니까?"

"지크르 씨, 뭔가 승산이 있나요?"

무거운 침묵이 가로놓이려던 순간, 지크르가 그렇게 발언하자 기대가 쏠린다.

하지만 스바루의 기대 어린 눈초리에 지크르는 "아니요." 하고 고개를 가로저었다.

"방금 각하께서 말씀하셨듯이 현재 전력비를 감안하면 우리 쪽에 협력하려 생각하는 분은 정상적인 사고의 소유자가 아닙니다. 그러니……."

"그러니?"

"세실스 일장 같은, 정상적이지 않은 사고의 소유자밖에 의지할 수 없는 게 아닌가 하여……."

"아, 지크르 씨도 그 사람 머리 이상하다고 생각하는구나."

지독한 인물평밖에 나오지 않던 세실스. 하지만 지크르도 머리가 이상하다는 사실을 공략 이유로 삼는 걸 보면 확고부동하다. 그러나 언젠가 공략해야만 하는 상대라면 프리실라와의 조건을 채우기 위한 거라고 마음을 다잡고 처음에 차지하러 가는 것도 고려할 만하다.

"문제는, 꼬드기기 전에 접촉 방법인데, 그 사람은 평소 어디에 살고 있지?"

"그놈은 평소에 제도에 있는 아라키아의 집에 살고 있다."

"그렇구나, 아라키아의…… 왜?"

아벨의 말이 태연해서 스바루의 이해가 몇 초 늦어졌다.

엉뚱한 내용에 천하의 프리실라도 불쾌한 듯이 눈썹을 찌푸리고 있다.

듣기로는 제1위가 세실스고, 제2위가 아라키아 같은데——.

"즉, 그 세실스와 아라키아가 연인 사이라거나, 그런 거야?"

그렇다면 아라키아를 격퇴한 스바루 일행의 인상은 최악이라는 수준이 아닐 것이다.

스바루 일행은 멋지게 제1위와 제2위를 한꺼번에 적으로 돌린 셈이 된다.

그러나 스바루의 의문에 아벨은 "아니다." 하고 부정했다.

"그런 게 아니다. 아라키아는 세실스를 죽일 기회를 엿보고 있어. 하지만 목숨을 노릴 때마다 주위에 피해를 내서야 못 배기지. 따라서 세실스에게 명령했다."

"무엇을?"

"이왕이면 아라키아가 노리기 쉬운 곳에 있으라고."

"아하……?"

구체적인 설명을 들어도, 스바루는 이해하기 어려운 관계다.

휘하 장군들이 사투를 벌이는 것을 방치하는 정신성도 잘 모르겠고, 그에 따라서 자신을 죽이려 드는 상대의 집에 산다는 발상도 이해할 수 없다.

"애초에 자신을 죽이려고 하는 녀석이랑 잘도 같이 사네⋯⋯."

그렇게 말한 뒤에 어쩐지 이상한 소리를 해 버린 듯한 감각에 엄습당하는 스바루. 아쉽지만 그 위화감의 이유는 알 수 없어서 스바루는 일단 의문을 치워 두었다.

"아무튼 세실스는 제도에 있다⋯⋯. 어라, 너 어슬렁어슬렁 제도에 가도 문제없나?"

"그럴 리가 있겠나. 현재, 내가 제도에 접근하면 스스로 화형 당하러 가는 꼴이나 마찬가지다. 그렇게까지 해도 세실스 녀석 이 제도에 있다는 확증이 없어."

"그렇다면 두 손 들 수밖에 없잖아⋯⋯."

볼라키아 제국의 정치적인 내부 사정이 되면 스바루의 지식은 아무 도움도 되지 않는다.

그렇다고는 해도 『장』 중 한 명이기도 한 지크르의 제안이다. 현재 채택할 것 중에는 가능성이 높은 작전이었다고 생각하니, 그것이 기각된 아벨의 앞날은 어둡다.

"이런 곳에서 제자리걸음하고 있을 때가 아니건만."

어둡고 무거운 것이 스바루의 가슴속에 묵직하니 주장하기 시 작했다.

씁쓰레한 앙금 같은 그것은, 벽에 머리를 박아도 사라지지 않 던 무력감의 덩어리이며, 렘이 스바루를 단념하게 만든 후유증 같은 것이다.

이것이 있는 탓에, 스바루는 렘의 신뢰를 상실했다.

한시라도 빨리 이 앙금을 제거하고 그 신뢰를 되찾아야 한다.

그러기 위해서는, 제자리걸음하는 시간의 1초 1초가 아깝다.

"수단은 있다."

하지만 그렇게 이를 가는 스바루를 아벨의 한마디가 막아냈다.

튕겨지듯 고개를 든 스바루의 반응에 아벨은 한쪽 눈을 감고 말을 이었다.

"그 질리도록 본 궁상맞은 표정은 그만두어라. 수단은 있다."

"미안하지만, 과금하지 않고 만들 수 있는 커스터마이즈로는 내 얼굴이 한계였어. 아니 안면 성적의 빈부격차는 아무래도 좋아. 수단이 있다는 말은?"

"지크르의 제안 말이다. 그것을 일부, 채용하겠다."

"제 제안을 일부? 영광입니다만, 그 말씀은……?"

두꺼운 눈썹을 찌푸리면서 지크르가 자기 의견을 채용한다는 말에 곤혹스러워했다.

스바루도 지크르와 같은 곤혹감을 느꼈다. 애초에 지크르의 제안이란 제1위 세실스의 권유이며, 제도로 갈 수 없는 이상 손쓸 방법이 없다고 결론이 났을 터다.

"아니면 세실스를 불러낼 방법이 있다거나……."

"그렇게 입맛에 좋은 방법은 없다. 하지만 지크르는 이렇게도 말했지. ──정상적인 사고의 소유자가 아니라면 가능성은 있다고."

"──읏! 설마…… 각하, 그건 위험합니다! 재고를!"

"어? 어? 어?"

당당히 내뱉은 아벨의 말에 낯빛이 바뀐 지크르가 애원했다.

지크르의 그 서슬에 눈이 휘둥그레진 스바루는 무슨 일인가 싶어 놀랐다.

지크르는 짚이는 곳이 있는 모양이지만 스바루는 전혀 아는 바가 없는 이야기다. 이야기 흐름으로 보아, 머리가 이상한 상대에게 제안을 하려는 것 같지만——.

"인망이 없는 세실스라는 일장보다 더 머리가 이상한 녀석이 있는 거야?"

"머리가 이상하다고는 하지 않겠습니다! 하지만 그분은 너무나도 위험합니다……!"

"그래도 말이야, 아프로 대장님. 이야기 흐름을 보면 그것도 구신장 중 한 명인 거잖아? 그것까지 빼 버리면 드디어 아무도 의지할 수 없고, 이것저것 가릴 때가 아니지 않아?"

"그건, 그렇, 습니다만……."

스바루와 알이 양옆에서 말하자 지크르가 떫은 표정으로 침묵했다.

어쩐지 나쁜 짓을 한 기분이지만 애초에 지크르가 고뇌할 수밖에 없는 인재를 요직에 앉힌 아벨의 인사에 문제가 있으리라.

됨됨이를 보지 않는 능력주의의 인재 등용. 그것이 낳는 비극의 실례가 이것이다.

"묻기가 무섭지만, 지크르 씨를 괴롭히는 원인은 어디의 어느 분이야."

"멍청한 표현이지만, 그에 따라서 대답하자면 마도(魔都) 카오스프레임을 거점으로 삼은 구신장—— 요르나 미시구레다."

"요르나 미시구레······."

들은 적 없는 도시의 이름과 정반대로 인명 쪽은 기억이 있었다.

앞서 들었던 『구신장』 중 한 명이며, 그 별명은 아마──.

"『극채색』이었나, 그런 식으로 불렸던가."

"제법이네, 형제. 용케 한 방에 기억했어."

"만화 같은 곳에서 간부급 캐릭터의 별명을 외우는 걸 좋아해서 말이야. 그렇게 말해도 이 요르나라는 사람이 지크르 씨의······."

말하면서 힐끔 시선을 지크르에게 돌린 스바루는 말을 잃었다.

지크르가 새파래진 표정으로 그 얼굴을 자기 손으로 가리고 있었기 때문이다.

"구신장 중 제7위, 요르나 미시구레 일장······."

"그렇게 위험한 녀석이야? 이름을 보면 여자 같다 싶기는 했는데······."

그 인상이 맞다면 『호색한』이라는 이명으로 유명하며 여장만 하고 있을 뿐인 스바루에게도 신사적으로 행동한 지크르가 두려워할 여자라는 말이 된다.

도대체, 어떤 별종이 튀어나올지 상상도 가지 않지만──.

"아름다운 분입니다. 그 점은 저만이 아니라 누구나 인정할 부분이겠지요. 하지만 요르나 일장에게는 다소······ 아니, 다소로는 끝나지 않을 문제가."

"그, 문제라는 게 뭔데."

"모반입니다."

""엉?""

나직이 지크르의 입에서 튀어나온 단어에 스바루와 알의 목소리가 겹쳤다.

어안이 벙벙해져 잘못 들었나 귀를 의심하는 스바루에게 지크르는 얼굴을 손으로 가린 채로 떨리는 목소리로 뒤이었다.

"요르나 미시구레 일장은, 지금껏 수없이 모반을 일으켜서 빈센트 볼라키아 황제의 치세를 위협하던 타고난 모반자입니다."

"그런 녀석, 장군 자리에 앉히지 마!!"

두 번째로 터진 스바루의 노성이 회의장에 울려 퍼졌다.

3

"이야기는 정리된 모양이군."

터무니없는 『구신장』의 정보와 스바루의 노성이 울려 퍼진 뒤로 잠시, 대화가 결론 났다고 판단한 프리실라가 소리와 함께 부채를 펼쳤다.

스바루로서는 솔직히 항의하고 싶은 결론이었지만——.

"다른 수단은 없다. 현재, 이쪽에 붙을 가능성이 있는 구신장은 요르나 미시구레 한 명이다."

"애초에, 네가 미움을 사서 모반당했던 거 아니야……?"

"아니요, 실은 무조건 그렇다고 단언할 수는 없어서…… 그 생각을 헤아리는 것은, 적어도 저 같은 자는 불가능합니다만."

"지크르 씨가 그렇게까지 말한다면, 그렇겠지만요……."

신뢰할 만한 지크르의 말에는 스바루도 의혹을 거둘 수밖에 없다.

그 말을 들은 아벨이 불쾌한 듯이 콧방귀를 뀌었다.

"네놈, 지크르의 의견이라면 쉽게 듣는 것은 무슨 속셈이냐."

"같은 의견이라도 누가 말했느냐는 중요하잖아. 너, 내 안에서 자기가 지크르 씨보다 신용 있다고 생각해?"

"과연. 하지만 지크르가 죽으면 어떻게 되지?"

"사고 실험이라도 쳐 죽인다!"

뒤숭숭한 소리를 꺼낸 아벨에게 스바루는 가차 없는 욕설을 퍼부었다.

어쨌든──.

"바보 같은 얘기야 아무튼, 그 카오스프레임……이었나. 어디에 있지? 과랄에서 먼가?"

"위치상으로는 그렇지도 않다. 그 점도, 다음에 목표할 땅으로서 적당한 이유 중 하나지. 여기서 남동쪽…… 바드하임 밀림의 남쪽에 위치하고 있다."

"과연, 확실히……."

탁상의 지도에서 위치를 가리키자 스바루도 아벨의 설명에 납득했다.

카오스프레임의 위치는 『슈드라크의 민족』이 살고 있던 숲의 남쪽── 거리는 밀림에서 과랄까지보다 멀지만, 제도나 더 서쪽 땅보다는 훨씬 현실성이 있다.

"나머지는, 왜 마도라고 불리고 있는지인데."

"그렇게 겁내지 마라, 어리석은 것아. 네놈의 작은 간이 찌부러질 이유가 아니다. 그 땅은, 예로부터 많은 종족이 혼돈처럼 섞여 사는 도시니라. 원래부터 볼라키아는 루그니카와 비교해도 다양한 종족이 살고 있지만 카오스프레임은 유독 잡다하게 섞여 있지."

"혼돈스러운 인종의 샐러드볼…… 그래서 마도인가."

말하고 보니 '혼돈'이라 지칭된 도시에 『카오스』라고 붙어 있는 것도 의미심장하다.

이세계인 이상, 어쩌다 생긴 우연인 것일까.

"마도에서, 구신장의 제7위인 요르나 미시구레를 산하에 넣는다. 그것이 이루어지면 너도 흉금을 터놓겠다…… 틀림없겠지, 프리실라."

"그걸로 상관없다. 뭘, 소녀는 관대하다. 나중에 가서 조건을 추가하진 않는다."

"아까 관용은 품절되었다는 식으로 말했던 느낌이…… 아니, 아무것도 아니야."

프리실라가 번뜩 노려보아 스바루는 바로 쓸데없는 발언을 철회했다.

그렇게, 이쪽 방침이 바르게 결정된 순간──.

"아벨, 부디 나도 데려가 주지 않겠습니까."

"타리타 씨?"

갑자기 일어선 타리타가 아벨에게 간청했다.

회의 중, 슈드라크의 대표로서 자리에 앉았음에도 한 번도 입을 열지 않던 타리타. 그런 그녀의 갑작스러운 간청에 아벨은 검은 눈을 가늘게 뜨고 물었다.

"어쩔 셈이지? 너는 언니로부터 슈드라크의 족장 자리를 물려받았을 터. 네 자신감과 관계없이 그것은 굳건할 텐데."

"알고, 있습니다. 언니로부터 양도받은 입장, 그것은 거부하지 않습니다: 하지만 지금의 저로는 일족을, 슈드라크를 이끌기에는 역부족이라……."

고개를 숙이고 입술을 꽉 깨무는 타리타.

텅 빈 손을 움켜쥐는 타리타의 불안. 그것을, 스바루는 쓰라리도록 잘 알 수 있었다.

갑작스러운 족장 교대극, 그로써 큰 책임을 떠맡는 처지가 된 타리타는 자신에게 그 책임에 걸맞은 힘이 있다고 스스로를 긍정하지 못하고 있다.

타리타에게는 필요한 것이다. 자신을 인정하기 위한 계기가, 말하자면 성공 체험이.

그리고 그것은 스바루가 지금 이 순간 원하는 것과 뿌리부터 동일한 것이었다.

"아벨, 나는 찬성이야. 저런 마음가짐으로 미젤다 씨의 뒤를 이어 봤자 타리타 씨도 힘을 발휘할 수 없다……고 생각해."

"_____."

"그리고, 어차피 도중의 호위나 아군은 필요하잖아? 타리타 씨의 실력은 우리도 파악하고 있어. 같이 여장…… 도시에 쳐들어간 동료야."

"나츠미……."

도중에 말을 바꾸었지만 하고 싶은 말은 대충 그렇다.

그렇게 자신의 편을 드는 스바루에게 타리타가 몹시 감명을 받은 표정을 짓고 있다. 타리타의 고심, 그것을 알 수 있는 입장으로서 한편이 되어 주고 싶다.

"네가 빠지면 슈드라크는 어쩔 거냐."

"당분간은 언니에게 대리를 맡기겠습니다. 쿠나와 홀리가 잘 보좌하겠죠. 과랄을 지키려면 많은 수가 움직일 수는 없습니다."

"침묵할 동안에 그 정도는 고려했나."

타리타의 막힘없는 답변을 들은 아벨이 그 생각을 평가했다.

그리고 아벨은 손가락으로 관자놀이를 가볍게 두드리다가 말했다.

"카오스프레임으로 가는 것은 소수다. 당연히 요르나 미시구레와 만나는 이상, 내 존재는 빠트릴 수 없어. 하지만 공격하러 가는 것은 아니다."

"데려갈 수 있는 건 호위가 기껏……."

"거기에 타리타, 너를 추가하겠다. 나머지는——."

"얘기는 다 들었어!!"

아벨이 말하는 도중, 문이 힘차게 활짝 열리고 기세 좋게 인영이 들어섰다.

황제의 말을 가로막는 불경을 전혀 두려워하지 않는 것은, 그 황제를 새로운 친구라고 주눅 하나 없이 장담한 선량한 상인, 또다시 등장한 플롭 오코넬이었다.

플롭은 콧김을 씩씩대며 실내에 있는 이들의 시선을 독차지하면서 말했다.

"타리타 양, 힘든 역할에 스스로 지원하는 기개, 나는 아주 감명을 받았어! 갑작스러운 큰 책임에 자기 나름의 대처법을 찾아낸다…… 아주 좋다고 생각해!"

"가, 감사합니다, 플롭…….."

"그런 너와 촌장 군의 여행길의 안전을 지키기 위해, 내가 제안을 하고 싶어. ──내 동생, 미디엄을 데려가는 것이 어떻겠느냐고!"

손가락을 척 세운 플롭이 힘차게 단언했다.

그 기세에 무심코 끄덕일 뻔했지만, 냉정하게 생각하면 꽤 느닷없는 제안이다.

"이, 이유는?"

"응응, 의문이겠지. 그럼, 내가 미디엄을 추천하는 이유를 들어 보지! 우선 실력이 있지, 그리고 애교가 있어. 게다가 입담이 좋아!"

"입담……!"

"기분 좋게 척척 얘기하니까, 분명히 가는 길의 수다도 심심하지 않을 거야. 낯가림도 없으니까 누구와도 친해질 수 있어. 어때, 인재지?"

하얀 이를 보이면서 동생을 절찬하는 플롭. 그러나 그의 자신만만한 세일즈 토크 중 3분의 2는 미디엄의 호감상에 관련된 것으로, 실질적인 세일즈 포인트는 '실력이 있다'는 한 점뿐이었다.

실제로 그 한 점이 제대로 기능한다는 것은 스바루도 확인했지
만——.

"그런데, 이 얘기 미디엄 씨와 상담한 거야?"

"아니, 하지 않았어! 하지만 지금부터 얘기할 거니까 걱정 마!"

"괘, 괜찮은 건가?"

여행 상담이나 놀러 가는 약속이 아니다.

목숨이 걸린 임무에 내던지는데, 나중에 상담해도 괜찮은 것
일까. 이걸로 남매 사이에 균열이 가기라도 했다간, 어지간한 스
바루도 마음이 아프다.

물론 웃으며 받아들일 듯한 그림도 쉽게 떠오르는 것이 오코넬
남매지만.

"가령, 미디엄 씨가 OK한다 치고, 아벨, 너는?"

"그자의 실력은 충분하다 보고 있다. 역할을 다한다면 나에게
이의는 없다."

"그렇다면 안심해도 돼! 기본적으로 시킨 일은 뭐든지 전력으
로 다하는 것이 내 동생이야! 하지만 시키지 않으면 별로 신경을
못 쓰니까 주의해야 된다구."

플롭이 허리에 손을 짚고서 "핫핫핫!" 하고 호쾌하게 웃었다.

그 말투나 아벨의 태도를 봐도 짐작하고 있는 것이리라. ——이
번에 플롭은 카오스프레임 행의 동행 멤버에 끼지 않았음을.

"미디엄 씨도 그렇지만, 함께할 필요는 없거든."

"당치 않은 소리 하면 안 돼, 남편 군. 나에겐 목표가 있어. 해
야만 하는, 이루어야 하는 복수가 말이야."

"응……."

플롭의 입에서 나온 뒤숭숭한 단어. 그러나 그것이 결코 뒤숭숭한 사상이 아니라 이 명랑한 플롭이라도 용서할 수 없는, 부조리를 향한 분노임을 알고 있다.

이번 세계에서는 스바루가 감히 묻지 못했던 플롭의 선성——그것이야말로 스바루가 그를 신뢰하고 오늘까지 함께 지낼 수 있던 이유이므로.

"동생도 그건 마찬가지야. 나와 동생의 목적도, 걷는 길도 같아. 여기서 너와 부인 군, 촌장 군을 저버린다면 더 이상 가슴을 펼 수가 없어."

"울어 버릴 것 같아. 반하겠어."

"핫핫핫, 그 모습의 남편 군에게 들으면 아찔한걸! 다만 부인 군에게 미안하니까 그러면 안 되지. 하지만 마음은 받아 두겠어!"

그 차는 방식조차도 멋있어서 스바루는 그저 감동할 뿐이었다.

아마도 미디엄은 플롭의 말에 쾌히 따르리라. 즉, 카오스프레임 동행 멤버 중 한 명은 미디엄으로 결정이다.

"타리타 양, 동생과 친하게 지내 줘. 뭐얼, 나와도 친하게 지내 준 아가씨라면 분명히 동생과도 잘 지낼 수 있을 거야."

"네, 넷……. 저, 부디 당신도 조심해서……."

"응? 그렇지. 지크르 씨와 슈드라크 사람들하고 같이 힘내고 말고!"

머뭇머뭇 고개를 움츠린 타리타의 말에 플롭이 자신의 가슴을 탕 쳤다.

그런 흐뭇한 모습을 엿보며 스바루는 작게 헛기침하고 말했다.

"참고로 하는 말인데, 나는……."

"안됐지만 네놈은 이미 교섭 재료 중 하나다. 요르나 미시구레를 이쪽으로 끌어들이는 것이 필수인 이상, 그것을 빼놓고 얘기를 할 수는 없어."

"하나하나 신경 쓰이는 말투인데, 내가 교섭 재료?"

"과랄의 함락은 네놈의 헌책이다. 머잖아 그 사정은 널리 퍼지겠지. 애당초 내가 그렇게 되도록 유도할 것이다."

"뭐?"

아벨의 말뜻을 이해하지 못한 스바루는 눈이 휘둥그레졌다.

성곽도시의 함락을 스바루의 공훈으로 삼고, 그것을 구태여 퍼트린다는 것은 어째서인가.

기본적으로 얕보이는 것이 나츠키 스바루의 스타트라인인데.

"아벨 말고도 쓸 만한 자가 있다. 그렇게 여기게 할 필요가 있겠지."

스바루의 의문에 프리실라가 짤막하게 답을 주었다.

그 말을 듣고 천천히 스바루도 속으로 이해했다.

"물론, 어리석은 자만이 아니다. 바드하임 밀림의 『슈드라크의 백성』에, 성곽도시 과랄의 수호병, 지크르 오스만 이장도 교섭의 재료가 된다. 하나, 가장 큰 것은……."

"도시의 함락에 공헌한 군사…… 말했을 텐데. 제국에서는 강자가 존중받는다. 그것은 무력만이 아니라 지략에서도 동일하다."

따라서 나츠키 스바루에게는 가치가 있다고, 아벨과 프리실라에게 보증받았다.

솔직히 과랄의 전과를 고려하면 스바루 입장에서는 심란하기 짝이 없는 평가였다.

아무리 높이 평가받아도 스바루가 렘의 신뢰를 잃은 사실은 변하지 않는다. 제국에서 스바루의 명성 따위 렘의 신뢰와 비교하면 저울에 올릴 필요도 없었다.

단——.

"내가 쓸모 있다면 환영이지. 잘 써먹어. 그 대신……."

"대신에?"

"너, 반드시 황제 자리를 되찾아라. 그리고 우리를 무사히 돌려보내야겠어."

그 점만은 양보할 수 없다고, 스바루는 강고하게 내뱉었다.

그 말을 들은 아벨은 가볍게 눈을 크게 떴다가 길게 숨을 내뱉으며.

"말할 필요도 없다. ——그것이, 내가 해야 할 일이다."

그렇게 대답했다.

4

——써먹을 수 있는 것을 써먹어서, 아벨이 볼라키아 황제 자리를 탈환토록 한다.

성곽도시 과랄은 물론, 『슈드라크의 민족』에 지크르 오스만 이장, 그리고 다름 아닌 나츠키 스바루의 공적도 합쳐서, 무기로 삼는다.

그 무장들을 들고 다음 목적지인 마도 카오스프레임으로 가는 바인데.

"소수 정예로 쳐들어간다면, 뒷일은 어쩔 거야. 현재는 나와 아벨, 그리고 타리타 씨와 미디엄 씨 네 명이지만……."

"그에 관해선, 나도 한 가지 말해도 될까?"

"알?"

원정의 최종 멤버를 논하는 중에 알이 참견했다.

외팔로 거수한 그는 들어 올린 손으로 자신의 목 뒤를 긁으면서 말했다.

"공주, 잠깐 고삐를 풀어도 되겠어? 형제를 따라가고 싶거든."

"으엥?!"

"어이구, 목소리 참 이상하네, 형제. 그렇게 뜻밖이야?"

생각지도 못한 제안에 목소리가 괴상해진 스바루에게 알이 쓴 웃음 지었다. 하지만 별 일 아니라는 듯이 들어도 스바루도 '오냐' 하고 쉽게 끄덕일 수 없다.

"왜, 왜 또 그런……."

"왜고 자시고 말했었잖아. 형제에게 협력하겠다고. 나 같은 후줄근한 아저씨라도 어디 써먹을 데는 있을걸."

"너, 그렇게 진심으로 말해 주었던 거냐."

다부진 어깨를 으쓱이는 알의 대답에 스바루는 회의 전에 그와 나눈 대화를 회상하고, 거기서 나눈 대화 내용을 준수하는 자세에 놀랐다.

격려받은 것은 사실, 용기를 받은 것도 사실, 등을 떠밀린 것도 사실.

그러나 '협력한다'고 진심으로 말해 주었다고까지는 생각지 않았다.

"헷, 왜 굳고 있어. 내 제의가 그렇게 감동적이었냐?"

"아니, 처음의 놀람을 넘어섰더니, 딱히 알이 강하단 얘기는 들어본 적 없고, 나랑 아벨을 합쳐서 남녀의 전력비가 어마어마하다 싶어서."

"기대했다면 미안하지만, 저기 아마조네스하고 있는 언니보다 많이 약하지!"

알이 타리타를 손가락으로 척 가리키고 한심한 사실을 당당히 자부했다.

실제로 타리타의 실력은 『슈드라크의 민족』 중에서도 손꼽히겠지만, 『구신장』과의 싸움도 목격한 지금은 꽤 미덥지 못한 전력 증강이었다.

어쨌든——.

"하지만 그렇게 말해 준 것 자체는 기뻐. 마음은 받아둘게."

"항, 신경 쓰지 마, 형제…… 응, 어라? 마음만? 혹시, 이거 정중하게 거절당한 거 아니야? 이번에는 인연이 없었다 취급받고 있지 않아?"

스바루의 대꾸에 의문이 그치지 않는 알이지만 그렇게 알아들어도 문제없다.

제의 자체는 정말로 기쁘게 여기지만, 여기는 볼라키아 제국이다. 애초에 플롭이나 미디엄 이상으로 알의 참전은 상황에 휩쓸린――.

"알."

"엇, 공주."

그렇게 결론을 내리는 스바루 옆에서, 갑자기 미성이 알의 이름을 불렀다.

목소리 주인은 물론 원탁에 당당히 자리한 프리실라 바리에르다. 그 붉은 눈을 가늘게 뜨고 스윽 감정을 엿볼 수 없는 눈으로 알을 보고 있다.

자신의 시종임에도 다음 행동을 표명한 알을.

"성곽도시까지 소녀와 동행하겠다 청한 것은 네놈 아니더냐. 그런 네놈이, 소녀를 두고 광대 동지와 유희를 즐기러 가겠다고?"

"유희랄 만큼 신나는 여행이 될 것 같진 않지만, 그럴 생각이야. 아니면 공주는 내가 없으면 쓸쓸해? 허그해서 만류해 주겠다면야……."

"멍청한 것."

"그러시겠죠～."

너스레를 끊어먹자 알이 별 기대도 없었다는 눈치로 고개를 떨어뜨렸다.

프리실라는 그런 알의 투구 속 정수리를 노려보다가 작게 한숨을 쉬었다.

"열심히, 잘 춤추어 보아라."

"오오, 알고 있어. 공주야말로 나나 슐트가 없어도 잘 챙겨 먹어야 해. 공주의 미모는, 세계의 미모야."

"들을 필요도 없는 소리다. 소녀가 누구인 줄 아느냐."

"물론, 세계의 중심, 즉 내 공주님, 프리실라 바리에르지."

익살스럽게 느끼한 대사를 읊은 알이 프리실라 앞에서 경박하게 인사했다. 그리고 뒤돌아선 알은 다시금 스바루 쪽에 "잘 부탁한다." 하고 손을 들었다.

"어, 방금 대화가 최종 결의? 이쪽 의견은?!"

"뭐야, 너무 싫어하잖아, 기죽겠네. 아니면 내가 알아차리지 못했을 뿐 쉰내라도 끝장나나? 같이 있기 괴로운 느낌?"

"그런 소리 안 했어. 그게 아니라, 왜 그쪽에 결정권이……."

"아니, 물론 거부하는 거야 자유라고? 근데 거부할 수 있겠냐. ──공주라고?"

알이 쓱 턱짓으로 부채로 얼굴을 부치고 있는 프리실라를 가리켰다.

그 당당한 행동거지야말로 알의 말에 대한 압도적인 근거였다. 프리실라가 결정한 일을 뒤집는다, 그것이 얼마나 무시무시한 일인지.

그렇다고는 해도 그것이 장래의 불안으로 연결된다면 거부하지 않을 수도 없지 않은가.

"──상관없다. 필요하다면 따라오도록."

"아벨, 너, 날 군사로 대우한다는 거 아니었냐!"

그러나 프리실라에게 반박하려던 순간, 또 다시 스바루는 뒤에서 공격당했다. 사전에 들었던 고용 조건과 너무나도 다르다.

"의견을 듣지도 않을 거라면 군사는 왜 있는데."

"기어오르지 마라. 귀를 기울일 가치가 있는 의견이라면 귀도 기울이마. 하지만 만사의 결정권을 쥐는 것은 나다. 네놈에게 그것을 맡길 수는 없다."

"으그그, 업무 성과를 가져가는 미운 상사인가……?"

"몇 번씩 말하게 하지 마라. ──성과는 네놈 것이다. 그래야만 해."

──옥좌에서 쫓겨난 황제에게 얕볼 수 없는 모사가 붙었다.

아벨이 원하는 것은 그런 평판이 붙은 스바루다. 그러기 위해서 공훈을 양보하는 것도, 다소 과장하는 것도 불사하겠다고 말하는 것이리라.

하지만 허구를 쌓아 올리는 것과 아무 다를 게 없다.

"가짜여선 안 된다고. 진짜가 아니라면, 잃은 것을 되찾을 수 없어."

"그렇다면 나도 주위도, 다름 아닌 네놈의 손으로 납득시켜 봐라. 그것을 이루지 못할 동안에는 단지 큰 소망을 품을 뿐인 우매한 망언이다."

"이게……! 빌어먹을, 어디 해 보자. 터무니없는 불량 채권이라도 잘 써먹어 주겠어."

스바루는 어금니를 꽉 깨물고 아벨의 차가운 검은 눈을 응시하며 대답했다.

고비를 하나 넘어도 방심하지 못할 관계는 변함이 없다. 그 사이에는 왕국이나 제국 같은 토양의 차이보다 더 큰 것이 있을지도 모른다.

언젠가, 결정적인 곳에서 아벨과 의견이 어긋나는 날이 왔을 때, 스바루는──.

"혹시, 불량 채권이란 게 나 말하는 건가, 공주."

"멍청한 것."

그런 스바루의 감개를 아랑곳하지 않고, 어깨가 축 늘어진 알에게 프리실라는 짤막하게 대꾸했다.

5

──마도 카오스프레임으로 원정을 떠날 멤버가 결정되어 상황이 움직인다.

"내가 돌아올 때까지 성곽도시의 병사를 규합해 두어라. 머잖아 포고를 내리겠다."

"제 목숨과 바꾸어서라도 해내겠습니다."

아벨의 명령에 한쪽 무릎을 꿇은 지크르가 공손히 받들었다.

생각지도 못하게 강대한 제국을 적으로 돌리는 입장이 된 지크르. 그 본인은 아벨을 따르는 것에 미혹이 없지만, 도시의 장병 전부가 그런 것은 당연히 아니다.

그 의사를 통일하고 하나의 군대로 규합하려면 『장』의 진력이 필수적이다.

그런 의미로도 지크르의 존재는 횡재였다.

"당신에게 감사를. 당신이 『무혈입성』을 헌책하고, 각하가 결행을 재가하셨습니다. 덕분에 저와 참모관들은 피를 흘리지 않고 당신들의 군문에 들어갈 수 있었습니다."

"──────."

"부디 자신의 책무를 완수하십시오. ──나츠미 양."

헤어질 때, 지크르는 그렇게 말하고 스바루의 공적을 기렸다.

그런 그에게 적절한 대답을 했는지 자신은 없지만, 무턱대고 칭찬받을 수 없는 성과에도 저리 말해 주는 지크르를 죽게 하지 않고 끝난 것, 그것만은 확실한 성과로 느껴졌다.

그리고──.

"정말로, 가는 건가요."

"──────."

"아뇨, 이상한 말을 했네요. 잊어 주세요."

피로감을 숨기지 못하는 표정으로 고개 숙인 렘의 모습에, 스바루는 살짝 숨이 막혔다.

지팡이를 짚고 도시청사 입구에 서 있는 렘. 그 모습은 여행 복장이 아니라 치유술사로서 부상자를 위해서 바삐 돌아다니기 위한 경장. ──렘은 과랄에 남는다.

카오스프레임으로 가는 스바루와는 일시적으로 별도 행동을 취하는 모양새였다.

그 이별을 앞두고 배웅하러 와 준 렘의 한마디에 스바루는 쓴웃음을 지었다. 배려해 준 한마디인 걸 알아도, 그럴 수는 없다.

"그야 좋은 일만 있는 건 아니지만, 나더러 너에 관해서 무언가를 잊으라는 말을 듣는 건 괴로워."

"아, 그럴 생각은……."

"목을 졸린 것도 손가락이 부러진 것도, 너에게 받은 것은 전부 나에게는 둘도 없이 소중한 추억이니까."

"뭐라고요?"

우연히 볼라키아에 날아온 뒤의 이벤트에 충격적인 것이 많았을 뿐이고, 야유할 생각은 털끝만큼도 없었지만, 렘에게는 싸늘한 눈총을 받고 말았다.

물론 렘과 같이 걸었던 것이나, 그 배려를 받은 것 등, 희망이나 기쁨의 기억도 이 가슴속에는 많이많이 갈무리했다.

가장 괴로운 기억도, 같은 곳에 담아 두었지만.

"긴장감이 없네요……. 정말로 괜찮은 거 맞나요?"

"줄곧 신경 곤두세우는 것도 지치잖아. 괜찮으냐고 물으면, 여러모로 복잡하긴 해. 가능하면 줄곧 네 곁에 있고 싶고."

"네에."

"무성의한 대답! 아니, 무시당하는 것보단 낫지만……."

매몰찬 반응에 상처 받지만, 렘에게 고한 말은 거짓 없는 스바루의 본심이다.

렘을 과랄에 남기는 것은 직전의 직전까지—— 아니, 지금도 번민하고 있다.

앞으로 줄곧 스바루의 손이 닿는 곳에서, 렘에게 떨어지는 고난이나 불티, 온갖 나쁜 것으로부터 지킬 수 있다면 얼마나 좋을까.

"사실은, 나와 너를 쭈욱 끊어지지 않는 끈으로 매어 두고 싶을 정도야."

"진심으로 하는 소리예요……?"

"비교적."

"————."

급기야 '뭐라고요?' 하고 되묻는 소리도 해 주지 않았다.

물론, 말하면 거절당할 거라 알면서도 밑져야 본전이라고 말해 봤을 뿐인 제안이다. 줄곧 렘과 자신을 끈으로 묶고, 항상 안부를 알 수 있게 해 둘 수 있으면 베스트.

경우에 따라서는 플레아데스 감시탑에서 각성한 힘을 쓰는 것도 불사하겠지만——.

"『코르 레오니스』도 사용 요령을 도통 모르겠으니…….."

플레아데스 감시탑에서 발현한 스바루의 새 권능, 『코르 레오니스』——. 그것은 스바루를 중심으로 아군의 위치와 상황을 어렴풋이 파악할 수 있는 힘이다. 더해서 동료의 부담을 스바루가 떠맡아 만전을 유지하는 것도 가능하다.

혹시 그 힘을 사용하면, 렘의 불편한 다리의 부담을 떠맡아 건강하게 야산을 뛰어다니게 할 수도 있지 않을까 싶었다.

그렇게 했다가 렘이 손이 닿지 않은 곳으로 가 버리면 곤란하지만——.

"어째서 갑자기 그렇게 낙담한 표정을 짓는 거죠."

"아니, 자기혐오."

렘에게 지적받아 자신의 풀죽은 얼굴을 손으로 누른 스바루가 탄식했다.

생각하고 말았다. 렘의 다리가 불편하여 스바루로부터 쉽게 도망칠 수 없는 상태였던 것이, 스바루와 렘의 관계를 끝나지 않게 해 주었다고.

렘이 만전이 아닌 것이, 자신에겐 행운이었다고 생각하고 말았다.

"이러니까 렘도 나를 못 믿는 거지."

언제나 스바루는 자기 생각만 하고 있다.

더욱 다정해지고 싶었다. 다정하고 영리하며, 강한 존재가 되고 싶었다. 모두에게 도움이 되기를 생각하며 노력해 온 자신. 그것을 탑에서 다시 보았으나 아직 부족하다.

렘이 믿은, 나츠키 스바루를 되찾을 수 없다.

"저기……?"

"미안. 하지만 금방 돌아올게. 네가 없으면 내가 견딜 수 없어지니까."

"또, 그런 소리를."

"으, 본심인데…… 기분 나빴으면 되도록 삼갈게."

"그만두려고는 하지 않는 거네요."

게슴츠레한 눈총을 받은 스바루는 어깨를 축 떨어뜨려 반성하는 자세를 보였다.

물론, 렘의 기분을 상하게 만들고 싶지 않고, 불쾌한 기분을 갖게 하고 싶지도 않다. 하지만 그와는 별개로 넘쳐 나오는 것이 스바루 안의 렘에 대한 강한 감정이었다.

다만 렘을 실망시킨 스바루가 무슨 말을 한들 어쩌겠느냐 싶기는 하다.

　"기다리고 있어 줘. 힘내서 좋은 소식을 가지고 돌아올게."

　"네. 아벨 씨와 미디엄 씨, 타리타 씨에게 기대해야겠네요."

　"알은 그렇다 쳐도, 나는?"

　노파심에 물어보긴 했으나 렘의 시선 온도는 여전했다.

　그러나 그 대꾸에 어지간히 스바루가 처량한 표정을 지은 것이리라. 렘은 잠시 침묵하다가 포기한 듯이 작게 숨을 내뱉었다.

　"당신을 믿느냐 마느냐 얘기를 하자면, 냄새는 꽤 나아지긴 했어요."

　"믿느냐 마느냐 하는 얘기가 아니잖아……."

　"여전히 냄새의 사악함은 익숙해지지 않지만, 문제는 그게 아니에요."

　그렇게 말을 잇는 렘의 연청색 눈동자, 그 안에서 사라지질 않는 불신의 빛.

　앞으로 일시적이나마 따로 떨어진다. 렘의 불신―― 그것이 과랄에서 보인 스바루의 실수에서 비롯된 것임을 알아도 조금이나마 걷어내고 싶다.

　스바루 자신을 위한 것이라기보다, 도시에서 기다리는 렘의 심경을 위해서.

　"가르쳐 줘, 렘. 내가 할 수 있는 일이라면, 할 수 있는 만큼 노력해 볼게. 어떡해야 너의 불안이랄까, 그것을 풀 수 있겠어?"

　"그렇다면, 왜 아직도 그 모습인 거죠?"

"응?!"

게슴츠레한 눈빛의 램이 그렇게 말하자 스바루는 자기 모습을 내려다보았다.

검은 흑발의 가발, 상처를 가리기 위해서 백분을 바르고 몸의 라인이 드러나지 않게 배려한 복장과, 지나치게 화려하지 않은 장식품——.

"어디 이상해……?"

"어디도 이상하지가 않은 게 이상한 점 중 하나. 성곽도시를 떠나는데 아직도 그 모습을 하고 있는 점이 하나. 어떻게 변명할 거죠?"

"아니, 그러니까 이건 필요한 일이라고 설명했었잖아!"

램의 눈에 서린 온도가 내려가는 것을 보면서 스바루는 나츠미 슈바르츠 상태를 지속한 채로 비명 같은 소리를 질렀다.

설마, 이 모습이 그녀의 불신에 한몫했었다니 완전히 상정 밖이었지만, 이건 램에게도 고했다시피 버젓한 이유가 있다.

"램, 어제도 얘기했지만 우리는 이 나라의 이웃 나라 사람이야. 그리고 내 진짜 이름이 퍼지면 나라를 넘어서 폐를 끼치는 셈이 돼. 그러니까 필요한 거야. 진짜 내가 아닌, 나츠미 슈바르츠의 존재가……!"

"네에, 그러신가요."

"전혀 불신감을 거두지 못한 대답!!"

램의 게슴츠레한 눈빛에 서린 온도는 여전하고, 오히려 더욱 불신감이 증가한 느낌까지 들었다.

그러나 이것은 스바루가 처한 상황과 부과된 역할을 저울에 올리고, 아주 진지하게 고안한 대책이다.

——이 볼라키아 제국에서, 『나츠키 스바루』의 이름을 날릴 수는 없다.

이미 나츠키 스바루는 루그니카 왕국의 중요인물인 에밀리아의 기사다. 즉, 지금 하는 행위는 이웃 나라에 대한 어엿한 내정 간섭이다.

"아니, 내정 간섭에 어엿하고 자시고도 없을지 모르지만……."

어쨌든 중요한 것은 스바루가 행동한 결과에 대한 책임은 스바루만으로 그치지 않는다는 점에 있다. ——짧게 말해서, 에밀리아에게 폐를 끼칠지도 모른다.

에밀리아의 기사로서, 국왕이 되도록 돕겠다고 맹세한 스바루에게 그렇게 다리를 잡아채는 짓은 절대로 용납될 수 없었다.

"거기서 나츠미 슈바르츠가 나오는 거지. 나츠미라는 이름이라면 아무리 유명해져도 문제없어. 나츠미라면 그저 볼라키아 제국에 갑자기 나타난 흑발 미소녀로 끝나."

"변명은 다 끝났어요?"

"아직 아냐! 그리고 예측으로는…… 나츠미 슈바르츠라는 이름이라면, 루그니카에 있을 우리 식구가 알아채 줄 가능성을 남길 수 있어."

오히려 가명을 『나츠미 슈바르츠』로 한정한 가장 큰 이유는 거기에 있다.

이렇게 스바루가 여장하고 나츠미 슈바르츠라고 소개하는 것은 볼라키아 제국이 처음이 아니다. 로즈월 저택에서의 여흥——은 아니지만 필요에 쫓겨서 여장할 기회가 있었고, 그 정체는 에밀리아 외의 모두가 알고 있다.

그때 소개한 가명도 동일하다. 즉 이후, 아벨의 의도대로 스바루의 존재가 제국 내에서 지명도를 얻는다 치고, 퍼지는 이름이 『나츠미 슈바르츠』라면 스바루와 렘이 제국에 날아왔다고 에밀리아 일행이 알 수 있을지도 모른다.

따라서——.

"나는 필요에 쫓겨서, 이 모습을 하고 있는 거야."

"——. ————. ——————. 알겠습니다."

시간이 꽤 걸렸지만 렘의 이해를 얻어서 안심했다.

아무튼, 그런 이유로 스바루의 여장 상태는 당분간 유지된다. 너무 오래 끌다가 렘의 신뢰를 깎아먹고 싶지 않지만, 그것도 상황 나름이다.

"렘, 곤란한 일이 있거든 플롭 씨나 지크르 씨에게 상담해. 남자 상대로는 어려운 일이라면 미젤다 씨 있어. 혼자서 떠안지 말고."

"그 소리를 당신에게 듣는 것은 납득이 가지 않지만, 귀담아 들어 두죠. 당신이야말로, 아벨 씨, 그리고 미디엄 씨와 타리타 씨에게 폐를 끼치지 않게 하세요."

"후자 쪽만 신경 쓸게."

미디엄과 타리타는 몰라도 아벨에 대한 부담은 사양할 생각이 없다.

가끔이라면 아벨도 태연자약한 얼굴을 무너뜨리고 이마에 땀을 흘리며 악전고투해야 마땅하다.

그렇게, 주의 사항을 나누고 이별을 아쉬워하는 동안 출발 시간도 가까워졌다.

떠나기 싫은 마음을 억누르고 출발하기 전에──.

"렘, 그 녀석은 어쨌어."

"루이요? 지금쯤, 우타카타랑 같이 있을 거라고 생각하는데요……."

"그런, 가."

"불러와 달라는 건, 아니겠네요."

렘이 어조를 낮추고 의향을 살피는 듯한 눈으로 보았다.

스바루의 의도를 알아차린 내용이지만, 결코 좋은 기색은 아니다. 오히려 짙은 짜증과 괴로움을 떠안은 말투였다.

도시청사의 공방 이후 너무 바빠서 거의 접촉도 하지 않았지만, 스바루의 루이에 대한 경계는 여전히 지속 중이다. 오히려 의심이 풀릴 일은 없을 것이다.

설령 렘과 우타카타를 따르며 슈드라크의 민족과 잘 지내는 것 같아도, 언제 어디서 본성을 드러낼지 알 수가 없는 것이다.

그런 의미로는, 루이를 두고 가는 데도 불안은 있었다.

"일단, 쿠나 쪽에는 경계를 게을리 하지 말라고 얘기해 두었어."

"고집불통……."

작게 속삭이는 듯한 말을 들은 스바루는 잠시 생각했다.

당초, 렘에게 루이의 본성이나 위험한 권능에 대해 전할 수 없었던 것은 스바루의 이야기를 믿어 줄 토양이 없어서 그저 신뢰만 해칠 뿐이라고 여겼기 때문이다.

그러나, 지금이라면 어떨까.

관계가 개선되어 차가우나마 이야기는 들어 주고 있다. 지금이라면 루이의 본성에 대해서 이야기해도 내치지는 않는 것이 아닐까.

"아니, 바보 같은 짓은 관둬."

고개를 가로젓고 희미하게 머리에 떠오른 발상을 부결했다.

믿어줄지도 모르지만, 믿어 줘 봤자 어떻게 할 수도 없다.

여태까지, 루이는 한 번도 꼬리를 드러내지 않았다. 그런데 렘에게 이야기하자마자 숨기던 본성을 드러낸다고도 생각하기 어렵다. 상황은 변함없다.

그저 스바루가 개운해지는 대신에 렘의 불안을 키울 뿐이다.

그런 짓, 할 필요는 없다.

"뭐죠, 그 표정."

"아아, 렘의 인생에 행복한 일만 있었으면 좋겠다 싶어서."

"뭐라고요?"

뭉클하니 치미는 것을 참으면서 대꾸한 스바루의 말에 렘의 시선이 매서워졌다.

그렇다고는 해도 말을 건네려고 한다면 한도 끝도 없이 이야기가 쏟아져 나오겠지만——.

"형제! 슬슬 출발하자고."

그렇게 말하고 마차에 기댄 알이 손을 흔들었다.

그의 배후에는 마차와, 그 마차에 필적하는 거체를 자랑하는 한 마리 말 같이 생긴 생물—— 질풍마라고 불리는 생물이 있어서, 여행길을 견인해 준다고 한다.

"볼라키아에서도 희귀한 동물로, 군대에서는 『장』에게만 주어진다고 하던데요……."

"지크르 씨가 빌려줬단 말이지. 어김없이 암컷이고, 일관적이야."

"일관……?"

스바루의 말에 감을 잡지 못한 눈치로 렘이 갸웃거렸다.

이런 식으로 스바루의 말에 렘이 좋든 나쁘든 반응해 주고 있다. 그런 행복한 환경도 잠시 미루게 된다.

"어~이, 형제?"

"저기, 알 씨가 부르고 있어요."

"응, 그렇지. 그건 알고 있는데……."

"——?"

"신발이, 네 옆을 떠나기 싫다고 지면에서 떨어지질……아파 아파 아파!"

지팡이 끝에 등이 찍혀서 붙어 있었다는 신발이 지면에서 떨어졌다. 그대로 두세 걸음 앞으로 밀려나 렘과의 거리가 벌어졌다.

피아의 거리가, 본격적으로.

"렘, 몇 번씩 말했지만……."

"주의하겠어요. 경계도 하고요. 곤란하면 누군가를 의지할게요. 잘 가요."

"으으……."

건성으로 이별의 말을 들은 스바루는 어깨를 축 늘어뜨리고 풀이 죽었다. 그런 스바루를 보면서 렘은 "참 내." 하고 깊이 한숨지었다.

"조심하고 다녀오세요. 돌아오기를 기다리겠습니다."

"아……."

"갑자기 없어지진 않아요. ……당신 말고 다른 분들은, 신용하고 있어요."

덧붙이듯이 나온 말을 스바루는 차분히 곱씹었다.

그리고 연거푸 고개를 아래위로 끄덕이다가 렘이 싫은 듯이 얼굴을 찡그리는 것을 보면서도.

"다녀올게!"

크게 손을 흔들고 렘에게 배웅받았다.

6

멀어지는 마차가 성곽도시 정문을 지나 저 너머로 사라진다.

마차가 향하는 곳은 도시에서 남동쪽, 마도 카오스프레임——제국에서도 손꼽히는 실력자가 거점으로 삼는 땅으로, 그 인물을 설득할지 여부가 초점이라고 한다.

솔직히 누군가를 권유한다는 의미라면 스바루를 데려가는 선택에 의문이 남는다.

"열심이란 점은, 아마 누구나 인정하겠지만요."

지팡이를 짚으면서 시야에서 사라진 마차의 궤적에 렘은 눈을 가늘게 떴다.

 헤어질 때까지 장난질의 범주를 넘지 않는 상태였던 스바루. 여러모로 변명을 늘어놓고는 있었지만 렘에게는 여장을 그만두고 싶지 않은 것으로만 보였다.

 물론, 말한 변명 전부가 거짓말이라 여기는 것은 아니지만.

 "녀석들은 갔나. 소란스러운 것들이 없어지면 이 도시도 조금은 분위기가 좋아지겠지. 가져오는 것이 낭보일지, 아벨의 목일지는 모르겠다만."

 "프리실라 씨."

 우두커니 선 렘의 등 뒤에서 갑자기 목소리가 들렸다.

 뒤돌아볼 것도 없이 유유히 옆으로 나선 것은 붉은 인상을 강렬하게 새기는 미녀── 화려한 드레스를 두르고 폭력적인 미모를 아낌없이 드러낸 프리실라였다.

 도시청사를 습격한 아라키아, 그 포학으로부터 자신의 생명을 포함해 구원받은 이후로 렘은 이렇다 할 대화를 나누지 않았다.

 그렇기에 갑자기 말을 걸어 오자 크게 당혹과 곤혹을 느꼈다.

 "저기, 감사했습니다."

 "흠, 무엇에 대한 감사지?"

 "어제, 도시청사에서 있었던 일요. 아라키아라는 그 여성에게서 구해주셨지요. 저만이 아니라, 다른 분들도. 덕분에……."

 "목숨을 건진 자들이 많이 있다고 할 셈이냐? 소녀가 말하자면, 녀석들이 목숨을 건진 공은 너에게 있을 테지. 네가 자신의 재능에 행동을 더하여 죽음에 임박한 자들을 구했다. 소녀에게는 그 자비를 보일 의도가 없었지. 멋대로 소녀의 행동을 왜곡하지 마라."

"그럴 생각은……."

없었다고 말하려다가 렘은 반성했다.

상대의 생각이나 행동, 그 의도를 지레짐작해서 자신의 틀에 끼워맞추는 판단을 하려는 것은 나쁜 버릇이다. 프리실라에게만이 아니라 몇 번씩 기억이 있다.

잃어버린 기억을 생각하면, 아직 불과 2주일 정도밖에 살지 못했는데도.

"죄송해요. 당신의 말이 맞다고 생각합니다. 하지만 제가 감사한다는 사실도, 당신이 왜곡할 수 없는 게 아닌가요?"

"호오?"

흥미롭게 반응한 프리실라가 자신의 가슴골에서 부채를 뽑았다. 그리고 뽑은 부채를 소리와 함께 펼치더니 살며시 고운 자신의 입술을 가렸다.

그러나 가려지지 않은 두 눈에는 가리지 못할 유열, 호기심의 빛이 서려 있었다.

"자신을 잃어버린 계집아이라고 들었지만…… 여간내기가 아니로고, 소녀에게 말대꾸를 하다니."

"자신을 잃어버렸다는 표현은 조금 틀립니다. 떠올리지 못할 뿐이지, 사라진 것은 아니에요."

렘은 자신의 가슴에 꽉 손을 짚고 프리실라에게 항변했다.

사라졌다면, 그것은 누구의 손에도 닿지 않는 몽환과 썩 다를 바 없다.

하지만 렘의 잃어버린 기억은 사라진 것이 아니다. 렘 안에는 없어도, 필사적으로 그것을 되찾으려고 하는 스바루 안에는 있었다.

그 말이 사실이라면, 자신에게는 쌍둥이 언니가 있다고 한다.

그 언니 안에도 기억을 잃기 전의 자신의 존재는 남아 있을까. 스바루가 이야기한 동료와 식구, 그런 아직 보지 못한 사람들 안에도, 자신이.

만약 렘의 모든 것이 사라져서 모든 것을 존재하지 않는 곳부터 쌓아야 한다고, 차라리 그렇게 마음먹을 수 있다면——.

"그리 마음먹을 수 있다면, 이 가슴, 아프지 않고 끝났어요."

"————."

"줄곧, 항상, 1초 1초, 깨닫고 말아요. 그 사람의 눈에 비칠 때마다, 저는 이 사람의 기대를 끝없이 배신하고 있음을."

물론 스바루에게 그럴 의도는 없으리라.

한때는 모습조차 확인하기 어려울 만큼, 농후하고 자욱하게 끼었던 악취—— 그것을 참으며 엿본 그의 얼굴은, 언제나 그저 필사적일 뿐이다.

그리고 그 필사적인 모습은 렘 안에 남아있지 않은, 사라진 자신에게 보내고 있다.

"어쩜 이렇게 이기적일까요. 저 자신에게 기가 막혀요……."

그렇게 따로따로 떨어져서 안심했다고, 떨어지기 꺼리는 그에게는 말하지 못했다.

그리고 그저 안심했을 뿐만은 아닌 자신의, 이 추한 감정도.

"너, 이름은 무어라 했지?"

"네?"

"네 이름 말이다. 설마 자기 자신과 함께 이름도 잃었나? 하나 그렇다고 하기에는 무명인이 아니라, 번듯하게 이름으로 불리지 않았더냐. 그건 확실히……."

프리실라가 가볍게 시선을 들어 허공에 질문의 답을 찾았다.

아마도 프리실라는 렘의 이름을 기억하고 있다. 짧은 시간뿐이어도 상대가 매우 뛰어난 지성을 가졌음은 느꼈다. 그와 동시에, 심술궂은 인물이라는 것도.

따라서──.

"렘입니다."

구태여 틀린 이름을 듣기 전에, 렘은 스스로 그리 자칭했다.

기억은 잃었으며, 돌아올 조짐도 없고, 과거의 자신을 아는 상대와 따로따로 떨어져서. 그런데도 이 2주일간 불려오며 자인해오던 '이름'만은 진짜라고.

"재미있군."

그 답을 듣자 프리실라가 짧게 중얼거렸다.

그리고 소리 내어 부채를 접고는 그 접은 부채 끝으로 렘의 턱을 슬쩍 들어올렸다. 정면으로 붉은 눈에 꿰뚫린 렘은 그 열기에 목이 타올랐다.

하지만 말로 하지 못해도 의지는 눈에 담아서 마주 보았다.

"렘, 너를 당분간 소녀 곁에 두마."

"곁에, 말인가요?"

"소양과 뜻은 있을지라도 능력이 따르지 못한다. 그 못난 치유의 마법도 소녀가 적절하게 교정해 주지. 그러면 다소는 볼 만하게 될 게야."

"──! 치유술을, 가르쳐 주실 건가요?"

"멍청한 것. 소녀에게 치유 술법의 소양은 없다. 단지, 심미안이 있을 뿐이지. 너에게 무엇이 부족한지, 보면 알 수 있다."

돌아온 대답은 기대하던 것이 아니었지만, 어떻게 보면 기대 이상이었다.

현재 렘의 유일한 기능── 타인을 낫게 하는 치유 마법을 살릴 수 있다면 프리실라의 말을 감안해 볼 가치는 있다. 더욱 힘을 원한다고 분하게 여기던 직후니까.

"하지만 프리실라 씨는 자신의 거점으로 돌아가시는 게?"

"그만두었다. 알 녀석을 아벨에게 딸려 보낸 것도 있지. 소녀가 부과한 조건을 만족시킬 수 있을지, 결과가 나오는 것도 그리 멀지는 않을 게야. 여기에서 기다리겠다. 불편하기는 하겠지만…… 그 점은, 슐트를 불러와서 해결하기로 하지."

"네, 네에……."

무엇이 심금을 울렸는지, 과랄에 남기를 결단하는 프리실라. 어쨌든 간에 그녀에게 사사하는 이상 그래 주면 고맙다.

아직 이 도시에는 치졸한 렘의 치유술이라도 필요한 사람이 많이 있다. 그들을 두고 도시를 떠날 수는 없다.

"그렇게 정해졌으면 소녀의 방을 준비하여라. 자잘한 부분은 슐트에게 시키겠지만 오늘 내일의 소녀에게 불편함을 주어서는 안 되느니라."

"아, 알겠습니다. 바로 준비하도록 할게요."

제 앞마당처럼 명령하지만 정작 렘은 거역할 마음을 일으키지 않으며 따르고 말았다.

프리실라에게 가타부타 할 것 없이 타인을 거느리는 풍격이 있는 것도 그렇지만, 렘 본인도 그렇게 할 일을 명령받는 행위에 저항감이 없었다.

허둥지둥 지팡이를 짚으며 급한 걸음으로 도시청사로 돌아가 프리실라의 체류와 그녀의 방 준비를 지크르에게 상담해야 한다고 생각한다.

『슈드라크의 민족』도 도시에서의 활동에는 친숙하지 않기에, 많은 부분에서 지크르에게 의지하고 마는 것은 미안한 기분이다.

물론, 그는 여성이 의지하면 싫다고도 못한다고도 하지 않는 남자지만.

"아, 레, 찾았다."

"우타카타."

도시청사 안, 지크르가 있을 집무실로 가는 길에 복도 창문으로 밖을 바라보던 소녀——우타카타와 마주쳤다.

"어쩐지 쿵쿵거려서 미안해요."

"우는 괜찮아. 끄떡없어. 우보다 타 쪽이 걱정. 흔들흔들하고 있었어."

"타리타 씨는, 그러네요……."

새롭게 족장으로 임명받고 스바루 일행의 여행에 동행한 타리타.

어린 우타카타의 눈으로도 갑자기 부과된 큰 책임에 짓뭉개질 듯한 타리타의 모습은 미덥지 않게 보였을 것이다. 그래도 자신의 문제와 진지하게 마주하려고 각오한 점은 훌륭하다.

자신의 무력함을 한탄하며 웅크리는 사이에, 주위는 렘을 내버려 두고 계속 나아간다. 그렇기 때문에 우는소리로 세상을 저주하며 모두의 발목을 잡는 일만은 하고 싶지 않았다.

"타리타 씨는, 분명 괜찮을 거예요. 그러니까 저와 우타카타가 타리타 씨가 돌아올 장소를 지켜드리죠."

"응, 알았다! 레, 믿음직해."

"그럴, 까요. 그런 말 들으니, 약간 자신이 생기네요."

우타카타의 꾸밈없는 말에 렘은 살며시 미소를 머금었다.

그리고 문득 위화감을 깨닫고 렘은 시선을 내돌렸다. 통로에 서서 창밖을 바라보던 우타카타는 혼자뿐, 항상 같이 있던 소녀의 모습이 보이지 않았다.

"우타카타, 혼자예요? 그, 루이는요?"

또래 친구라고 해서 허물없는 관계를 쌓은 듯한 우타카타와 루이. 그 사실에 안심해서 내내 루이를 맡기고만 말았는데——.

"루이는 같이 없나요?"

"응! 루라면, 따라갔어."

"네……?"

갸우뚱한 자세 그대로, 우타카타의 말을 들은 렘이 경직되었다.

순간, 하얘지려던 사고를 붙들고 열심히 뇌를 움직여 우타카타의 말이 담은 진의를 확인하려고 했다.

루이는 같이 있지 않고, 우타카타의 말뜻은——.

"루, 루이는."

"응, 따라갔어! 마차 안, 우도 타는 거 도왔어."

용맹과감한 슈드라크 소녀는 가슴을 펴고 여태까지와 마찬가지로 전혀 켕기는 게 없는 태도로 렘에게 당당히 말했다.

제4장 『혼돈의 마도』

1

느긋하다고 말할 만큼 목가적이지는 않은 속도로, 마차는 가도를 나아간다.

밤색 털의 커다란 몸뚱이를 흔드는 질풍마는 그 씩씩한 덩치와 정반대인 섬세함으로 스바루 일행을 태운 마차를 정중히 에스코트해 주고 있었다.

"과연, 레이디……. 지크르 씨의 애마답네."

날렵한 질풍마의 모습을 보면서 스바루는 그 주인을 떠올리며 술회했다.

지크르에게 빌린 애마의 이름은 『레이디』━━. 숙녀를 의미하는 단어와 상통해서, 『호색한』의 범상치 않은 운명력에 놀랄 뿐이다.

어쨌든 그 레이디의 진력도 있어 마도 카오스프레임으로 가는 여로는 순조로웠다. 이대로 아무 일도 없으면 4일 정도로 목적지에 도착할 전망이다.

"그렇다고는 해도 실전은 마도에 도착한 뒤…… 대체 어떤 혼돈이 기다리고 있을지."

"혼돈이라. 그 말을 하자면 형제의 꼬락서니를 포함해서 이 마차도 상당히 혼돈스럽다고 생각하는걸."

넓은 마차의 앞자리, 경쾌하게 달리는 레이디의 뒷모습을 바라보던 스바루는 바람에 나부끼는 긴 흑발을 누르면서 목소리에 뒤돌아보았다.

그 몸짓에 마차 최후미에 설렁설렁 앉아 있던 알이 "하." 하고 숨을 내뱉었다.

"좋은 여자가 보이는 몸짓, 각이 딱 잡혀서 뇌가 버그 날 것 같구만."

"신은 세부에 깃든다고 하잖아. 아직도 꼬치꼬치 따지는 것이어요?"

질문에 싫은 내색으로 손사래 치는 알은 뜻밖에도 렘 다음 정도로 스바루의 여장에 부정적이었다.

아벨이나 슈드라크 사람들, 오코넬 남매나 지크르도 한 번 받아들인 다음은 자연스럽게 접해 주었는데, 이쪽은 계속해서 투덜거리는 판국이다.

"나를 응원하겠다고 그래 놓고, 그 차분한 대화는 다 거짓말이었냐."

"그거랑 이건 얘기가 다르지 않아? 형제를 응원하는 거랑 여장을 무조건 긍정하는 건 별개의 얘기지. 나는 여장은 도시에 잠입하려는 용도로만 여겼었다고."

"아군이라면, 일단 있는 그대로의 나를 인정했으면 좋겠어."

"그 꾸민 상태가 있는 그대로의 형제라 쳐도 돼? 진짜로?"

정색하며 물으면 아무리 스바루라도 그건 주제 넘는다는 느낌이 들었다.

현재, 가발과 화장으로 재현된 나츠미 슈바르츠지만, 무용수를 가장했을 때와 다르게 이후 요구받는 역할은 더욱 지적인 것이다.

따라서 의상 및 화장도 그 인상과 가까운 방향으로 정리했다.

적색 기조의 옷깃이 달린 복장은 볼라키아 제국의 장교복——지크르가 착용하던 옷을 참고로 삼은 한 벌뿐인 옷이다. 아래는 바지, 발에는 투박한 부츠. 그리고 머리를 꾸미는 새의 깃털이 달린 군모로, 꽤 허세를 부린 모습이라 자부하고 있다.

이야말로 『여군사』 나츠미 슈바르츠의 완전체다.

"뭐, 인상은 여군 쪽에 가까울까. 그 왜, 군복 입은 여성은 남장하는 게 정석이잖아?"

"여장하고 있는 형제가 남장이라니, 이젠 문장으로 봐도 내 혼돈이 깊어질 뿐이야."

"너무 안 좋게 튀는 것도 피하고 싶어서 제국풍으로 마무리했어. 남장이니까 살짝 크루쉬 씨의 테이스트에도 힘을 빌렸지."

"그렇게 지금까지의 만남에서 힌트를 얻었다는 표현은 공작님이 들어서 기쁠지 난 모르겠다. 그 부분, 아벨은 어떻게 생각해?"

콘셉트를 설명한 스바루는 체념한 기미로 창끝을 돌린 알의 발언에 흠칫했다. 그가 화제를 돌린 방향은 마차 중간 지점에 앉은, 도망 중인 황제 폐하이기에.

위치상 스바루와 알 사이에 끼어서 험악한 얼굴로 창밖을 바라보던 아벨. 그는 알의 허물없는 호칭에 눈썹을 찌푸리며 "광대." 하고 돌아보지 않는 채로 내뱉었다.

"확실히 어처구니없는 행색이지만, 성과만 내면 나는 이러쿵저러쿵 말하지 않는다. 능력과, 그자의 취미와 기호는 분리해서 생각해야 마땅하지."

"그런 법인가. ……뭐, 나도 구질구질하게 말하는 건 조심하겠지만."

그 망측한 거리 좁히는 수법은 거론하지 않은 아벨의 솔직한 논평에 알도 끄덕였다. 분위기가 불편해지지 않은 것에 안도하면서 스바루는 "이봐." 하고 아벨을 노려보았다.

"날 두둔하는 척하면서 뒤에서 쏘지 마라. 취미와 기호가 아니라, 필요에 쫓겨서 한 거라고 몇 번 말하게 하는 거야. 내가 좋아서 여장하고 있는 줄 알아?"

"————."

"입 다물지 말고!"

의미심장하게 침묵한 바람에 스바루에게 걸린 의혹이 부당하게 짙어지고 말았다.

당연하지만 섭섭하기 그지없는 인식이다. 하지 않아도 된다면 여장 같은 건 절대 하고 싶지 않다. 다만 상황을 타개할 수단으로서 유효한 이상, 할 수밖에 없을 뿐이다.

"이놈이고 저놈이고…… 제대로 이론 무장하지 않았냐, 알아먹으라고."

"이론 무장이라고 말을 했네. 그렇다고는 해도, 옥좌에서 쫓겨난 황제와 거기에 협력하는 수수께끼의 여자라는 조합, 이야기의 정석이란 느낌은 있을지도 모르겠어."

"그래그래. 딱 이 방면 이야기에는 빠트릴 수 없는 히로인……히로인 아니라고!"

"자기가 말하고 자기가 화내지 마. 난 괜찮아도 다들 놀라잖아."

분개하는 스바루지만 그런 만담이 동향인 알 말고는 통할 리 없다. 애초에 동향에서도 통하지 않는 자 쪽이 많을 내용이기는 했다.

"어느 시대에서 날아왔는지, 세세하게 물어본 적은 없지만."

이전부터 생각했지만 알이 지닌 지식 및 상식의 연대는 스바루와 꽤 가깝다. 처음 만났을 때, 그는 지금부터 20년 가까이 전에 이세계에 소환되었다고 이야기했었다.

앞뒤 갈피를 잡지 못하는 채로 재난에 휩쓸려 한 팔을 잃는 쓰라림도 겪었다고.

고백 자체는 가벼운 것이었지만 실상은 그렇게 신나는 것일 리 없다. 알이 느낀 고뇌와 절망은 필시 스바루보다 훨씬 가혹했을 것이다.

20년 전이라면, 알이 이세계에 소환된 것은 스바루와 같은 또래일 무렵. 그렇기 때문에 나이 차가 있어도 스바루와 그는 대화의 파장이 딱 맞는 것이리라.

그와 접하고 있으면 느껴지는, 어렴풋하게 욱신대는 감각은 그것이 원인이라 짐작되었다.

"정석이라 그러면 말이야."

"응?"

"황제 옆에 수상한 마법사……라는 것도 정석이지 않아? 그 부분은 또 어때."

사고가 샛길로 빠졌던 스바루를 알의 너스레가 현실로 되돌렸다.

눈을 끔뻑이다가 스바루는 그가 말하는 '정석'에 "아아." 하고 끄덕였다.

"확실히 정석이지. 요망한 여마법사가 황제를 농락해서, 천천히 자기 뜻대로 움직이는 인형으로 만든다…….그리고 번영을 자랑하던 나라는 붕괴하고."

"멋대로 붕괴시키지 마라. 무슨 수를 써서라도 내 손에 다시 넣겠다. 다만──."

"다만?"

"마법사도 여자도 아니었지만, 『별점쟁이』라고 불리는 자가 있던 것은 사실이다."

"『별점쟁이』?"

아벨의 입에서 나온 단어에 스바루와 알의 의문성이 겹쳤다.

들어본 적 없는 단어지만, 묘하게 머릿속에서 문자의 견적은 잡혔다. 그렇게 글자를 짜 맞추자 그 역할도 어렴풋이 떠올랐다.

"혹시, 풍수사나 그런 부류의…… 점쟁이 같은 위치?"

"그것보다 예언자 쪽 아니냐? 왕국에서도 석판이 그 역할이었잖아."

"아아, 『용력석(竜歷石)』이라고 하는…….."

알의 말에 스바루는 왕국에 전해지는 예언판의 지식을 끄집어냈다.

실물을 보지 못했지만 그 석판에는 루그니카 왕국에 찾아올 미래의 사건이 기록되며, 문제의 해결 방법도 제시되는 편리한 아티팩트라고 들었다.

단, 루그니카 왕족의 병사라는 미증유의 위기에 석판이 대처법으로 제시한 것은 차기 국왕의 선정—— 즉, 에밀리아와 프리실라가 참전하는 왕선의 개최였다.

솔직히 영험한 예언판이라는 평가에 의문이 생기는 성과였다.

"진심으로 나라에 도움이 되려 생각한다면, 애초에 병의 치료법을 알려달란 얘기가 되니까…….."

왕선 후보자의 기사로서 견식이 깊어지는 중에 알았지만, 루그니카 왕족은 전횡을 휘두르거나 어리석은 부분도 없이, 적어도 사람들에게 사랑받는 왕족이었다고 한다.

신하와 왕국민 대다수가 그들의 죽음을 슬퍼하며 기뻐한 자는 없었다. ——『용력석』이 어째서 그들을 저버렸는지, 그것이 여전히 베일에 싸여 있다.

"상대가 돌판떼기라면, 답을 검증해 보는 것도 참 꿈 같은 소리일 테고."

"음, 상대가 석판이라면 그렇지만, 『별점쟁이』라는 것은 다를 테지? 그 녀석, 궁중에서 어떤 역할이었어, 아벨."

"네놈들의 인식과 그다지 멀지는 않다. 『별점쟁이』의 힘은 제국을 유지하기 위해 내일을 엿보는 것이었으니까."

질문에 대한 아벨의 답변은 『별점쟁이』라는 이름에서 대략 느껴지는 인상과 차이가 없었다. 그럼에도 불구하고 문제가 있다면 하나다.

"그런데 예지하지 못했잖아. 너, 쫓겨났는데."

"말하지 않았나. 『별점쟁이』의 힘은 제국을 유지하기 위해서 있다. ——그건 내가 무사한 것과 반드시 양립하는 게 아니다."

"그 말은…… 네가 쫓겨나는 편이 제국을 위한 일이란 뜻이 된다만."

"적어도 『별점쟁이』는 그렇게 판단했다는 뜻이겠지."

담담한 아벨의 대답, 그 내용에 스바루는 기묘한 위화감을 느꼈다.

석판과 『별점쟁이』—— 왕국과 제국의 차이는 있어도 흡사한 역할을 가진 존재가 각각 나라의 가장 존엄할 터인 입장에 있는 자의 궁지를 못 본 척했다고도 볼 수 있는 상황이다.

거기에, 정체 모를 무언가의 의도가 느껴지는 것은 지나친 생각일까.

"설령 『별점쟁이』가 어떤 미래를 보든, 나의 답은 나와 있다."

"————."

"『별점쟁이』가 나를 옥좌에 둘 수 없다고 판단했더라도 따르지 않겠다. 내가 있어서 제국이 멸망한다고 『별점쟁이』가 말한다면, 내가 이 손으로 그것을 뒤집을 뿐이지."

담담하다고 하기엔 살짝 열기를 띤 아벨의 선언.

옥좌 탈환을 주장하던 때와 동등한 열기를 머금은 그 선언은 아벨의 양보하지 못할 일선, 흔들리지 않는 일심이리라. 단순한 분노나 복수심과는 다른 그 감정은, 가장 크고 순수한 신념에 의한 것이다. 그렇기에 스바루도 마지막 일선에서 아벨을 의심하지 않아도 된다.

가능하다면, 다른 부분도 배려해 주면 고맙겠지만.

"──아! 다들~! 잠깐잠깐 앞을 봐, 앞~!"

"응?"

마침 대화가 일단락 지어진 타이밍에 갑자기 마차 앞── 마부석에서 레이디의 고삐를 쥐고 있는 미디엄이 발랄한 목소리로 일행을 불렀다.

플롭과의 2인조 여행 중에는 고삐를 잡지 못하게 했다는 모양이라 자기가 먼저 "해 보고 싶어!" 하고 솔선해서 마부를 맡아 준 미디엄.

훤칠한 장신을 마부석에 밀어 넣은 그녀는 하얀 손가락으로 진로를 가리키면서 말했다.

"뭔가 앞쪽에서 와글와글하고 있는 게 보여! 나츠미도 보여?"

"으음······. 콩알보다 더 콩알 같은 게 보일, 지도."

창밖에 시력을 집중해 보지만 미디엄이 말하는 '와글와글' 하다는 것의 확신이 없다. 표현상의 문제가 아니라, 단순히 시력의 격차 때문이다.

스바루도 두 눈 2.0을 유지하고 있을 텐데, 이 세상 주민의 시력은 원래 세계의 유목민족 수준이 기본이다. 아마 에밀리아도

시력 5.0 정도 될 거라 본다.

"그런 이유로, 타리타 씨는 어때? 보여?"

"잠시만요. 저건……."

시력 부족을 제쳐둔 김에, 스바루는 마차 지붕을 올려다보고 말을 걸었다. 대답한 타리타의 모습은 지붕 위에 있으며, 전방위를 경계하는 파수 역을 맡고 있었다.

무언가 할 일이 없으면 조마조마하다며 타리타가 먼저 나선 역할이지만, 비슷한 짓을 하고 싶어 하는 가필 때문에 익숙해졌던 스바루는 쾌히 승낙했다.

실제로 타리타는 이세계 아마조네스의 시력을 유감없이 발휘하여──.

"아무래도 제국병이 모여서, 앞에 가는 우차(牛車) 등을 막고 있는 것 같습니다."

"그건……."

"검문인가."

타리타의 보고를 듣고 사정을 짐작한 아벨이 중얼거렸다.

검문이라 들은 스바루는 과랄 정문에서 있던 일을 떠올렸다. 다만 여기는 도시 입구가 아니라 가도 한복판이다. 도시 출입의 감시와 달리 부자연스러움이 눈에 띈다.

쉽게 말해 저들은 특정한 무언가를 찾기 위한 검문을 깔아 두었을 혐의가 있었다.

"설마 우리? 아라키아도 달아났고, 그것 때문에 이것저것 퍼졌나?"

"당연히 언젠가는 아라키아로부터 자세한 사정이 누설될 것은 피할 수 없겠지. 하지만 그것이 이만큼 빠르고 정확하게 움직일 수 있다고는 생각하지 않아. 더해서, 마도는 제도와는 반대 방향이다."

"위치관계상, 보고가 가는 게 너무 빠르다는 뜻인가."

"그래. ──그렇다고는 해도, 동행의 문제가 있군."

팔짱을 낀 자세대로 아벨이 아라키아가 아니라 그 동행자를 우려했다.

아라키아의 동행자란 즉, 그 소녀를 과랄에서 데리고 나간 수완가다.

"_____."

아벨의 우려에 스바루는 꺼림칙한 상상에 얼굴을 찌푸렸다.

성곽도시에 있던 제국병으로 한정하면, 스바루는 수완가로 짚이는 자가 있다. 그리고 그 짚이는 자는, 투항한 제국병 안에 보이지 않았었다.

아마도 도시를 포기하고 달아난 병사에 섞여 있을 거라고 짐작되지만.

"설마, 말이지."

아무리 그래도 아라키아를 데리고 나간 것이 그 남자라고는 생각하고 싶지 않다. 가능하면 다시는 만나지 않고 넘어가는 것이 베스트. ──인연이란 말을 사절하고 싶은 상대다.

"지금은 눈앞의 문제에 집중하자. 어쩌지? 우회할 수 있을 것 같아?"

"지금이라면, 아직 상대도 이쪽을 눈치채지 못했다고 생각합니다만……."

미디엄과 타리타, 시력이 뛰어난 두 사람이 먼저 발견해 준 것이다.

상대가 깨닫기 전이라면 우회하는 수단도 취할 수 있다. 들키면 안 될 속셈이 없다면 당당히 통과하겠지만, 들키기 전부터 골치 아픈 속셈을 떠안고 있는 몸으로서는 다른 선택지가 없었다.

"──잠깐, 우회는 하지 마라."

하지만 가도를 벗어날 지시를 내리기 직전, 다름 아닌 아벨이 제동을 걸었다. 그 도저히 영리하다고는 생각하지 못할 지시에 "어엉?" 하고 돌아본 스바루를 아벨이 응시했다.

"놈들의 목적을 알고 싶다. 과랄 함락이 이유라면, 움직임이 지나치게 빨라. 내 소재를 찾고 있다면, 병사들이 뭐라고 지시를 받았는지 캐내고 싶다."

"그렇다고 해서, 그러다가 네가 들키면 어쩌게. 벌통을 쑤셔서 노도 같은 카 체이스에 돌입하는 처지가 될걸."

물론 카 체이스 없이 그 자리에서 오라를 받는 패턴도 있을 만하다.

마차의 인원 5명 중, 싸울 수 있는 것은 스바루와 아벨을 제외한 세 명이지만 총전력은 과랄에 쳐들어간 무용수 부대와 별 차이가 없다. 대난투는 피하는 게 현명할 터다.

"조건이 너무 안 좋아. 아니면 무언가 좋은 수가 있는 거냐."

"있다. ──네놈이다."

리스크와 리턴 이야기 도중, 지명을 받은 스바루의 목소리가 "으헤?" 하고 뒤집혔다.

지금, 위험한 도박에 도전하기 위한 승산에 대해서 논하고 있었을 텐데.

"거기서 나오는 게 나라니, 무슨 소리야?"

"이미 성곽도시에서의 전례가 있지. 마차는 군대 것이라고 알수 없도록 위장된 물건이다. 사전에 협의한 바와 같지 않나."

"근데 그건 길 가는 중의 잡담용 설정이잖아?!"

뻔뻔스럽게 아벨이 말하는 것은 길을 가다가 다른 여행자 및 행상인들과 이야기를 맞추기 위한 설정이지, 주의 깊게 눈을 빛내는 제국병을 속이자는 전제가 아니다.

그렇건만, 아벨은 스바루의 비명 같은 호소에 귀를 기울이지 않고 말했다.

"나는 마차 아래에 숨겠다. 네놈은 병사들이 입을 열게 해라."

"엇, 잠깐잠깐잠깐, 진짜 하게?!"

"병사가 마차 아래를 엿보게 하지 마라. 네놈도 목숨은 아까울 테지."

"왜 거들먹거리는지 모르겠다……!"

말하면서 자리에서 일어선 아벨이 바닥에 손을 짚었다. 좌석 아래에는 떼어낼 수 있는 널빤지가 있으며, 그곳을 통해 마차 하부의 공간으로 내려갈 수 있는 구조가 설치되어 있었다.

원래 제국 이장인 지크르의 질풍마가 끌기 위한 마차다.

제국군 연고라고 알 수 없게끔 위장하고 있지만, 지위가 높은 인물이 이용할 것도 상정한 마차의 기능은 건재하다. 설마, 숨는 것이 황제일 줄은 장인도 상상하지 못했겠지만.

어쨌든 널빤지를 뒤집은 아벨은 재빠르게 좁은 공간에 자신의 몸을 밀어 넣었다. 진심으로 이후는 스바루에게 맡길 작정 같다. 호담하다기보다 오만하다.

"나츠미, 저쪽도 우리 존재를 눈치챘습니다!"

"그럼 갈 수밖에 없을 것 같네! 좋~아, 힘내자~ 나츠미!"

꼼꼼하게 타리타와 미디엄의 외침이 망설일 유예를 스바루로부터 빼앗았다. 이미 검문하는 병사가 알아챈 이상, 여기서 방향 전환하면 수상쩍기 그지없다.

"즉, 지긋지긋하게도 황제 폐하께서 바라시는 대로 흘러갔단 말이지. 형제, 마음의 준비는?"

"네, 네, 알겠어요! 잘 부탁하지요!"

"태세 전환 쩌네."

어쩔 수 없다며 두 손으로 얼굴을 때린 스바루가 자기 안의 스위치를 전환했다.

뺨을 세게 때리면 화장이 무너진다. 머리를 긁기라도 하면 머리카락이 흐트러진다. 속마음의 짜증을 치워 두지 않으면 말이 험해진다. ──그래서는, 제국병을 농락할 수 없다.

요구받은 역할을 마치고 기대받은 소임을 완수한다.

그것이야말로 나츠키 스바루의── 잃어버린 신뢰를 되찾기 위한 첫걸음이다.

"어머, 군인 여러분, 수고하시네요. 대체 무슨 용무이시지요?"

스바루는 그렇게 자기 자신을 타이르면서 마차를 불러 세우는
제국병에게 손을 흔들고 고운 웃음과 함께 명랑하게 말을 걸었다.

2

　다행히, 마차를 불러 세운 제국병은 미디엄과 타리타, 그리고
스바루 3명의 '여성'에 더해서 '남성'은 알밖에 타지 않은 마차
의 존재를 중시하지 않았다.

　질문받은 내용은 주로 일행의 내력과 여행 목적이었다.

　이에 관해서는 사전에 협의한 대로, 하급백의 영애인 스바루
의 호위에 알과 미디엄이 고용되고, 타리타는 스바루 전속 고용
인이라는 설명으로 극복했다.

　현재, 현재 타리타는 슈드라크 출신임을 감추기 위해 스바루
취향에 따라 집사풍 남장을 해서, 알은 '형제가 여장 남장이고,
타리타가 남장…… 이젠 뭐가 뭔지 모르겠다.'라고 절찬했다.

　거기에다 여행 목적을, 스바루가 아버지의 대리로 다른 가문
에 인사하러 가는 중이라고 설명, 제국병은 그것을 의심하지 않
았다. 단, 목적지를 듣자 떨떠름한 표정을 지었다.

　"마도라니 거, 아버님도 성가신 일을 맡기셨군. 생각을 고쳐먹
지그래?"

　"그렇게 말씀하셔도, 저도 아버지께 혼나고 말아요. 하급백이
라고는 해도 귀족은 귀족……. 가장에게 거스르기보다 마도 쪽
이 저에겐 마음이 편하지요."

"으～음, 그런가. 뭐, 아가씨는 요령도 좋아 보이니, 걱정할 필요 없을까."

"어머나, 말씀도 잘 하셔라."

스바루는 입가에 손등을 대고 미소 지으며 병사의 의심을 고상하게 회피했다. 검문 돌파에 대충 문제는 없겠다 싶어서 스바루는 다소 욕심을 부리기로 했다.

"그건 그렇고, 검문이라니 삼엄해라……. 무슨 일이 있었나요?"

"아니 그게, 별 일은 아니야. 요즘 북쪽 바드하임 부근에서 일어난 분쟁 때문에 탈주병이 나와서 그걸 수색하는 중이야. ……그거 말고는 지명 수배범을 찾고 있지."

"지명 수배, 인가요."

내심에 품은 경계를 드러내지 않게 주의하면서, 스바루는 불안한 규수를 가장했다. 그런 스바루의 연기에 감쪽같이 속은 병사는 차분한 표정으로 "그래." 하고 끄덕였다.

"실은 이 주변에, 제도에서 지명 수배된 남자가 목격되었다는 얘기가 있어. 쉰 살 정도인 파란 머리 남자라고 들었는데, 아는 게 있어?"

"아니요, 안타깝게도. 하지만 정강하기로 유명한 제국병 분들로부터 탈주병이 나왔다니, 어쩐지 제국의 바람이 어지러워졌나 싶어 불안해지네요."

"괜찮아, 나츠미! 우리가 있으니 걱정하지 말고 가슴 펴며 가자!"

"어머, 미디엄 씨도 참 든든하셔라. 오호호호."

노린 것은 아니겠지만 미디엄의 거리낌 없는 한마디에 제국병도 표정이 풀렸다.

지나치게 탐색하다간 의심을 살까 싶었더니, 그 염려도 잘 회피해낸 모양이다. 타리타도 말없이 주인에게 충실한 집사를 완수——울렁증 때문에 말을 못하고 있을 뿐일지도 모르지만.

그리고 유일한 남성인 알에 대한 불신감은, 미리 스바루 쪽에서 지워 두었다.

"호위라는 건 명분상……. 그런 명목이 없으면 체면이 서지 않잖아요? 저분의 팔은, 당가를 지키기 위한 싸움에서 잃어버린 것이라."

스바루의 그 설명에 처음에는 수상쩍어 하던 병사의 시선에도 동정이 어렸다. 싸움에 몸을 둔 이상, 돌이킬 수 없는 상처는 그들에게도 남 일이 아닌 것이다.

그리고——.

"이야~ 나츠미는 역시 대단하네! 나, 감탄해 버렸어!"

멀어지는 제국병에게 손을 흔들면서 마부석의 미디엄이 칭찬해 주었다. 그 말에 스바루는 "아뇨, 아뇨." 하고 고개를 가로저었다.

"저 같은 게 대단할 거라곤. 다행히, 검문의 이유는 이쪽과 무관했으니까 저희 모두의 운이 좋았다고 기뻐해야겠지요."

"그래? 그럼 그럴지도. 나, 오빠에게도 운이 좋다고 자주 칭찬

듣거든!"

"후후, 미디엄 씨도 플롭 씨도 좋은 점을 찾아내는 데는 천재네요."

미디엄의 기분 좋은 대답에 스바루도 뺨에 손을 짚으면서 미소지었다.

그리고 스바루는 옆자리에서 녹초가 된 타리타를 돌아보았다. 긴장이 풀렸지만 그래도 낯빛이 좋지 못한 그녀에게 스바루는 갸웃했다.

"타리타 씨, 괜찮으세요? 안 좋은 데라도?"

"아뇨, 문제는 없습니다만…… 나츠미는, 어떻게 그렇게 당당히 있을 수 있죠? 무용수로 쳐들어가는 계획 때부터 생각했었습니다."

"그렇, 네요."

아벨 다음으로 여장한 스바루와의 인연이 긴 타리타. 그러나 타리타는 스바루의 변신이 여전히 이해할 수 없는 무언가로 느껴지나 보다.

어떤 의미로는 손댈 구석이 없던 아벨과 플롭—— 비앙카와 플로라 두 명과 다르게, 스바루가 분한 나츠미 슈바르츠에게는 공들인 자기 암시가 필요하다.

갖지 못한 자에게는 복장 및 화장만으로는 완전히 속이지 못할 질의 차이가 반드시 생겨난다. ——그 차이를 메꾸려면, 노력이 필요하다.

"그러니까, 열심히 노력했을 뿐이어요."

나츠미 슈바르츠의 완성도는 인류가 축적한 미에 대한 탐구, 그 성과의 일부다.

　만약 선구자가 없었으면, 스바루의 여장은 학예회에서도 통하지 않을 수준이리라. 그것이 통하도록 하기 위해서 있었던 많은 선현의 노력을 무시할 수는 없다.

　"자신감이 있는 것은 부럽습니다. 저에겐 그것이 없어요."

　"자신감이라니…… 저에게 있는 것은, 나츠미 슈바르츠에 대한 신뢰이지, 자신감과는 또 별개에 속하는데요."

　"어? 어? 어?"

　"이봐, 이봐, 형제, 관두라고. 타리타가 혼란에 빠졌잖아. 그 뜨거운 여장 정신, 나도 살짝 못 따라갈 지경이거든?"

　눈이 휘둥그레진 타리타를 대신해 알이 스바루의 독자 연구에 제동을 걸었다.

　두 사람이 혼란을 일으킬 만큼 어려운 이야기를 하고 있다는 자각은 없었다. 그저 단순히 자기 자신을 믿는 것은 어려워도, 자기 안에서 만들어낸 이상형—— 그것이라면 믿을 수 있을 거라는 말인데.

　"머리에 그리는 것은, 항상 최고의 자신——이어요."

　"저, 저에게는 어려운 사고방식이라고 이해했습니다……."

　"그래도 마인드 셋으로서 꽤 추천하는데요? 동경하는 분과 자신을 비교하면 아주 괴롭지만…… 이상적인 자신은 머리에 그릴 수 있는걸요."

　"——————."

스바루가 가슴에 손을 짚고서 이야기하자 타리타의 눈이 살짝 커졌다.

무언가, 적잖게 감명을 준 것이 있었던 모양이다.

"이상적인 자신은, 머리에 그릴 수 있다……."

조용히 가슴에 그 말을 담아두었다고 여겨질 정도로는.

그렇게 생각에 잠긴 표정으로 타리타가 침묵하자 알이 "그런데." 하고 화제를 바꾸었다.

"탈주병은 됐고. 쫓기는 남자는 뭘 저지른 건지. 아벨 얘기가 퍼지지 않은 것은 아주 달갑다 쳐도 제법 규모가 크단 말이지."

"글쎄요……. 쉰 살 정도에 파란 머리 남성, 그 특징에 맞는 신사분이라면 많이 있을 듯하고, 제 기억에도 떠오르는 분이 계실 정도인데요?"

원래 세계에는 자연발생하지 않는 파란 머리지만, 이 세계에는 렘을 필두로 뜨문뜨문 볼 수 있는 발색이다. 검문 중에 묻던 특징도, 예를 들어 과랄에서 가장 힘을 빌렸던 술꾼―― 로우안이라는 용병에게도 해당할 정도다.

그렇다고는 해도 그가 제국병을 대동원할 만한 수배자 같지는 않으니까, 특징이 비슷한 누군가가 쫓기고 있다는 이야기일 것이리라.

"어쨌든 간에, 아직 아벨의 사정은 일반병에게 전파되지 않았다……. 제도의 혼란이 없는 이상 대역이 황제를 대행하고 있다고 여겨도 될 것 같네요."

"좋은지 나쁜지 모르겠단 느낌이지. 솔직히 황제 부재라 이러니저러니 소동이 나는 편이 우리에게는 편했던 게 아닐까 싶기도 하지만."

"일장일단이란 느낌은 드네요. 발견되었을 경우의 처우는 몰라도, 아벨이 추적당하고 있다는 어려움은 변함이 없으니까요."

황제 부재가 공표되어 제국에 혼란이 발생했을 경우, 그것을 스바루 일행이 잘 활용할 수 있을지는 현재 미지수다. 적어도 아직 이름을 대고 나서기에는 전력 부족이라는 것이 아벨의 인식이며, 스바루도 거의 같은 의견이었다.

그러면서 검문을 통과하라는 말을 들었으니 매우 조마조마했지만.

"일단, 검문은 벗어난 참이고 아벨을 꺼내기로 할까."

"그러게요. 그리고 불평도 해 주고 싶고요."

알의 제안에 수긍하며 스바루는 가짜 가슴을 안으면서 노기를 드러냈다.

스바루가 분노한 원인은 물론 검문에 관해 어려운 요구를 당한 것도 있지만, 가장 큰 이유는 검문 중에 침착성 없이 날뛰던 것 쪽에 있었다.

병사와 대화하는 중에, 몇 번이고 마차 아래에서 소음이 들렸다. 최종적으로 스바루가 "하급백도 고달프답니다……." 하고 배고픈 아가씨를 가장해서 배에서 나는 소리로 얼버무렸지만, 엘레강트하고 브릴리언트한 나츠미 슈바르츠의 평판에 흠이 갈 흑역사였다.

"황제 폐하께서는, 당신이 어떤 처지인지 자각이 부족하신 모양이네요."

"어이구야, 형제, 화났구만. 뭐, 아무래도 그건 나도 화낼 만하다 싶어."

무모한 황제 폐하에게 한마디 불평을 하려고 벼르는 스바루에게 알이 동의.

그렇게 알이 널빤지를 뒤집어 나타난 얼굴에 쓴소리를 쏟아내고자 스바루는 흔들리는 마차 하부를 들여다보고━━.

"저기요, 아벨, 어떻게 된 거예요? 그런 짓을 해서, 저희가 얼버무리느라 얼마나 고생한 줄━━."

"우━!"

"으햐아아아악━━?!"

'알기는 하냐'는 쓴소리는 비명에 묻히고, 스바루는 펄쩍 뛰어 타리타의 품으로. 순간적으로 타리타에게 공주님처럼 안기지만, 그 튼실한 신체를 칭찬할 여유도 없다.

나타난 것은 실성한 아벨━━이 아니라, 금빛 머리를 기른 어린 소녀.

그 소녀는 본 적도, 그리고 나쁜 기억도 충분하고도 남을 만치 있다.

제국에서의 불규칙 요소 대표, 루이 아르네브가 바닥 아래에서 기운차게 뛰쳐나온 것이다.

"어, 어, 어, 어……."

"아━우━?"

"어째서! 어째서 당신이 이 마차에……."

"──아무래도 바닥 아래에 줄곧 숨어 있던 모양이더군. 설마 이렇게까지 아무도 눈치채지 못했을 줄이야. 아마도 우타카타의 소행쯤 되겠지."

눈이 휘둥그레지며 어버버 목소리를 떠는 스바루. 스바루의 의문을 받아서 루이에 이어 하부로부터 아벨이 모습을 보였다.

그는 지저분해진 여행 복장의 먼지를 털고 요란하게 흐트러진 흑발을 손으로 빗었다. 그리고 여전히 타리타에게 안겨 있는 스바루에게 루이가 슬슬 다가가는 것을 보고 말했다.

"흥. 어지간히 네놈이 그리웠나 보군. 우타카타나 네놈의 여자보다 네놈과 같이 있기를 택했다는 뜻이니까."

"뭐, 뭘 태연하게…… 당신이야말로, 같이 바닥 아래에서 괜찮았던 거예요?"

"괜찮을 리가 있겠나. 불필요하게 안에서 날뛰어서 천하의 나도 간이 철렁했다. 그 계집아이 때문에 병사에게 들키면 뭐라고 발뺌할까 생각하면서."

널빤지를 도로 덮고 자리로 돌아가는 아벨의 말에 스바루 안에서 납득이 갔다.

검문 도중, 마차에서 날뛰던 것은 숨어 들어온 루이였던 것이다. 아마도 숨기 위해서 하부로 내려간 아벨에게 선객인 루이가 엉겨 붙은 것이리라.

고군분투하던 아벨이지만, 아무래도 그에게는 아이를 달래는 재능은 없는 모양이다.

"그렇다면, 당신은 대체 뭘 할 줄 아는 거죠……?"

"한사코 나에게 불명예스러운 이야기를 하고 있다만, 그것을 어떻게 할 거지."

"어떻게 하다니⋯⋯."

"말해 두겠지만 이제 와서 물러날 수는 없다. 그 검문도, 시간도 그것을 용납하지 않아."

아벨의 지적에 스바루는 타리타에게 안긴 채로 "아우." 하고 다가붙는 루이를 아연히 내려다보았다.

"어, 어째서 이런 일이⋯⋯."

생각지도 못한 루이의 참전에 스바루의 머릿속에서 곤혹과 혼란이 맴돌았다.

더더욱 루이의 생각과 숨겨진 본성에 대한 경계가 높아진다. 동시에 과랄에 남긴 렘 곁에 그녀를 두지 않아도 되었다고, 그렇게 안도하는 기분이 없는 것도 아니다.

"스바루, 어떻게 할 수도 없습니다. 루이는 이대로 데려갈 수밖에."

"타리타 씨까지 그렇게 말씀하시기예요?"

"아벨의 말대로, 지금부터 되돌아가는 선택지는 없습니다. 하지만 루이를 두고 갈 수도 없죠. 당신과 루이가 복잡한 관계인 것은 알고 있습니다만⋯⋯."

"⎯⎯⎯⎯."

스바루와 루이의 얼굴을 번갈아 보면서 타리타는 쭈뼛쭈뼛 중립적인 의견을 내놓았다.

과랄로의 잠입 임무와, 『슈드라크의 민족』의 촌락에서 지낸 시간도 있어 램 정도는 아니라 해도 타리타 역시 스바루가 루이를 경계하는 것을 알고 있다.

그러나 그 점을 감안하고서도 꺼낸 타리타의 제안에 스바루도 분하지만 같은 의견이다.

"이걸 방치했다가, 아무것도 모르는 분들에게 폐를 끼칠 수는 없는걸요……."

"우—?"

갸우뚱하며 아무것도 이해하지 못하는 표정의 루이.

현재, 루이가 『폭식』의 대죄주교로서 그 성향을 드러낸 상황은 한 번도 없다. 하지만 그것이 앞으로도 없다고는 장담할 수 없는 이상, 그 순간에 대처하는 것은 스바루의 의무다.

스바루만이, 그것이 위험하다고 확신하며 미연에 피해를 막을 기회를 가지고 있으므로.

"뭐, 심각하게 굴지 말라고, 형제. 그 아가씨는 형제를 따르고 있잖아. 그야 이후에 짐짝이 될지도 모르지만 무슨 일이든 생각하기 나름, 써먹기 나름이지 않겠어?"

"알……."

말하면서 알이 고뇌하는 스바루의 결단을 거들어 주려 했다.

그는 구태여 스스럼없이 말을 하며 루이의 금발 머리를 쓰다듬으려고 손을 뻗고——.

"어린아이가 한 명 있으면, 상대의 경계심도 줄어들지 모르지. 아이 동반 여행도 의외로…… 아얏!"

"가우—!"

알의 손이 머리를 쓰다듬기 직전, 말 그대로 루이가 갑자기 이를 드러냈다.

　입을 쩍 벌린 루이에게 손이 물린 알이 비명을 지르면서 펄쩍 뛰었다. 마치 따르지 않는 들고양이가 먹이를 주려던 상대를 무는 것만 같은 배은망덕이었다.

　"우오오, 더럽게 아파! 피 났어! 두둔해 주려다가 손해 봤어!"

　"저, 저질렀군요……! 역시, 그것이 당신의 본성……!"

　"우—! 우—! 아— 우—!"

　"아— 소리와 우— 소리로는 못 알아들어요!"

　타리타의 팔에 안겨서 운신을 못하는 스바루에게 달라붙으려는 루이. 스바루는 아우성치는 루이의 머리를 밀어내지만, 코르셋이 빡빡해서 밀어내기가 마땅치 않다.

　그대로 마차 안에서 『폭식』과의 제2차 결전이——.

　"진정하세요!"

　"햐앙?!" "우—?!"

　그 순간, 타리타가 아우성치는 세 사람을 웃도는 목소리를 터트렸다. 그녀는 언니와 많이 닮은 안력이 서린 눈으로 세 사람을 응시하고, 스바루를 천천히 바닥에 내려놓았다.

　"다 큰 어른이 어린아이 상대로 보기 흉합니다! 좀 더, 침착한 어른으로서 행동해 주세요. 작은 아이가 흉내 내면 어떻게 할 건가요."

　"으, 크…… 그, 그렇지만요, 그 아이는."

　"그렇지만은 무슨 그렇지만인가요, 나츠미. 군사를 자칭할 거라면, 당신이야말로 냉정해야죠."

정면에서 질책당했다. 내용이 심플한 것이 스바루에게는 가장 힘겨웠다.

어린아이 상대로 어른스럽지 못하다. 그 정론에 누가 이길 수 있으랴. 하지만 그런 귀여운 논리는 대죄주교에게 통하지 않는다. 루이의 위험성을 알면 타리타도 분명히——.

그렇다면 여기서, 루이 아르네브의 본성을 모조리 털어놓으면 그만이다.

"————."

자신의 가슴속, 거기서 울려 퍼진 거무칙칙한 감정에 목이 턱 막혔다.

얼굴이 굳은 스바루의 모습에 타리타와 알이 의아한 표정을 지었다. 그 의혹을 풀 방법이 수중에 있는데, 스바루는 어째선지 그것을 줄곧 망설여 왔다.

저들에게 루이의 정체를 밝히고, 사태의 중대성을 공유한다. '기억'과 함께 마녀교의 지식도 잃어버린 렘과 달리, 저들은 루이의 위협을 이해해 줄 것이다.

그러면, 이 소녀 모습의 불온분자를 제거하기 위해서——.

제거하기 위해서, 어떻게 하는가.

"우——?"

루이가 굳어 버린 스바루를 올려다보며 이상하다는 듯이 갸우뚱거렸다.

주위가 소란피우기를 그만두자마자 루이는 바로 침착함을 되찾았다. 그녀가 소란피우는 것은 항상 주위가 시끄러울 때다. 그 적응력도 의태의 일종인 것일까.

플레아데스 감시탑 안에서 당도한 하얀 세계, 그 장소에서 스바루에게 접한 악랄하고 구제할 도리 없이 사악하던 소녀, 그것이 가장한 모습인가.

그렇다고 생각하며 대처해야 한다고 알고 있을 텐데도——.

"말해 두지만, 이 여행의 목적은 유흥도 도락도 아니다."

여전히 고뇌하는 스바루 옆에서 혼자서만 좌석에 있는 아벨이 차갑게 내뱉었다.

그 순간, 그 말의 진의를 읽지 못한 스바루는 당혹해하다가 금세 그 말이 루이의 처우에 관한 아벨의 의견임을 이해했다.

이 여정은 장난이 아니라고, 그렇게 단언한 아벨의 검은 눈에는 열기가 일절 없다.

그것은 그가, 루이에 대해서 모종의 배려나 온정을 보낼 가치를 찾아내지 못했다는 증거다. 뒤집어 말해 루이의 정체를 밝혔을 경우, 그가 어떤 선택을 할지도 예견하게 했다.

"데려, 가지요."

그 결론을 듣고 루이를 보는 검은 눈이 스바루에게로 옮겨 갔다. 어두운 시선의 날카로움에 가슴을 찔리고, 스바루는 가슴에서 느끼는 가짜 아픔을 무시하고 마주 노려보았다.

"놀이 삼아 하는 여행이 아닌 이상, 쓸모가 있는 부분을 보여라. ……그런 뜻이겠지요."

"그래, 그렇게 알면 된다. ——네놈은, 그렇게 말할 테지."

"해석하기 까다로운 평가로군요."

실망의 의미와 그 이외의 의미. 아벨의 말에 담긴 진의는 헤아릴 수 없다.

당연하지만 아벨은 상대가 이해하기 쉽게 말을 늘어놓지 않으며, 스바루도 다시 헤집다가 다른 결론이 나는 것을 두려워하여 말을 끊었다.

그렇게 루이의 처우에 관한 방침이 결정되고——.

"좋～아, 루이야, 고삐 잡아 볼래? 레이디찡이랑 놀아 볼까!"

"우—!"

"그건 그만둡시다!"

별안간 소란스러워진 마부석에서 루이는 여성진 두 명에게 화목한 환영을 받고 있었다.

저래 뵈도 루이는 뜻밖에 말을 잘 들어서, 미디엄과 타리타도 잘 따르고 있었으니 여행 중의 걱정은 필요 없을 것 같다. 굳이 말하자면, 루이의 부재에 렘이 당황하지 않을지 염려되지만.

"마차에 숨어드는 것을 우타카타가 도왔다면, 그 걱정도 할 필요 없겠네요. 렘이 보자면, 어디 있는지 모르는 편이 불안은 없을지도 모르겠지만요."

"뭐야 그게? 형제랑 같이 있는 편이 안심인 게 당연…… 아니, 이런저런 일이 있었던 거 같았지."

스바루가 중얼거린 말과 지난 사건을 연결한 알이 사정을 신경 써 주었다. 그 시선에 스바루는 눈을 내리깔고 잠시 망설이다가 말했다.

"아무것도…… 아니지는 않지요. 알, 당신에게 부탁할 게 있어요. ——부디, 되도록 루이를 신경 써 주실 수 없을까요."

"반응하기 난감하게 부탁하는 것도 그렇지만, 어째서 말이야? 저 꼬맹이에게 뭔가 있어?"

"저 아이가 다치면, 렘이 괴로워해요. 그러니, 부탁합니다."

"_____."

알이 품은 당연한 의문에 스바루는 다른 사람과 마찬가지로 진상을 덮어 두었다.

스바루의 대답에 알은 순간 침묵했지만.

"그래, 알았어. 남은 팔까지 잡아먹히지 않을까 걱정이지만, 그쪽은 잘 어울려 볼게."

루이에게 물린 손을 흔들며 알은 마차 가장 앞자리에 털썩 앉았다. 마부석에서 왁자지껄한 세 소녀의 목소리를 들으면서 헤프게 다리를 내던진 자세.

그다운 태도와 승낙에 스바루는 뺨이 살며시 풀어졌다.

여러 가지로, 생각할 것은 많다. 마도가 가까워질수록 불안도 커져간다.

"그러고 보니, 검문을 잘 통과했는데 감사의 말이 없군요."

"흥. 애썼구나."

"처음에 코웃음 칠 필요 없었지요?!"

치하의 뜻이 부족한 아벨에게 따지려던 스바루는 한숨을 푹 쉬었다. 그리고 아벨과 거리를 벌리고 처음의 알과 교대하는 형태로 맨 뒤로 간다.

다양한 의도를 품으면서도 마도로 가는 여정은 이어진다. 스바루는 고개를 들어 꺅꺅 루이를 중심으로 즐겁게 노는 마부석 쪽을 바라보았다.

"참 내…… 누구 때문에 이렇게나 괴로워하고 있는 줄 아세요."

그런 푸념 같은 말은 누구에게도 닿지 않고, 마차 바퀴에 삼켜져 사라졌다.

3

"나랑 오빠가 있던 곳은, 아주 그냥 지독한 곳이었어."

밤, 야영을 위해 피운 모닥불을 둘러싸며 미디엄이 평소처럼 그렇게 말했다.

가도 외곽에 마차를 세우고 간이 식량을 사용한 저녁 식사를 마친 참이었다. 알과 타리타 두 사람은 주위를 순찰하러 나갔으며, 남은 일행은 자리를 지키는 중.

항상 밝고 명랑하며, 목소리를 죽일 줄을 모르는 미디엄이다. 그것은 자신에게 괴로운 기억, 어두운 추억을 이야기할 때여도 변함이 없다.

플롭으로부터도 두 사람이 열악한 환경에서 자랐다는 이야기는 들었다.

남매는 고아를 거두는 시설에서 매일 맞으면서 자랐다고. 그리고 불행한 어른이 불행한 아이들을 상처 입히는 세계에 분개해 복수를 맹세했다고도.

"나는 오빠가 하는 말, 어려워서 다는 모르겠지만. 그래도 오빠가 가슴 펴고 큼직큼직하게 걸을 때는 응원하고 싶어져."

"그것이 세계를 향한 복수여도요?"

"응응! 뭐, 어떻게 할지는 잘 모르겠지만 말이야."

멋쩍게 웃으며 책상다리로 묵직하게 앉아 있는 미디엄. 무릎에 루이를 앉히고 그 긴 금발을 익숙한 손놀림으로 빗고 있었다.

원래 미디엄의 추억 이야기로 빠진 것은 연소자와 접하는 그 솜씨가 이유였다.

뭐든지 꽤나 엉성하게 진행하는 인상이 있는 미디엄이 루이를 바지런하게 돌보는 것이 뜻밖이라 그 이유를 물었을 때, 방금 이야기가 나온 것이다.

"시설에는, 나랑 오빠 말고도 아이들이 있었거든. 나보다 작은 아이도 있었고 즐거울 게 별로 없었으니까 머리카락 정도는 기르고 싶잖아."

"그것이 미디엄 씨가 잘 챙겨 주는 요령의 비밀이었나요. 납득했어요."

"으헤헤, 그래? 그렇다면 도움이 되어서 다행이지~."

모닥불의 붉은 불빛을 받아 아름다운 금발을 빛내는 미디엄. 그 존재는 무력적으로도 정신적으로도 이 여행과 스바루를 큰 힘으로 지탱해 주고 있다.

플롭과 미디엄이 없었으면 스바루 일행의 제국 여행은 더 곤란하기 그지없었으리라.

"미디엄, 너와 오라비의 출신은 어디냐."

같은 모닥불을 쬐던 아벨이 갑자기 끼어들었다.

저녁 식사 후의 간격, 잠시 마차로 돌아가지 않고 있던 그는 미디엄의 추억 이야기도 같이 듣고 있었다. 그렇다고는 해도 맞장구를 치는 것도 아니라 흘려듣고만 있는 줄 알았지만.

실제로 질문받은 미디엄도 "호에?" 하고 눈이 동그래질 정도다.

"아벨찡, 내 이름 알고 있었어?"

알과 막상막하로 황제 폐하를 다이내믹한 호칭으로 부른 미디엄. 그 놀람과 호칭에 아벨은 작게 한숨을 쉬었다.

"이름 정도야 기억한다. 하찮은 감탄은 치워라. 그보다 내 질문에 대답해라. 너와 플롭은 어디 출신이냐. 방금 이야기한 시설의 대표는?"

"대표라니, 원장 선생님 말이야? 이름은 까먹었는데. 하지만 나랑 오빠가 있던 곳은 에이브리크라는 조그만 마을이야."

"에이브리크…… 제국 서부의 마을이군. 기억해 두지."

"——? 기억해서 어쩌게?"

"마땅히 대처한다. 내가 직접 할지는 별개로 치고 말이지만."

아벨의 답변은 간결하지만, 그 진의는 미디엄에게 통하지 않았다.

물음표를 띄운 미디엄은 더 큰 의문의 구름에 머리를 처박은 표정이 되었다. 그리고 불친절한 아벨은 구태여 그 수수께끼를 풀어 주려고는 하지 않는다.

스바루도 그 생각 전부를 짚어낸 것은 아니지만.

"국민의 목소리를 듣고 곧장 국정에 활용하겠다는 건가요?"

"그렇게까지 기특하진 않다. 말했을 텐데. ——신상필벌이라고."

활약에는 보답, 어리석음에는 보복을.

그것이 위정자로서 아벨의 신조이며, 변동하기 어려운 자세인 모양이다.

돌이켜 보면, 슈드라크의 촌락에서 있던 『혈명의 의식』에서도 숨지기 직전의 스바루에게 그는 필사적으로 바람을 말하라고 호소했었다. 그 필사적인 모습 뒤에는 같은 신조가 숨어 있다.

다시 말해——.

"당신은, 타인이 빈손으로 있는 것을 용서하지 못하는 분이군요."

"많은 자들이 가지지 못한 자로 태어난다. 그 손에 무엇을 잡고, 무엇을 떠안고 죽느냐가 그자의 삶이다. 그 자격을 얻었음에도 놔 버리는 일은, 있어서는 안 된다."

"가지지 못한 자로서 태어나다니, 황제 폐하의 입으로 들으면 비꼬는 소리예요."

대개의 인간이 가지지 못한 자이며, 없는 재능과 없는 힘을 한탄하면서도 발버둥 칠 수밖에 없다. 그것이 인생인 줄 알고는 있어도, 혜택받은 자의 입장에서 들으면 설 자리가 없다.

하지만 그것을 비꼬는 말로 받은 스바루에게 아벨은 시선도 맞추지 않고 대꾸했다.

"나 역시 예외가 아니다."

"——? 뭐라고요?"

"입장에는 그만한 책임과 의무가 뒤따른다. 다 질 수도 없는 짐을 지면, 어리석은 자는 찌부러질 뿐이지. 품격이나 긍지도, 매일 자각하며 연마할 수밖에 없어."

되물어본 스바루에게 응수하는 아벨의 시선이 천천히 돌아보았다.

그는 모닥불을 쬐는 스바루, 그 검은 머리와 착의를 검토하듯이 바라보았다.

"거짓된, 만들어진 자기 인식은 이윽고 본성을 드러내게 되지. 네놈은 가장에 퍽 이골이 난 모양이지만, 그만큼 벗겨졌을 때 수선하려면 노고가 필요할 거야."

"_____."

"성과만 내면, 나는 그자의 취미와 기호에 참견하지 않는다. 그 말을 어길 생각은 없지만, 허상을 지주로 삼는 것은 참고 보기 어렵다. 언젠가 토대째로 기울어질 거다."

열기를 띤 바람을 쐬는 아벨의 눈초리는 차갑게 식은 밤처럼 투철했다.

그가 고르는 말에는 타인에 대한 배려가 없으며, 이해를 바라는 여유가 없다. 따라서 그 말의 진의는 스바루에게 절반 정도도 전해지지 않았다.

단지 가차 없이 마음을 능욕당한 아픔만이 남을 뿐이다.

"너무 많이 떠들었군. 뒷일은 맡기마."

그렇게 말을 남기고 일어선 아벨이 마차 안으로 사라졌다.

두꺼운 문이 닫히는 소리가 나고, 모닥불 주위에 남겨진 것은 스바루와 미디엄. 그리고 무슨 화제인지도 모르는 눈치로 있는 루이, 이렇게 세 명뿐이다.

"대체 뭐여요, 저 남자는."

그렇게 떠들었다가 스바루는 자기 입을 막고 씁쓸한 표정을 지었다.

마치 악역 영애가 지고서 내뱉은 말 같지 않은가. 나츠미 슈바르츠라는, 스바루가 이상형으로 삼는 강철의 마음을 가진 철혈의 여군사에게는 어울리지 않는다.

"나츠미, 괜찮아?"

그런 갈등을 품은 스바루의 머리를 미디엄의 손이 부드럽게 쓰다듬었다.

책상다리인 채로 엉덩이를 들어 요령 좋게 스바루 옆으로 이동한 미디엄. 그 마음씀씀이와 비슷하게 커다란 손바닥 감촉에 스바루는 마음이 감싸인 기분에 젖었다.

"네, 괜찮아요. 참 내, 저 남자는 의미심장하게…… 미디엄 씨는, 무슨 말을 하고 싶었는지 알겠어요?"

"아니, 전혀! 하지만 나츠미가 괴로운 표정이던 건 알았고, 내가 할 수 있는 일이라면 이 정도뿐이니까."

"그렇지는……."

"괜찮아, 괜찮아, 다 아니까! 나는 이 커다란 몸으로 노력하는 담당이고, 어려운 것은 오빠나 다른 사람에게 맡길게."

활짝 기분 좋게 웃으며 스바루의 머리를 마냥 쓰다듬는 미디엄. 그 얼굴에 거짓은 없다.

자신의 부족한 부분을 자각하면서도 그것을 마음에 두지 않는 자세는 아주 긍정적이라, 스바루가 동경하는 사람들과 통하는 면이 있다.

　"미디엄 씨는 어른이네요."

　"그런 소리 처음 들었어! 좋은 누나라거나, 많이 먹어서 복스럽네 하는 말은 들은 적 있지만."

　"그것도 미디엄 씨의 여러 멋진 점 중 하나죠."

　"으에헤헤～."

　열심히 말을 해도 감사와 칭찬을 다 전할 수 없어 스바루는 답답하다. 하지만 그런 스바루의 알맹이 없는 칭찬을, 미디엄은 기쁘게 받아 주고 있다.

　미디엄의 무릎 위에서 웅크린 루이도 그 활달함에 영향받은 듯이 즐거운 눈치다.

　지금, 이 순간만은 온갖 고난과도 불안과도 분리되어 있다.

　그렇게 착각해 버릴 만큼 푸근한 시간이었다.

4

　가물가물, 일렁이는 모닥불을 바라보면서 시간은 완만하게 흘러간다.

　"─────."

　불타는 나뭇조각이 타닥타닥 터지는 소리가 들리는 가운데, 세계는 무척 고요하다.

이전에는 이렇게 무료한 밤이 싫었다. 멍하니 지내고 있으면, 정체 모를 초조감에 시달려 쫓기는 기분이 들 때가 많았다.

막연히, 넋이 나간 듯이 지내는 것이 용납될 줄 아느냐고.

정체불명의 검은 그림자가 어깨동무하고 음흉하게 웃으면서 그런 말로 끈덕지게 매도한다.

눈을 감고 귀를 막아도 떼어놓을 수 없는 악몽이라는 이름의 죄책감. 거기서 달아나기 위해서 나츠키 스바루는 온갖 일에 손을 대었다.

칭찬받는 다양한 취미나 자잘한 요령도 모두 자신이라는 지옥으로부터 달아나기 위한 변명. 그 변명을 축적해서 완성된 껍데기야말로, 나츠키 스바루이며——.

"단순한 변명으로 끝나지 않아도 되어서, 약간 안도하고 있지요."

"그런, 가요……."

스바루의 이야기를 다 듣고, 고개 숙이면서 타리타가 끄덕였다.

일렁이는 불꽃 너머, 땅바닥에 한쪽 무릎을 세운 타리타의 얼굴은 붉게 밝혀지고 있다. 불꽃의 가물가물한 빛은 갈색 피부에 잘 어울려 보였다.

어울린다고 하면, 슈드라크라는 사실을 숨기기 위한 타리타의 복장도 그러하다.

슈드라크가 몸에 그리는 하얀 무늬를 지우고, 문명인다운 복색을 갖춘 타리타는 그 훤칠한 장신도 어우러져 남장미인을 현실에 구현하고 있었다.

물론, 불침번으로서 망을 보는 타리타는 웃옷을 벗고 소매를 걸어 스마트보다 와일드하다는 인상을 주는 복장이었지만.

　"＿＿＿＿＿＿."

　잠시 내려앉은 침묵 속에서 타리타는 사유에 잠겼다.

　조르는 말에 이야기한 스바루의 신상 내력——원래 세계 이야기나, 더 어둡고 부담 가는 부분은 얼버무린 내용이었지만, 그것이 타리타에게 어떻게 작용했을지.

　계기는, 손톱을 손질하는 스바루에게 타리타가 "어디서 화장을 배운 건가요." 하고 물은 것. ——화장도 여장도, 거창한 계기가 있던 것은 아니다.

　지독한 중학교 시절을 보낸 스바루가 다가올 고등학교 생활에서 화려하게 복귀하기 위해 자그마한 여흥 수준으로 도전해 봤을 뿐.

　"단지, 조금 시작하면 끝을 보는 성질 같은 게 있어서…… 할 거라면 철저하게, 어디 내놓아도 부끄럽지 않은 수준으로 하자는 마음에."

　어떤 길이든 그렇겠지만, 기술의 연마에는 많은 선현의 노력이 있다.

　거기에 부끄럽지 않은 성과를 추구한 결과, 스바루의 고등학교 생활은 끝장났다. 다시는 여장 따위 할까 보냐고 생각했었지만, 인생이란 뭐가 도움이 될지 알 수 없는 노릇이다.

　"나츠미의 자세가, 저는 부럽습니다."

　"에에에엑?!"

"어, 어째서 그렇게 놀라죠……?"

"아아, 아뇨, 별로 들어 본 적이 없는 말이다 보니……."

가짜 가슴 속에서, 진짜로 놀란 심장이 펄떡이는 것을 느꼈다.

솔직히 객관적으로 보아서 스바루는 자신이 선망할 만한 사람이라고는 생각지 않는다. 노력과 근성으로 다소 성과는 냈지만, 자기가 보기에는 아직 한참 역부족임을 통감하고 있다.

"저는, 옛날부터 언니 뒤에 숨어서 자랐습니다. 언니는 아는 바와 같은 사람이니까, 언젠가 족장이 될 거라고 아무도 의심하지 않았죠. 저도 그렇습니다."

"타리타 씨……."

더듬더듬, 타리타가 말하기 시작한 것은 자신의 신상 내력이었다.

처음, 타리타가 스바루의 고백에 부응하려고 괴로운 이야기를 시작했다면, 그럴 필요는 없다고 말릴 작정이었다. 스바루가 과거를 언급한 것은 대화 형편상의 문제다.

그러나 고개 숙이며 이야기하는 타리타의 목소리를 듣고 그 생각은 거두었다. 말하고 싶으니까 말하는 거라고 느꼈기 때문이다.

"언니와는, 세 살 터울입니다. 하지만 제가 언니를 커다랗게 느끼는 것은, 고작 세 살 터울이 이유가 아닙니다. 왜냐면, 그렇잖아요?"

"_____."

"언니가 열 살 때 해낸 일을, 같은 나이가 되어도 저는 못해요.

그것은 나이 차이가 아니라 더 다른 무언가의 차이죠. 그것이 무엇인지, 저는 모르겠습니다."

타리타가 하는 말은 그 전부가 스바루의 가슴에도 박혀 들었다.

어디선가 들은 적이 있는 이야기이며, 동시에 누구에게도 밝힌 적이 없는 이야기이기도 하다.

뛰어난 언니에게 느끼는 열등감. 그것은 렘이 품고 있던 감정이다.

동경하던 뒷모습에 느끼는 열등감. 그것은 스바루가 시달리던 감정이다.

'——역시 그 사람 아들이야.'

자신에 대한 실망과 소중한 누군가에게 받는 기대에 느끼는 죄책감.

그것에 거꾸러질 뻔했으나, 타리타는 이 여행에 동행했다. 족장이던 미젤다가 협력을 맹세해 제위 탈환이라는 목적을 내건 아벨의 여로에.

그것은 타리타에게 자신을 다시 돌아보고 인정하기 위한 여행. 그와 동시에 자신에게 쏟아지는 기대라는 중책으로부터 도피하기 위한 수단일지도 모른다.

"이 여행 중에, 답을 내놓아야만 합니다. 아니요, 각오해야 합니다."

"각오……. 그것은, 족장을 물려받을 각오, 말이에요?"

"————."

스바루의 물음에 타리타가 갸름한 턱을 당겨 끄덕였다.

답을 내놓는 것으로는 부적절하고, 각오하는 것이 적절한 운명——. 미젤다에게서 넘겨받은 차기 족장이라는 책임을, 타리타가 어떻게 보고 있는지는 알 수 있었다.

타리타는 족장을 물려받는 것을 피할 수 없다 여기고 있다.

자신에게는 그것을 거절할 권리가 없다고. 그것이 위대한 언니에게 지명되어 다음 대 일족을 이끌어야만 하는 동생의 의무라고——.

"도망쳐도……."

"네?"

"도망쳐도, 된다고 생각해요. 전 그것을 나무랄 수 없어요."

생각지도 못한 말을 들었다고, 눈을 크게 뜬 타리타의 표정이 웅변한다.

이야기 흐름에 따랐다고는 해도, 자신의 심중을 털어놓은 타리타. 처한 상황, 떠안은 불안, 그 얇은 어깨에 얹힌 책무, 그것이 보인다.

책임감이 강하고 자벌적인 타리타가 그것을 필사적으로 떠안고 있음도.

어쩌면 타리타는 여기서 스바루가 '똑바로 해라' 하고, 각오를 떠밀어 주기를 바랐을지도 모른다. 부끄러운 내색도 없이 여장조차 해내는 스바루라면 자신감 부족 따위 마음먹기에 따른다고 조언해 줄 거라 여겼을지도 몰랐다.

그렇다면, 스바루가 입에 담은 것은 그 기대를 배신하는 말이었다.

"다 짊어질 수 없다고, 자신보다 적합한 누군가가 있다고 생각한다면, 짐을 꾸려서 마차를 떠나도 저희는 나무라지 않아요. 적어도, 저는."

"하, 하지만, 제가 없어지면 전력이⋯⋯."

"물론, 그 불안은 있지요. 그렇지만, 어떻게든 할 거예요."

함부로 말을 하고 있다고 스바루는 속으로 자조했다.

이런 이야기, 아벨이 알면 어떤 모멸을 받을는지. 전력 부족인 현재, 결코 빠트릴 수 없는 타리타를 놔주어도 상관없다니, 어느 입으로.

"저는, 필요 없다고⋯⋯."

"아니요, 그것은 크게 잘못 아는 거예요. 저도, 타리타 씨는 인품을 봐도, 전력을 봐도 같이 있어 주기를 바라요. 하지만 그건 제 억지잖아요?"

"억지⋯⋯."

"제가 살려고, 당신더러 마음을 죽이라고 하는 말이니까요."

경험자이며 동류인 스바루는 타리타에게 그러라고 강요할 수 없다.

연상이고, 이 고민에 관해서는 스바루보다 연륜이 있을지도 모르는 타리타에게 먼저 그 암흑에서 빠져나올 기회를 얻은 스바루는 선배 행세를 하며 장담했다.

──자신은, 타인이 될 수 없다.

그것이 아무리 동경하고, 시샘하고, 몸을 애태울 만큼 추구하던 상대여도.

"저희는, '자신' 말고 아무것도 될 수 없어요."

그리고 하다못해 자신을 좋아하게 될 수 있는, 납득이 가는, 자신감을 가질 수 있는 '자신'이 된다.

실망과 낙담, 아주 약간의 달성감을 반복하며 우화하는 나비처럼.

"신물이 나네요."

나직이, 타리타에게 들리지 않을 만큼 작은 소리로 중얼거렸다.

이야기하며 맛본 것은 몇 시간 전에 같은 모닥불을 둘러싸면서 들은 아벨의 지론이다. 무수히 많은 '갖지 못한 자'가, 빈 두 손에 무엇을 잡고 사는지를.

그 이야기의 본질이, 스바루가 하고 싶던 말과 겹치는 것처럼 느껴져서.

"＿＿＿＿."

스바루의 이야기를 들은 타리타의 눈이 헤매며 미혹이 더욱 강해졌다.

그 미혹이 어느 쪽으로 갈지는 타리타가 결정해야만 하는 사항이지만, 무엇을 선택해도 존중해야 한다고는 생각한다.

스바루는 쏟아지는 기대와 부응하지 못한다는 죄책감으로부터 도망치고 말았다.

심지어 자신이 이세계에 소환된 것은 그런 도망치고 싶은 기분을 참작한 누군가의 오지랖인 것이 아닌가 의심조차 한 적이 있다. 만약 그 때문에 부모에게, 환상이 아닌 진짜 부모에게 이별을 고하지 못했던 거라면 너무나 괴롭지만——.

"도망칠 수 있던 것은, 구원이기도 했답니다."

적어도 자기 방에서 기대와 죄책감 사이에 낀 채로 있었다면, 나츠키 스바루의 지금 심정에 도달할 일은 없었다.

자기 일만으로 빠듯해서 누군가를 위해서 무언가를 하겠다거나, 해 주고 싶다거나, 그런 일에 골몰할 여유가 없는 스바루로 남았으리라.

싸울 수 있는 준비가 갖추어질 때까지, 도망치는 것은 나쁜 일이 아니다.

어쩌면 싸우지 않는 것도 선택할 수 있는 세계여야 마땅하다.

"자신감과 각오……."

"네?"

"자신감과 각오도 부족합니다. 하지만 그게 전부인 것은 아니라서……."

스바루의 실제 경험에서 나온 이야기를 들은 타리타가 입술을 달싹거리면서 중얼거렸다.

타오르는 모닥불이 터지는 소리에 삼켜질 만큼 가느다란 그 소리는, 어쩌면 무력한 자신의 신상 내력을 이야기했을 때 이상으로 절실한 감정을 품고 있었다.

그런, 다 떠안지 못할 무게에 짓눌리면서도 타리타가 힘없이 말을 이었다.

"만약, 자신이 큰 실수를 저질렀다고 한다면…… 어떡해야 그것을 갚을 수 있을까요."

"실수와 속죄…… 타리타 씨가, 말인가요?"

스바루가 되묻자 타리타의 숨이 "아." 하고 새어 나왔다.

부릅뜬 그 눈을 스친 후회, 그것은 방금 이야기한 실수와 마찬가지로 여기서 스바루에게 이야기한 참회 같은 말에 대한 후회가 엿보였다.

언니에 대한 열등감과는 다른 형태로, 타리타의 미래에 어두운 그림자를 드리우는 후회가.

"이상한 소리를…… 잊어, 주세요."

최종적으로 나온 것은 끝맺을 수 없는 이야기를 끝맺지 않겠다는 결론이었다.

답을 얻은 것이 아니라고, 그렇게 한눈에 알 만한 타리타의 표정. 그러나 억지로 더 캐물을 수는 없다.

언젠가 말하고 싶어질 때, 곁에 있을 수 있다면 좋겠지만——.

"형제, 슬슬 교대할 시간이야."

스바루가 결론을 내린 차에 마차 쪽에서 목소리가 들렸다.

굵은 목소리를 꺾으면서 알이 천천히 모닥불로 걸어왔다. 불침번은 세 시간 간격으로 교대하는 약속으로, 스바루의 교대 시간이 온 모양이다.

"아벨과 루이가 로테이션에서 빠진 것은 불만이지만요……."

"관둬, 관둬. 아벨이 황제 자리로 복귀했을 때, 불침번 세웠던 탓에 처형이란 사태가 되면 큰일이잖아?"

"여행 중의 원한을 들고 나온다면 제 목을 몇 개 늘어세우면 될지 이제 판단도 가지 않는 상대라고 생각하지만요."

"자각 있다면 참아 달라고. 같이 있으면 조마조마하니까."

스바루의 투덜거림을 들은 알이 지당한 호소를 밝혔다.

그렇다고는 해도 아벨의 태도에 항의하고 싶은 자세는 이후로도 고수한다. 누군가가 말해 주지 않았으니까 아벨은 저렇게나 오만불손한 폭군인 것이다.

실권이 없는 도망자일 동안에 조금이나마 성격을 교정해 두는 것이 좋으리라.

"그러지 않으면, 저희의 공헌으로 복귀해도 또 금방 다른 반란이 일어나서 이번에야말로 단두대에 올라갈걸요."

"아~ 그쪽에 관해선 맡기련다. 공주를 보면 알다시피, 나는 기본적으로 되는 대로 한달까, 방임주의라는 거라서."

알은 손을 설렁설렁 흔들고 스바루의 생각을 바꾸려는 시도를 팽개쳤다.

그런 미덥지 못한 알의 모습에 한숨지은 스바루는 다시 타리타와 마주했다. 모닥불을 바라보면서 생각에 잠긴 모습에 "타리타 씨."라고 불렀다.

"저는 물러나겠어요. 알의 성희롱이나 시답잖은 농담을 못 버티겠다 싶을 경우, 바로 알려 주시어요."

"성희롱……?"

"공주에게 하는 짓은 안 한다고! 잘 생각해서 거리감이나 친밀도에 맞추고 있단 말이야. 때와 장소를 잘 가린다는 거지."

"제가 질색하는 거네요."

자랑이 되지 않는 자기 평가를 읊은 스바루는 알을 살짝 손짓해 불렀다.

"혹시 타리타 씨에게 인생 상담을 받을지도 몰라요. 그때는, 경험이 풍부한 선배로서 이끌어 주시어요."

"경험이 풍부한 선배라니, 나랑 정반대인 형용사란 느낌 안 들어? 남의 인생은 책임지지 못하니까 그런 쪽에서 적극적으로 도망 다녔는데."

"거북한 걸 극복할 기회랍니다. 피망이랑 똑같아요."

피망을 거북해하는 에밀리아와 베아트리스도, 어떻게든 편식을 없애려고 과감한 도전 정신을 잃지 않으며 다양한 형태로 무찌르고자 노력하고 있다.

현재 둘 모두 한 번도 승리하지는 못했지만, 싸움을 계속하는 한, 언젠가는 무찌를 날도 오겠거니 스바루는 믿고 있다.

"그러니까, 알도 힘내 주시어요."

"못 먹는 야채를 극복하는 것과 동급으로 취급받아서 영 감동이 없는 건 나쁜가."

적어도 지금 이야기는 스바루를 분발시키는 조건을 충족하고 있으므로, 그에 감동받지 않는 알 쪽에 문제가 있다는 것이 스바루의 결론이었다.

"나츠미, 내일 또……봐요."

"네, 내일 또 봐요."

모닥불 앞을 알에게 양보하고 마차로 물러가려는 스바루에게 타리타가 말을 건넸다.

그 힘없고도 확고한 내일의 약속은, 지금껏 한 말을 받아들이면서 내일도 얼굴을 맞대겠다는 희망을 스바루에게 주었다.

도망치는 것은 나쁜 일이 아니다. 도망친 결과, 얻을 수 있는 힘도 있다.

하지만 도망치지 않고 싸우기를 결심하고, 그로써 승리하는 사람도 분명히 존재한다.

스바루는 타리타가 그리 되면 좋겠다고 생각했다.

"모두, 여러 가지로 각자 생각이 있다…… 당연한 일이네요."

저녁 식사 후 미디엄과 나눈 대화나, 방금 타리타의 인생 상담, 스바루는 그들의 몰랐던 사람됨과 접촉하여 여행의 영향을 절실히 느꼈다.

그것은 흉금을 터놓았다고도, 서로 다가간 성과라고도 할 수 있으리라. 여정을 함께하는 동료라면 이해를 서로 다져서 나쁠 것은 없다.

그렇기에——.

"당신도, 다소는 저희에게 마음을 터놓아 주면 어때요?"

간단한 막으로 침상을 나눈 어두운 마차 안, 스바루는 가장 앞자리의 인영을 향해서 그렇게 말했다.

일단 침상은 남자가 앞쪽이고 여자가 안쪽으로 나누었다. 그리고 스바루와 알 두 명이 누워 있지 않은 현재, 앞좌석에 몸을 쉬고 있을 용의자는 한 명밖에 없다.

그것은 암흑 속에서 어렴풋이 떠오른 검은 눈의 인물로——.

"모처럼 저희가 불침번을 서고 있으니까, 최소한 그 혜택은 제대로 누려 주었으면 좋겠네요."

"한쪽 눈을 뜨고 자는 것은 볼라키아 황족의 습관이다."

오래된 영화에서 살인 청부업자가 한쪽 눈을 뜬 채로 자는 습관이 있다고 말하는 내용이 있다. 그것과 완전히 같은 답을 돌려준 것은 어스름에 녹아드는 아벨이었다.

이전, 인간의 뇌 구조상 그러기는 어렵다고 들었지만 눈앞의 아벨이 실제로 습관화한 이상, 아무래도 불가능한 일은 아닌 모양이다.

다만 지금은 그 사실에 감탄하는 것보다, 어이없는 기분 쪽이 앞섰다.

"저희가, 당신이 잘 때 습격이라도 할 것 같아요?"

"_____."

"성곽도시의 함락에 가담하고, 마도에 구신장을 권유하러 가는 것도 동행한다. 그런데도 저희가 아직 당신에게 해를 끼칠 가능성이 있다고 생각하는 거여요?"

천천히, 타이르듯이 말을 거듭하는 스바루. 하지만 아벨의 투철한 표정은 흔들림 없다. 그 눈은 습관대로 오른쪽 눈과 왼쪽 눈으로 번갈아 깜빡이고 있다.

그 횟수조차도 최소한이라, 그것은 두 눈을 감고 잘 수 없는 것하고 같은 이유이리라.

"내 자세를 일그러트리려 하다니 건방 떨지 마라. 네놈의 분수를 알아라."

"_____."

"마도는 가깝다. 네놈은 자기 역할을 다해라. 그 이상은 바라지 않고, 용납하지 못해."

그렇게 말하고 아벨은 구태여 한쪽 눈을 감아 스바루에게 단절을 제시했다. 그 말 붙일 엄두도 내지 못할 태도에 스바루는 쓴맛을 느끼며 고개를 저었다.

"그렇다면 저는…… 나는, 열심히 코나 골도록 하마."

뒤집어쓴 나츠미 슈바르츠의 도금이 벗겨지고 나츠키 스바루의 본성이 드러난다.

그대로 아벨의 대꾸를 기다리지 않은 채로 스바루는 최대한 떨어진 좌석에 잠자리를 잡은 뒤, 가발을 벗고 옷을 느슨하게 풀어서 누웠다.

차라리 아벨을 향한 반발심으로 스바루도 깨어 있을까 싶었지만, 그러는 의미도 정답도 알 수 없었으며, 피곤한 몸은 어느덧 의식을 놓고 있었다.

갖은 문제와 불안, 관계치의 변화를 머금은 채로 일행의 여행은 이어진다.

──마도 카오스프레임에 도착할 날은, 이미 목전에 다가와 있었다.

5

"아─! 우─!"

마부석에 있는 루이가 정면에 보이는 시가지를 손가락질하며 엉덩이를 들썩거렸다.

질풍마를 모는 데 방해하지 말라고 주의 주고 싶지만, 고삐를 잡고 있는 미디엄은 루이의 어깨를 끌어안고 "이해해, 이해해!" 하고 즐거운 눈치라 그것도 멋모르는 짓이다.

덧붙이자면, 같은 것을 보는 스바루도 그럭저럭 압도되고 있었다.

"저것이, 마도 카오스프레임……."

스바루는 꿀꺽 목울대를 울리며 무심코 자기 몸으로 놀란 기분을 표명하고 말았다.

루그니카에서도 수문도시 프리스텔라의 압도적인 정경에 눈길을 빼앗기고, 볼라키아에서는 왕국과 다른 건축 양식의 시가지에 감탄한 적도 있었다.

하지만 눈앞에 다가오는 마도의 광경은 그 어느 것과도 다른 충격을 스바루에게 초래했다.

스바루의 인식으로는, 도시란 다수의 사람들이 살기 위한 집합체이며, 그러기 위해서 통일된 룰이나 규격이 시가지에 '개성'으로서 나타날 터다.

그러나 카오스프레임에는 그런 통일감이 느껴지지 않았다.

실로 '혼돈'이란 이름이 붙은 도시다운, 잡다하고 적당한 주의주장의 도가니――. 도시 중앙에는 적색과 청색의 대조가 강렬한 성이 존재를 주장하며, 거리는 성을 둘러싸듯이 원형으로 이루어져 있다. 일견 루그니카의 왕도와 가까운 구조로 보이지만, 그쪽은 귀족가나 평민가를 계층별로 구분하는 규칙성이 있었다.

하지만 카오스프레임에는 그런 것이 없다.

찬란한 건물 옆에 낡은 폐허가, 낮은 높이의 건물이 줄지은 길거리에 갑자기 곱절 이상이나 커다란 첨탑이, 녹색이 우거진 공원과 인접해서 황폐한 모래밭이 존재한다.

　그런 경관 위에는 멋대로 이어붙인 들보나 발판이 무수하게 걸려 있어서 멀리서 보면 도시 전체가 거미집으로 뒤덮인 것처럼 보이기까지 했다.

　규율과 정돈, 통틀어서 '정상'과는 무관. 마도라고 불리는 값은 한다.

　도시가 일체가 되어 주장하고 있다. 이곳은 틀림없이 혼돈이 만연하는 땅이라고.

　"──『거인의 일격』으로 쉽게 무너질 거리로 보이네."

　가까워지는 도시의 잡다함에 눈을 가늘게 뜬 스바루에게 나란히 선 알이 말을 건넸다. 그는 손으로 만든 차양을 투구 이마에 대면서 마도의 정경에 관해 그렇게 말했다.

　아무래도 좋지만, 투구 위로 차양을 만들어서 의미가 있기는 할까.

　"응? 왜 그래, 형제. 무슨 일 있어?"

　"아니, 별 일은. ……그러고 보니, 『거인의 일격』이라면?"

　"어라? 형제의 본토에선 그런 말 없어? 지진이라거나, 그런 거 가리키는 말인데."

　낯선 표현에 대해 묻자 알이 갸우뚱하며 되물었다.

　알과는 동향이라고는 해도, 이 경우의 고향이란 넓은 의미로 '원래 세계'를 의미하는 것이다. 당연히 진짜 의미로 말하는 본

토는 다를 것이다.

그러나 오니와 관련된 속담은 많아도 거인과 관련된 속담은 별로 기억이 없다.

"혹시, 야구 구단과 관련 있기라도 해? 나는 잘 몰라서."

"아~ 아니, 어땠었나. 나도 어디서 그 말을 들었는지 기억 못하고, 야구를 특별히 좋아하던 기억은 없지만."

"그런가. 맥주 마시면서 야구 중계 보는 거 어울릴 성싶은데."

"애초에, 나는 그딴 거 마시지 않았거든."

쓴웃음을 섞은 알의 말에 그가 이세계에 소환된 연대를 떠올린 스바루는 '하긴 그런가' 하고 속으로 납득했다.

어쨌든 그런 잡담을 나누는 사이에 일행을 태운 마차는 마도 입구, 혼돈의 도시로 출입을 감시하는 문에 접어들었다.

이곳을 넘어서는 것이, 지금까지의 여정 중 마지막 관문이며, 승부할 곳이다.

그렇게 생각하며 스바루도 기합을 넣고 『나츠미 슈바르츠』의 재구축을──.

"──통과."

"네이~! 고마워."

"우~!"

통행료를 받고 마차 안을 가볍게 둘러보고 통행 허가를 내린 거한. 그것은 도시 경비병의 역할을 맡은 단안족(單眼族)── 얼굴 중앙에 커다란 눈이 딱 하나 달린 인물이었다.

슬쩍 본 것만으로 입장 허가가 떨어져 스바루로서는 김이 샜다. 어쩌면, 저 특징적인 단안에는 무언가 특별한 것을 보는 힘이라도 깃들어 있는 것일까.

"그것을 이유로, 문지기로 지명되었을지도 모르겠네요."

"쓸데없이 고찰하는 모양이지만, 단안족에게 그런 힘은 없다. 두눈박이보다 다소 먼 곳을 볼 수 있다고는 듣지만 눈의 역할에 차이는 거의 없지."

"그렇겠죠! 그야, 이렇게 수상한 마차를 그냥 보냈는걸요!"

턱에 손을 짚고 자기 딴의 납득을 찾으려던 스바루가 부르짖었다.

스바루의 호소에 붉은 귀면(鬼面)으로 얼굴을 가린 아벨이 콧방귀를 뀌었다.

마도에 도착하자마자 가면을 쓴 아벨에게 스바루가 가면을 벗으라고 연거푸 호소했지만 효과는 없었다. 부아가 치미는 것은, 아벨의 의도대로 경비병이 이렇게나 수상하게 귀면을 쓴 남자를 아무 일도 없는 것처럼 무시한 사실이다.

"심각한 사태여요. 도시의 첫 방위역인 문지기가 저런 식이라니…… 대체 무슨 법이 통하고 있는 거라지요."

"저도, 나츠미와 같은 의견입니다. 소매가 있는 옷을 입고 있는데 아무것도 물어보지 않다니."

"으음…… 그 놀람, 제 놀람과 살짝 질이 다른 것이네요……."

얼굴이 뻣뻣한 타리타가 찬동하지만 공교롭게도 그 컬처 갭은 스바루와는 다른 발상에 속했다.

스바루 쪽은 도시의 자세, 타리타의 경우에는 『슈드라크의 민족』의 자의식일까.

"어흠. 그건 그렇다 치고, 문제의 마도에 들어왔는데요……."

엉성한 검문을 넘어선 마차는 잡다하고 무질서 그 자체인 거리에 압도되었다.

마부석에서는 일일이 감명을 받는 미디엄과 루이의 새된 환성이 터지고 있으며, 스바루도 외관만으로는 알지 못할, 내부에서 보는 마도의 광경에 눈을 크게 떴다.

우선, 도시에 들어오고 눈에 띄는 것은 여태까지 비슷한 것을 보지 못했을 만큼 많은 인종이었다.

문지기인 단안족의 임팩트도 상당했지만, 한번 도시에 들어오니 그 존재도 특별히 눈길을 끌 만한 것이 아니었음을 깨달았다.

메이저한 쪽을 말하자면 다양한 수인(獸人)—— 묘인족(猫人族)이나 견인족(犬人族)에 그치지 않고, 토인족(兎人族)이나 사자인족 같은 크고 작음이 명확하게 갈리는 종족이 길을 오간다.

파충류 같은 모습을 가진 석척인족(蜥蜴人族) 무리가 가게를 열고, 많은 팔을 가진 다완족(多腕族), 기이하게 머리카락이 긴 집단은 패션인지 종족적 특징인지, 그것도 알 수 없다.

그렇게 생각했더니 돌덩이 그 자체가 걷고 있는 것만 같은 종족이 있거나, 몸 일부가 다른 종족과 혼합된 키메라 같은 존재도 눈에 띄었다.

"————."

그 무분별한 종족의 혼성에 스바루는 꽤 쇼크를 받았다.

물론, 루그니카의 왕도에도 스바루가 이세계에 소환되었다고 금세 알아챌 만큼 임팩트가 있는 광경은 있었다. 하지만 그 뒤, 이 세계에서 살아가기 위한 지식을 익히는 중에 아인족(亞人族)을 둘러싼 복잡한 사정도 다소나마 배웠다.

하프엘프이기 때문에 배척당한 경험이 있는 에밀리아를 필두로, 이 세계에서 아인족의 환경은 결코 혜택받았다고는 할 수 없다. 외견에 강한 특징이 드러나는 종족이라면, 트러블을 피하기 위해서 평생 사람 사는 곳을 떠나서 사는 예도 있다고 한다.

가필의 고향인 『성역』도 그런 편견에 의해 생긴 땅이었다.

그러나 스바루의 눈앞에 있는 카오스프레임은 어떠한가.

다종다양한 종족이 어깨를 나란히 하고 거리낌 없이 지내는 것도 그렇지만, 스바루가 가장 놀란 것은 그렇게 지내는 그들의 등줄기였다.

등을 꼿꼿하게 세우고 누구나 당당히 자신의 원류를 주장하고 있다.

수인이 손톱 및 송곳니를 깎지 않고, 석척인이 비늘을 갈지 않고, 이형이색으로 간주되는 자들이 얼굴과 몸을 천으로 가리지 않는다. ——그것이, 스바루의 눈에는 신선하게 비쳤다.

"어떠한 법이 통하고 있느냐고, 네놈은 그렇게 말했지."

홀로 좌석에 앉아 있던 귀면의 아벨이 불현듯 그렇게 말을 꺼냈다.

마부석의 미디엄 쪽만이 아니라, 스바루와 알, 타리타조차도 주위를 흥미롭게 둘러보는 가운데, 얼굴을 가린 황제는 스바루의 의식을 자신의 말에 유도하고 뒤이었다.

"보다시피, 여기에 있는 것은 무법이다. 어떠한 법이 통하느냐고 물으면, 무형의 법이 통하지. 질서의 본질을 비웃는, 악덕의 도시라고 할 수 있겠군."

"악덕이라니…… 사람이 감동하고 있는데, 찬물을 끼얹네요."

"감동? 감명을 받았나. 네놈 같은 바깥사람이라면, 그도 당연한가."

입술을 뒤튼 스바루의 대꾸에 아벨이 호리호리한 어깨를 으쓱였다.

바깥이라는 표현이 또다시 외부인 취급받는 느낌이라 스바루는 며칠 전 마차에서 언쟁을 벌인 기억을 떠올리고 말았다. 물론, 감정적이 된 것이 스바루뿐인 이상, 그것을 말다툼이라 불러도 상대는 코웃음 치리라.

"근데, 무질서 그 자체가 질서 비슷하게 되었다는 게 이 도시의 일관적인 콘셉트라는 거 아니야? 그 부분은 어때, 아벨."

"질서의 본질을 물으면 이 도시가 무질서인지 아닌지 시비가 갈리지. ──네놈은, 애초에 질서의 본질이 어디에 있다고 생각하지?"

"선문답 같은 질문을 받았군……. 형제, 패스!"

알이 빨리도 고찰을 팽개치자 스바루는 한쪽 눈을 감았다.

그렇다고는 해도 자존심이 없는 알과 달리 스바루는 쉽게 백기를 드는 데 저항감이 있었다. 상대가 아벨이라면 더더욱 그렇기에 머릿속에서 가능한 한 논리를 주무르다가 답변했다.

"질서의 본질은, 그거 아닌가요. 그 왜, 다 같이 사이좋게! 평화!"

"질서의 본질이란, 같다는 것이다."

아벨은 초등학교 저학년 같은 스바루의 의견에 반응하지 않고 말했다.

그 말에 스바루가 눈썹을 찌푸리자, 아벨은 이어서 보충했다.

"많은 이가 같은 가치관을 공유하는 것. 교리나 신념, 목적이나 욕망이라도 좋지. 개인이 아니라 집단에 있어, 그자들 간에 일탈하지 않는 동일성이야말로 질서라 불린다. 그 질서라는 토대 위에 쌓이는 것이 네놈이 말하는 몽상이지."

"몽상……. 평화가, 그렇게 어처구니없다는 거야?"

"투쟁은 피할 수 없는 인간의 본능이다. 그걸 위한 무기가 검이 아니라 말이나 나라가 되어도 본질은 변함이 없어. 하지만 질서는 붕괴로부터 연이 먼 환경을 형성하는 절호의 구조지. ──보아라."

아벨이 턱짓하여 창문 밖으로 일행의 의식을 돌렸다.

자신은 좌석에 앉은 채로 그가 가리킨 것은, 일부러 창밖을 바라보지 않아도 거기에 있다고 확신이 생길 만한 것── 이, 마도의 상징인 성.

"광대가 말했다시피, 이 도시에는 무질서라는 질서가 깔려 있다. 그리고 많은 종족의 도가니로 화함에도 도시가 붕괴에 빠지지 않은 근거가 저것이다."

"저 성…… 아니, 성 안의……."

"──요르나 미시구레."

희미하게 몸서리치는 스바루의 고막을 아벨의 음성이 세게 두드렸다.

목소리는 딱딱하고, 표정은 귀면에 가려져서 엿볼 수 없다. 과연 그는, 『구신장』에서 으뜸가는 문제 인물이며, 자신의 제위 탈환을 위해서 빠트릴 수 없는 상대를 어떻게 여기고 있을까.

세로로도 가로로도 잡다한 것이 줄지어서 통일성이 없는 사람들이 오가는 마도.

그 도시의 중심에 우뚝 선 성은 드높아서, 마치 자신의 앞마당에 쳐들어온 황제 일행을 내려다보며 운명을 가지고 노는 것을 즐기는 것처럼 보이기까지 했다.

6

『구신장』 중 한 명, 요르나 미시구레에 대해 아는 사항은 적다.

마도 카오스프레임의 지배자이며, 제7위의 지위가 주어진 제국 일장. 그러나 황제의 검 중 한 자루로 꼽힘에도 여태까지 여러 번 모반을 일으킨 위험인물.

황제의 온정으로 제적도 처형도 모면했으나 전혀 켕길 줄 모르는 재화(災禍)의 꽃──.

보고 · 연락 · 상담을 할 줄 모르는 황제 대신 그렇게 스바루에게 가르쳐 준 것은 지크르이며, 그가 그 인간성에 말끝을 흐린 것은 그녀와 세실스 두 명뿐.

"즉, 제국에서 가장 머리가 이상한 남녀, 그중 여성 쪽이라는 뜻이 아닌가……."

그렇게 말했다가 이다음 일을 생각한 스바루의 가짜 가슴이 무거워졌다.

현재, 교섭 상대는 여자 쪽이지만 언젠가는 남자 쪽과도 만나야 한다. 심지어 아군으로 끌어들이지 못하면 거의 패배가 결정난다는 황당한 속박까지 있다.

다만 세실스는 몰라도──.

"거리를 보고, 요르나라는 여성의 인상이 바뀌었네요."

인식의 변화, 그 이유는 마도와 거기서 사는 사람들의 모습을 본 것이 이유다.

오는 중에 아벨이 말한 '질서' 의 강연은 단순히 똑똑한 발언으로 우위에 서고 싶은 것이 아니라, 이 도시에서 질서의 본질에 초점을 맞추도록 하기 위한 의도였으리라.

사람이나 물건이나 잡다하고 무질서로 넘치는 카오스프레임. 그 혼돈을 넣고 끓인 냄비를 붕괴시키지 않는 질서의 상징── 그것이 바로 요르나 미시구레라고.

그녀의 존재야말로 무질서의 집합인 마도에 유일한 질서를 가져오고 있다.

그 능력을 평가하고 있기에, 아벨은 그녀를 『구신장』에서 파면하지 않는다.

물론──.

"반드시 보통내기가 아닐 테니, 손해 보는 역할을 맡았네, 형제."

그렇게 말한 알이 책상다리로 앉은 무릎을 두드리고 웃었다.

널빤지 바닥 위, 해이한 자세로 있는 알을 흘겨보며 정좌한 스바루는 슬쩍 한숨을 쉰다. 알의 평상심에는 구원받을 때도 많지만, 그것도 케이스 바이 케이스다.

"알, 정신 바짝 차리세요. 언제 어디서 보고 있을지 모른답니다. 그리고 저를 형제라고 부르는 것도 그만두세요."

"네이네이……. 근데 형제를 뭐라 부르면 되는 건데? 자매라고 쓰고 형제?"

"그거, 한자를 모르는 분은 이해하지 못하는 것 아닌가요?"

일본어의 다채로운 표현력과 아름다움에는 가슴 떨리는 것이 있지만, 현재 스바루와 알 사이에만 통하는 은어를 늘려 봤자 의미가 없었다.

"미디엄 씨나 타리타 씨, 덤으로 아벨을 편히 부르고 있으니까, 저도 그래 주면 자연스럽지 않을까요."

"그러면, 나츠미인가? 헉, 닭살!"

"참아 주시어요! 참 내, 침착성이 없긴……."

오른팔 살갗에 돋은 소름을 보여 주는 알을 스바루가 인솔자로서 질책했다.

그것도 이상한 이야기지만, 이번 인선은 연공서열이 도움이 되지 않으니 어쩔 수 없다. 역할상으로도 가장 중요한 입장인 스바루가 주의를 기울이는 게 적절할 것이다.

여하튼――.

"――이미,『홍유리성(紅瑠璃城)』안에 들어왔으니까요."

입 안으로만 중얼거린 스바루는 자신의 마음을 다잡으려 했다.

그렇다. 이미 스바루 일행은 마도의 중추, 청색과 적색으로 기이하게 빛나는 성 안에 초대받아 도시의 통치자인 요르나 미시구레와의 접견을 요구한 뒤다.

――마도에 잠입하는 데 성공하니, 그다음 활동은 빨랐다.

질풍마와 마차째로 묵을 수 있는 여관을 찾아내어 방을 잡은 뒤에는 요르나 공략을 위한 행동을 개시한다. 오는 중에 할 일은 대화를 나누었기에 지체는 없었다.

위험한『구신장』, 요르나를 아군으로 끌어들일 방책이란――.

7

"이것을 성주, 요르나 미시구레에게 보내라. 녀석의 반응이 있을 것이다."

그렇게 말하고 아벨이 스바루에게 건넨 것은 그가 적은 편지 한 통이었다.

편지를 넣은 봉투는 밀랍으로 봉인되어 개봉 불가능한 상태다. 봉투를 밀랍으로 봉하고 식어서 굳기 전에 문장이 들어간 반지를 찍는 것을 출처의 증거로 삼는 행위는 귀족에서는 일반적이다.

단, 맡은 편지의 봉랍에 그런 증거는 찍히지 않았다.

"공교롭게도 내가 가지고 나온 황제의 증거는 둘 다 부서졌다. 한쪽은 네놈의 손으로, 다른 한쪽은 과랄의 도시청사에서 말이지."

"아아, 『혈명의 의식』과 『아라키아의 난』 때군요. 하지만 증거 없이 읽어 주기나 할까요. 만약 읽더라도 믿어 주지 않는 게?"

"쓸데없는 염려는 필요 없다. 내용을 밝힐 생각은 없지만, 읽으면 나라는 것을 녀석은 알 수 있다."

"과연. 참고로, 당신이 직접 가는 것이 확실하지 않은가요?"

받아든 편지를 품속에 넣으면서 스바루는 솔직하게 물었다.

편지를 넘기는 흐름이 된 것은 아벨이 성에 동행하지 않겠다고 말을 꺼냈기 때문이다. 다만 이쪽 사정을 밝힐 거라면 그가 현장에 있는 것이 가장 빠르다 싶었다.

애초에 요르나와 직접 만나지 않을 거라면 그는 뭘 하러 따라왔단 말인가.

"그러면 검문에서 당황할 것도 없어서, 오는 길도 더 평온했을 거라 생각하는데요……."

"네놈의 불경은 그칠 줄을 모르는군."

"그래도 당신, 혼자만 저희의 단결을 어지럽히고……."

엄밀히는 루이도 같은 조건에 해당하지만, 이 자리는 아벨에게 비꼬는 말을 하고 싶은 상황이기에 스바루의 마음을 어지럽히는 전문직인 루이에 관해서는 치워 둔다.

"말하지 않더라도 요르나 미시구레와는 직접 말을 나눌 것이다. 하지만 일찍부터 내가 얼굴을 보이는 건 상황이 좋지 않아.

네놈도 눈치를 채라."

"눈치를 채라니…… 아아, 듣고 보면."

귀면 너머로 언짢은 티를 내는 아벨의 말에 스바루는 조용히 납득했다.

생각해 보니, 여태까지 수도 없이 반란을 일으켰다는 상대다. 요르나 입장에서는 아벨의 통치에 불만이 있기 때문에 일으킨 모반이었을 터.

당연히 아벨과 요르나의 관계는 물과 기름. 상황에 따라서는 불씨가 있는 화약고 같은 꼴이리라. ——용케 마도까지 발길을 옮길 마음이 든 격이다.

"네놈은 편지를 요르나 미시구레에게 넘겨라. 단, 그것이 내가…… 황제가 보낸 친서라는 사실은 덮어 두도록."

"응, 어째서? 그거 말하지 않으면 문전박대당하지 않아?"

"만일을 위해서다. 편지를 훑어보면 나쁘게 대하지야 않겠지만, 편지를 주기 전의 변심까지는 나도 예측할 수 없다. 따라서 성에 들어갈 수단은 궁리해 봐라."

"궁리……."

생각지도 못한 난제가 투하되어 스바루는 놀라면서도 아벨을 쳐다보았다.

그는 팔짱을 끼고 귀면으로 표정을 숨긴 채 말했다.

"이 도시를 보면, 녀석의 기질이나 대략적인 호오의 저울은 파악할 수 있겠지. 네놈이 가진 잔꾀를 활용해 그것의 흥미를 끌어라."

"표현에 악의가 있어요!"

"차선책도 있지만, 그쪽에 의지하는 것은 피하고 싶군. 앞날이 막히게 돼. 내 목적을 생각하면 앞날은 길다. 이해하겠지?"

"정말로, 잘난 척하는 남자여요……."

시험하는 듯한 아벨의 말투에 스바루는 입술을 뒤틀어 불평을 드러냈다.

지금이라면 요르나와 함께 아벨 상대로 모반을 일으키는 것도 썩 싫지 않다. 오히려 요르나와 의기투합해 친우가 될 기분마저 들 정도다.

"그럼, 그쪽 방향으로 진행하겠어요."

"무언가 번뜩인 모양이지만, 멀쩡한 내용은 아닌 듯하군."

멀쩡하지도 않은 짓의 발기인이 그렇게 말해도 아무 설득력도 없었다.

8

그런 흐름을 참작해 스바루 일행은 마도의 중추, 요르나 미시구레의 거성인 『홍유리성』으로 들어섰다.

아벨의 요망대로 성에 들어갈 방법은 그의 이름을 꺼내지 않는 형태다.

다소 변칙적인 수법이긴 했지만, 문지기와 마찬가지로 별다른 경계심을 보이지 않는 성의 병사들은 선선히 스바루 일행의 이야기를 위에 전하고 대합실로 들여보내 주었다.

그 때문에 스바루 일행은 넓은 대합실에서 관계자의 목소리가 들리기를 기다리고 있었다.

　성의 분위기는 어딘지 일본의 성을 연상케 하며, 기다리는 방에 감시자의 모습은 없다. 척척 수월하게 진행되는 이야기에 스바루는 잘 풀린다 기뻐하기보다 보안면에 불안을 느끼고 있었다.

　"물론 우리야 좋지만…… 이런 식으로 방문자를 성에 들이면, 아무리 일장이라고 해도 쉽게 암살 기도를 당하는 게 아닌가요?"

　"실제로 우리의 무기도 몰수하지 않았고 말이지. 설마 하던 노 체크로 입구 통과되었을 때는 내 쪽이 당황했지 뭐야."

　"그야, 우리 날뛸 생각도 없는걸. 알도 참 이상해!"

　관대하다기보다, 오로지 무방비한 상대의 대응에 스바루와 알은 기가 막혔다. 하지만 그런 두 사람이야말로 생각이 지나치다고 얌전히 옆으로 앉은 미디엄이 큰소리로 웃었다.

　사자로서 홍유리성에 들어온 것은 스바루와 알, 그리고 미디엄 세 사람. 남은 아벨과 타리타, 그리고 루이는 여관 대기조였다.

　명목상 호위로 남은 타리타지만, 아벨과 루이라는 손이 가는 두 사람을 맡긴 점을 감안하면, 그 실상은 보호자라는 편이 적절하리라.

　"하다못해, 타리타 씨의 마음고생에 보답이라도 해야…… 그러기 위한 작전이고요."

　"나츠미, 엄청 대담하네! 나도 알찡도 놀랐는걸."

　"엉, 알찡 깜짝 놀랐어."

　뻔뻔스럽게 미디엄에게 편승하는 알. 그의 태도에 감정은 있으면서도 스바루는 "그렇지요?" 하고 살짝 콧대를 높였다.

사자로서 아벨의 편지를 보내는 역할을 분부받았음에도, 아벨의 이름을 꺼내서는 안 된다는 주문에 막막하던 스바루는 광명을 얻었다.

　실제로 그 발상이 긍정적으로 작용했기에 이렇게 입성이 허가된 것이리라.

　"공략의 힌트는, '아벨 빡쳐'여요."

　"아하하, 나츠미는 아벨찡에게 자꾸 시비를 걸지~. 굉장하다 싶어."

　"굉장하다? 제가요? 아벨의 더러운 성격이요?"

　"양쪽 다!"

　"미디엄도 배짱이 보통이 아냐."

　미디엄이 힘차게 손을 들고 스바루와 아벨의 관계를 언급했다.

　스바루와 아벨, 두 사람의 관계는 물과 기름까지는 아니다. 서로 같은 방향으로 걸을 수밖에 없으니까 할 수 없이 어깨를 부딪치면서 나아가고 있는 꼴이다.

　비슷한 관계를 들자면 이전의 스바루와 율리우스라고 할 수 있을 것이다.

　다만 플레아데스 감시탑의 일도 포함해 스바루는 율리우스를 믿고 있다. ──절대로 본인에게는 말하지 않을 거고, 태도로 드러낼 생각도 없지만.

　"하지만 그것도 쉬운 얘기가 아니었어요."

　짧게 말하면, 응어리가 풀어지면서 마음을 터놓았다고 할 수 있으리라.

그러나 그것도 긴 여정을 거치며 상당한 산과 고비를 넘어선 결과다.

인간관계의 개선이란 쉬운 것이 아니다.

적어도 그것을 개선하자고 양쪽 다 생각하지 않는 한, 황폐해진 길은 평탄해지지 않는다.

한쪽이 다지려고 해도, 한쪽이 밟아 뭉개는 한, 결코.

"오래 기다리셨습니다. 사자 여러분, 이리로."

그런 씁쓸한 감상은, 대합실에 나타난 안내역의 말로 중단되었다.

그 머리에 큰 사슴뿔이 난 녹인족(鹿人族) 소녀는 머리의 뿔 말고는 거의 인간의 특징을 남긴 반수인이다. 연령은 10대 중반 정도로, 지나치게 화려하지 않은 기모노를 걸치고 있다.

사뿐사뿐 앞장서는 소녀의 모습은 스바루의 지식에 있는 무언가 비슷한 것을 상기시켰지만, 그것이 무엇인지 구체적으로 떠올리지 못한 채 세 사람은 성의 최상층으로 안내받았다.

"마치 천수각(天守閣) 같네요……."

접견 장소라고 안내받은 넓은 방을 보고 스바루는 감개 깊게 중얼거렸다.

외부에 넓게 개방된 계층 및 방 구조, 그것은 역시 스바루가 아는 고풍스러운 일본의 성곽과 비슷한 테이스트가 있다. 천수각까지 있다. 감동할 만도 하다.

"이쪽에서 대기하시길. ——요르나 님은 곧 오십니다."

"네, 감사해요. ——어머?"

안내해 준 소녀에게 감사를 표하고 제정신을 차린 스바루는 갸우뚱했다.

천수각의 넓은 공간에 있는 선객 때문이다. 그것이 성주 요르나가 아님은, 성 가장 안쪽에 놓인 좌식 의자가 비어 있는 것을 보아도 명백했기에.

"저쪽 분들은……."

"여러분처럼, 요르나 님과의 접견을 바라신 분들입니다. 요르나 님은 변덕스러운 분이시라서 한번에 상대하시겠다고."

"어어……."

담담한 소녀의 말에 스바루는 작게 신음하고 말았다.

방약무인하달까, 심각하게 규칙을 무시하는 발상이다. 요르나야 좋더라도 갑자기 만남을 갖는 쪽은 몹시 어색하다. 상대방도 대화를 들려주고 싶지 않을 텐데.

"그렇게 말하면 우리도 딱 그런 쪽이잖아? 나츠미 양."

"그렇게 불리니, 제 쪽도 닭살이 돋네요."

내심을 짐작한 알이 그렇게 응수하자 스바루는 품속의 편지를 의식했다.

친서의 상세 사항은 불명이지만 틀림없이 옥좌에서 쫓겨난 아벨이 제위 탈환의 협력을 요르나에게 요구하는 내용일 터다. 편지를 읽기만 하면 나쁘게 대하진 않을 거라고 들었지만.

"그래서, 어쩔 거야?"

안내역 소녀가 물러나고 남겨진 세 사람 중에서 미디엄이 갸우뚱했다.

비상 사태에 처해도 미디엄의 태도는 당당한 것이었다. 밝고 분방하지만, 말귀는 잘 알아듣는다. 분명히 플롭과의 역할 분담이 명쾌하기 때문이리라.

　그런 그녀의 솔직한 물음에 스바루는 눈 주변을 주무르다 방 안으로 발을 디뎠다.

　"일단, 편지를 건네기 전에 사람을 물리도록 부탁해 보지요. 거절당할지도 모르겠지만 일이 일인걸요. 말뿐이라면 손해는 없어요."

　"공주라면 마음에 안 든다며 목을 칠 가능성도 있는데?"

　"그런 실제 사례, 아무리 그대로 말려 주시어요……."

　극단적인 사례를 꺼내면 마찬가지로 극단적인 상대일 요르나에 대한 경계가 높아진다.

　동행의 배신에 불안을 느끼면서 스바루는 희미하게 긴장한 얼굴을 방 안에 돌렸다.

　천수각의 넓은 방은 다다미가 깔리지 않았다는 점을 제외하면 시대극 등에서 성주가 가신들과 내정이나 군사 회의를 하는 방과 비슷한 인상이었다.

　사자가 아랫자리에서 대기하며, 성주가 상석에 나타나기를 기다리는 것도 똑같다.

　"되도록, 이쪽에 있을까요."

　방을 나아간 스바루는 선객과 조금 떨어져서 옆으로 나란한 위치에 앉았다.

　상대의 앞이나 뒤에 서는 것도 묘한 느낌이 들었고, 시대극에서 가신끼리 성주와 마주했을 때, 묘하게 이렇게 나란히 앉는 이미지가 있었기 때문이다.

이것이 사자의 매너로서 일반적이라는 자신감은 없었지만.

"———."

얌전히 그 자리에 앉은 스바루가 은근히 선객의 모습을 살폈다.

상대는 네 명. 스바루 일행과 똑같이 장비는 걸치지 않은 상태다. 한 명, 다른 세 명보다 앞으로 선 자가 있는데 그 사람이 아마 저들의 대표일 것이다.

남은 세 명은 그 인물의 호위쯤 될까.

"왠지 모르게, 상대도 남에게 들려주고 싶지 않은 얘기가 있을 듯한데."

더더욱 손님을 한꺼번에 취급하는 요르나의 생각에 찬동하기 어려운 그림이다.

무례라고는 생각하면서도, 스바루는 호위가 지키는 저들의 대표, 선두에 있는 인물에게 주의를 돌렸다. 대체 저들은 요르나에게 무슨 이야기가 있는지———.

"아———."

그 순간, 스바루는 충격으로 목이 턱 막히고 뺨과 목이 완전히 뻣뻣해졌다.

소리가 되지 않는 목소리가 나오고, 반사적인 반응으로 고개를 내리깔았다. 그 소리를 듣고 예의 인물의 시선이 힐끔 돌아보았다. 그러나 얼굴을 내리깔고 정면의 상석으로 몸의 방향을 돌린 스바루를 보더니, 별다른 흥미도 없는지 시선이 떨어지고 그

주의도 흩어졌다.

　그것을 느끼고 스바루는 심장의 폭발적인 박동에 조용히 숨을 내뱉었다.

　그런 스바루의 모습을 보고, 뒤의 알과 미디엄은 묘하게 여긴 모양이지만, 곧 두 사람 또한 스바루가 맛본 것과 같은 충격을 맛보게 될 것이다.

　왜냐하면——.

　"웃기지, 마시죠."

　씁쓸하게 뇌까린 스바루, 그 불과 5미터가량 옆에서 요르나 미시구레의 등장을 기다리는 선객——.

　그것은, 이 자리에 있을 리 없는 아벨과 같은 얼굴을 가진 남자였으므로.

제5장 『8년 만의 포상』

1

마도 카오스프레임 중앙에 우뚝 선『홍유리성』.

무질서 위에 혼돈을 도배한, 그야말로 통일감이 없는 웨딩케이크 같은 시가지── 소재도 양식도 다른 들보나 발판이 둘러쳐져 일종의 예술적 센스가 없으면 이해가 불가능한 마도 안에서, 그 적색과 청색이 교대로 빛나는 성은 이채를 띠고 있다.

애초에 유리(瑠璃), 다른 말로 청금석은 본래 청색이며, 거기에 홍색이란 이름을 붙이는 것은 모순이라고 할 수밖에 없다. 하지만 홍유리성의 외관을 보면 그 명칭이 적절함을 누구나 납득한다.

성의 토대 및 골자에 듬뿍 사용된 것은, 말 그대로의 유리색 돌이다.

깊이 있는 파란 광택을 띠는 보석, 그 내부에는 천천히 물 안에 떨어진 핏방울처럼 적색이 소용돌이치고 있으며, 때때로 파란색이어야 할 유리가 피처럼 붉은색을 띤다.

일정한 색조를 지키려 하지 않는, 변덕스러운 색을 두른 혼돈의 성.

그것이 마도의 지배자인 요르나 미시구레가 거처하는 성, 홍유리성이었다.

"＿＿＿＿."

그 홍유리성의 천수각에서 고대하던 요르나와의 접견을 눈앞에 둔 스바루는 경직되었다.

등을 유난히 싸늘한 땀이 적시지만 그 원인은 천수각에 있던 선객―― 스바루 일행과 같이 요르나의 등장을 기다리는 무리의 대표에 있었다.

배후에 호위를 거느리고 여유 있게 자리한 것은 낯익은 흑발의 마성을 띤 얼굴. 그러나 귀면으로 가렸을 터인 민낯을 드러낸 남자와 여기서 맞닥뜨릴 일은 있을 수 없다.

즉, 저기 당당히 있는 남자는――.

"저거, 아벨찡? 왜 여기에…… 읍."

"이크, 괜찮냐, 미디엄. 알찡이라면 여기에 있다고."

충격에 굳어버린 스바루 뒤에서 위태로운 한 장면이 허둥지둥 막을 내렸다.

선객 중에 낯익은 얼굴을 발견해 말을 걸려던 미디엄의 입을 알이 막은 것이다. 당연히 상대의 호위에게 미심쩍다는 시선을 받지만, 스바루는 사교성 웃음으로 흘려 넘겼다.

그리고――.

"알, 나이스 커버였어요."

"그래, 나도 신들린 반응이었다고 스스로 칭찬하던 중이다. 그런데 이건 조금 서프라이즈가 과한 거 아냐?"

"네, 저도 그렇게 생각해요."

미디엄을 빼낸 알 옆에서 스바루도 심각한 표정으로 끄덕였다.

생각지도 못한 상대와의 버팅—— 그것도 생각할 수 있는 한 최악의 충돌이다.

아벨과 같은 모습을 취하고, 그의 대역을 맡는 인물. 사전에 들었던 이야기가 사실이라면 저기에 있는 가짜 황제도 『구신장』 중 한 명일 터다.

"결과적으로, 아벨이 없어서 정답이었네요."

"그래. 하마터면 대뜸 진정한 볼라키아 황제 결정전이 시작할 뻔했어."

"어쩌면 그것도 수단일지 모르겠지만……."

힐끔, 아벨 얼굴의 남자를 따라다니는 호위를 쳐다보고 유혹에 쫓기는 스바루.

마도에 얼마나 병사를 숨겼는지는 모르지만, 적어도 이 자리에 있는 그의 수하는 고작 세 명—— 제도에서는 수만 명의 병사가 지키는 가짜, 그 가면을 벗겨낼 절호의 기회가 아닌가 하고.

"살짝 한 번 부딪쳐서 확인해 볼까?"

"아니요, 성급한 짓이죠. 쉽게 컨티뉴할 수 있다면 그것도 수단이지만, 돌이킬 수 없는 전개 쪽이 무서운걸요. 성급한 짓은 하지 말기를."

"네이네이."

어디까지 진심이었는지, 제안이 기각된 알은 신경 쓰는 기색도 없다.

알의 의견은 비교적 쉽게 기각되는 경향이 있지만, 그것은 그가 먼저 스바루가 떠올릴 법한 성급한 의견을 내놓아 냉정하게 판단할 시간을 만들어 주기 때문이다.

덕분에 사고가 샛길로 빠지는 일이 줄고, 정상적인 선택지의 검토에 시간을 할애할 수 있다.

적어도 현재는 가짜 황제 일행의 역정을 사지 않고 이 자리를 넘어갈 방법을 모색해야 할 것이다. 나머지는, 상대방의 방문 목적도 특정해 두고 싶다.

왜, 이 타이밍에 카오스프레임에 모습을 보였는지.

그것도 실정은 다르다고는 해도 황제가 친히 발길을 옮기는 형태로.

"있지 있지, 저기 저기."

거기서 미디엄이 스바루와 알 사이에 휙 끼어들었다.

갑자기 입이 막히고 설명 없이 소곤소곤 대화를 나누는 상황에, 미디엄은 일행에 맞추어 목소리를 낮추면서 동그란 눈으로 가짜 황제를 바라보며 물었다.

"나 아직 잘 모르겠는데…… 저 아벨찡, 우리가 아는 아벨찡과는 다른 사람이란 거야?"

"오, 그래그래. 그게 확실해. 여하튼 진짜는 아랫마을 여관에서 당당하게 지내며 우리가 돌아오길 기다리고 있을 거잖아? 그렇게 돼서, 우리도 아주 난처하게……."

"그렇다면 위험하지 않아? 왜냐면 나츠미가 말이야."

"저? 제가 뭘…… 아."

모르겠다고는 말하면서도 문제의 본질은 이해하는 미디엄의 지적. 그 지적에 눈썹을 찌푸리던 스바루는 금세 그녀의 염려에 생각이 미쳤다.

가짜 황제 일행의 등장과 맞추어, 미디엄이 말하기 전에 스바루나 알이 깨달아야만 했던 대문제의 발생. 그것이——.

"요르나 미시구레 님, 납십니다."

그러나 무정하게도 대화할 여지없이 안내역 녹인족 소녀가 돌아왔다.

그 소녀는 커다란 뿔이 난 머리를 깊이 숙이고 스바루 일행과 가짜 황제 일행에게 인사를 한 뒤에, 방 전방에 있는 문을 열고 "들어오시길." 하고 말을 건넸다.

그렇게, 천천히 실내에 발을 들이는 인영. 그 인물의 모습을 목도한 스바루는 자신이 녹인족 소녀에게 품은 인상의 언어화에 성공했다.

스바루가 녹인족 소녀에게 품은 인상, 그것은 '새끼기생'과 비슷하다는 것이었다. 새끼기생이란 옛 시대, 일본의 유곽 등에서 일하던 어린 수습 기녀를 가리키는 말로, 화려한 유흥가에서 기녀의 뒷바라지를 하면서 예의범절과 예악을 배우던 아이들이다.

뜻밖에 근사하게 입은 기모노나 머리장식이, 스바루에게 그런 인상을 주었으리라.

가장 명쾌한 이유는 소녀 본인을 대동한 인물——.

"————."

스바루가 '새끼기생' 의 언어화에 성공한 이유는 그야말로 모습을 보인 인물에게 있었다.

호흡을 잊고 눈을 부릅뜨고 상대에게 눈이 쏠리는 것은 인간이 아름다운 것이나 압도적인 것, 그러한 것에 마음을 침식당해 의식을 지배당했을 때의 본능적인 반응이다.

"오늘은, 손님이 참 많으시네요."

말하면서 그 날카롭고 푸른 눈을 사악 가늘게 뜬 것은 키가 큰 여성이었다.

호리호리한 장신을 꽃무늬로 꾸민 선명한 색의 기모노로 가리고, 털끝으로 갈수록 서서히 백색에서 주황색으로 짙게 발색하는 머리카락을 공들여 아름답게 묶어 올렸다.

그 머리카락을 장식하는 것은 동물 뼈나 뿔을 가공해서 만든 비녀로, 그 외에도 송곳니나 비늘이 소재인 머리 장식들이 보는 이의 눈을 즐겁게 하는 역할을 다하고 있었다.

하지만 그것들은 어디까지나 장식품이며, 사람 손으로 만들어진 미의 형태에 불과하다.

진정으로 그 매력을 발휘하려면, 장식된 인물, 그 내용물의 질이 중요하다.

그리고 그 요소에서 기모노를 두른 인물의 질은 물을 것도 없는 수준이었다.

"————."

마른 몸을 낭창하게 움직이며 유유히 걸음을 옮기는 것은 눈을 부릅뜬 미인이었다.

어딘가 깨나른한 분위기를 두르면서도 세련된 몸짓, 누가 볼 것을 속속들이 계산한 듯한 동작들은 무릇 이목을 끈다는 행위에 있는 최적의 해답.

간들간들한 발걸음의 인상을 더욱 강조하는 것이, 그 호리호리한 몸에는 지나치게 큰 것처럼 보이는 여우 꼬리── 그것도 그 털이 매우 풍성한 것이 아홉 개.

땋아 올린 머리카락과 비녀, 머리장식 속에 쫑긋 선 짐승 귀도 어우러져, 그것이 기모노를 두른 아름다운 호인족(狐人族) 미녀라고, 정보가 술기운처럼 뇌에 스며들었다.

"멀리서 저의 성에 잘 와 주셨습니다."

그렇게 말하고 방의 상석에 준비된 좌식 의자에 앉아 낭창하고 긴 다리를 뻗은 미녀가 팔걸이에 체중을 실었다. 그대로 그녀가 손을 뻗으니 시종하는 새끼기생이 하얀 손가락에 쥐여 준 것은 금을 입힌 고급스러운 곰방대였다.

미녀는 잡은 곰방대 끝에 불을 떨어뜨리더니, 피어오르는 담배 연기를 폐에 들이고 고혹적으로 미소 지었다.

본인이 상석에 위치하고 아랫자리에 맞이한 손님── 볼라키아 황제를 내려다보면서 말이다.

"─────."

그 당당하고 현란한 모습과 꺼낸 말, 여린 어깨를 구태여 노출한 기모노의 옷매무새는, 대동한 새끼기생의 존재와 합쳐져 스

바루에게 '기녀'나 '유녀(遊女)'란 단어를 상기시켰다.

　물론 스바루도 유곽이나 기녀의 실물을 본 적은 없다. 어디까지나 시대극 등의 옛 시대를 다룬 작품에서 주워들은 지식이지만, 그것 말고는 떠오르는 것이 없었다.

　아니, 그녀를 표현할 말이 달리 없다는 것은 지나친 소리다.

　이 자리에서 틀림없이, 그녀를 표현할 말이 달리 있다. 미녀인 것도 기녀풍인 것도 사실이지만, 그 이전에 그녀는 『구신장』의 제7위 자리에 있는——.

　"요르나 미시구레."

　나타난 미녀—— 요르나 미시구레가 자신의 이름을 부른 남자를 보았다.

　널빤지 바닥 위, 요르나의 파란 눈을 마주하는 것은 가짜 황제—— 아벨과 차별화하기 위해서 일부러 빈센트라고 부르겠지만, 그 남자였다.

　"당연하지만, 같은 목소리……."

　나온 것은 한마디지만, 그것은 한 치도 다를 바 없이 아벨과 동일한 음색이었다.

　아무래도 베낀 것은 모습만이 아니라 그 음색도 해당하는 모양이다. 물론, 모습을 베낀 이상 목소리도 닮게 하는 것은 당연한 일일 테니 별다른 놀람도 없다.

　그보다도 사태가 움직이기 시작할 예감에, 신경 쓸 곳은 그다음이다.

　"대체, 무슨 목적으로."

마도에 왔는가 하는 것이 현재 빈센트 일행의 파악하지 못할 사항이다.

　그들과의 조우와 요르나의 등장, 그것들에 대한 반응이 우선했지만 빈센트 방문의 목적——모반을 되풀이하는『구신장』을 무슨 목적으로 찾아왔는가.

　진짜 황제를 연기할 필요가 있는 이상, 거기에는 모종의 정당성이 있을 터다. 그리고 요르나 또한 관계가 나쁠 황제를 어째서 성에 맞았는가.

　요르나의 입장상 거절은 불가능하다고 말하면 그뿐이겠지만.

　"이거 각하 아니신가요, 오랜만에 뵙겠어요."

　이리저리 생각에 빠진 스바루 앞에서 요르나가 눈꼬리를 내린 웃음을 띠고 곰방대를 입에 머금었다. 그렇게 연기를 뱉어내면서 무례하기 짝이 없게 한쪽 눈을 찡긋했다.

　"이렇게 존안을 뵙는 영예를 주셔서 영광이옵니다. 아무리 유혹해도 마도로 와 주시지 않았건만."

　"유혹이라고?"

　자세와 담배 연기, 두 가지 불경은 거론하지 않으며 빈센트가 불쾌한 듯 눈썹을 찌푸렸다.

　그는 그 가는 팔로 팔짱을 끼고는 생각에 잠기듯 팔꿈치를 손가락으로 두드렸다.

　"네놈의 유혹이란, 종종 짐을 상대로 병사를 일으킨 일 말인가? 그렇다면 짐의 대답은 눈에 보이는 형태로 돌려주었을 텐데."

"네, 확실히. 하오나 제 목은 이렇게 아직 몸통과 붙어 있답니다. 그리고 오늘은, 그 성가신 애송이를 데려오시지 않은 모양이니까요."

"_____."

"혹여, 제 마음이 닿은 것이 아닐지 가슴 설레고 있는 바랍니다. 부디 용서해 주시어요."

작게 목울대를 울려 "쿠후." 하고 웃는 요르나. 그 고혹적인 음색과 미소에, 정작 빈센트는 표정을 꿈쩍도 하지 않았다.

빈센트의 가짜 황제로서의 완성도에는 눈이 번쩍 뜨이지만, 한편으로 요르나의 태도── 빈센트에게 향하는 눈초리나 말, 그것들이 머금은 열정이 신경 쓰였다.

아주 잠깐의 대화지만, 두 사람의 그것은 스바루의 눈에──.

"설마 저 누님, 아벨의 관심을 끌고 싶어서 모반했던 건 아니겠지?"

"아니기를, 바라네요."

스바루와 같은 추측에 이른 듯한 알의 말에 스바루는 어금니를 깨물었다.

제국의 최고 전력 중에서 한 명이 사적 감정으로 군대를 움직이는 인간이지 않기를 바라는 것과 사람을 사람으로 여기지 않는 저 아벨에게 호의를 품고 있는 인간이 있다고 생각하기 어려운 것.

그것들이 스바루의 얼굴을 굳힌 주요 이유지만, 더 절실한 사항이 있다.

그것이 미디엄에게 지적된 위험한 사항──'아벨 빡쳐'를 슬로건으로 내걸고 요르나의 주의를 끌려던 스바루 일행의 방문 이유였다.

스바루 일행의 불길한 상상이 맞았을 경우, 그것은 요르나에게 탐탁지 않은 이야기였을 터다. 그럼에도 불구하고 그녀는 스바루 일행을 성에 들였다.

그것도 다름 아닌 빈센트 일행과 동석시키는 형태로 말이다.

"요르나 일장, 그 자세는 아무리 그래도 불경하지 않은가. 귀공은 무슨 생각을 하고 있지?"

"응?"

불명료한 상황을 위구시하는 스바루 일행을 아랑곳하지 않고, 가짜 황제 일행의 대화는 진행 중이다.

침묵한 빈센트를 대신해 요르나의 눈썹을 세운 것은 빈센트의 호위로 짐작되는 황록색 머리카락의 인물이었다. 곤두선 짧은 머리의 일부를 촉각처럼 길게 뻗은 남자로, 연령은 빈센트 또래 거나 살짝 위쯤 될까.

검은 경갑 위에 모래색 외투를 걸쳤으며, 면모와 체격에서 바늘 같이 날카로운 인상이 느껴지는 남자는, 그 뾰족한 눈빛으로 규탄하듯이 요르나를 노려보고 있었다.

"각하께 시종하는 당신은······."

"카프마 일루쿠스다. 이번에, 각하께 수행을 명령받았다. 역할은 호위라고 분별하고 있을 작정이었지만······ 귀공의 태도는 묵과할 수 없군."

"제 태도, 말인가요? 그건 어느 곳을 말씀하시는지요?"

"전부다!"

느긋하게 들리는 요르나의 말에 카프마라고 이름 밝힌 남자가 격노했다.

그는 요르나를 노려본 채로 사태를 지켜보는 스바루 일행을 손으로 가리켰다.

"애초에, 왜 다른 자들을 이 자리에 동석시키지! 이곳은 귀공의 성이기는 하지만, 동시에 제국의 일개 영토…… 그런 사실도 잊었는가!"

"그럴 리 없지요. 저는, 확실하게 각하 것이랍니다."

"그런 얘기는 하지 않았어! 거기, 귀공들도 귀공들이다!"

"으에?! 저희?!"

카프마의 분노가 돌아오자 스바루는 동요했다. 가능하면 이대로 없는 사람으로 취급해 주길 바랐지만, 그것이 무리라면 그 낯빛을 살피며 물을 수밖에 없다.

"저기, 저희는 방해일까요? 그렇다면 다른 날에……."

"그건 곤란하군요. 저의 하루 시간은 한정적이니, 오늘을 놓치면 다음이 언제가 될지 모른답니다."

"붙잡지 마라! 저들도 거북한 기분을 맛보고 있지 않나!"

"네, 네, 바로 그러하지요."

어째선지 스바루 일행을 잡아 두려는 요르나에 대해서 무슨 영문인지 카프마와 의견이 일치한다. 가짜 황제를 수행하고 있는 이상, 입장을 따지면 카프마와는 적이지만, 이 자리에서는 유일한 아군으로 느껴질 만큼 정당한 발언이다.

그러나——.

"요르나 미시구레, 네놈, 무슨 생각을 하고 있지?"

갑자기 그 분위기를 가른 것은 빈센트 볼라키아—— 가짜 황제였다.

그가 말을 꺼내자 기세를 높이던 카프마도 즉시 물러섰다. 귀에 익은 목소리와 눈에 익은 얼굴임에도 불구하고 스바루도 내장이 옥죄는 감각을 맛보았다.

가짜인 줄 앎에도 불구하고 그 위압감은 진짜배기다.

"대답하라. 네놈은 무슨 생각을 하고 있지?"

그렇게 종복과 초대받지 않은 동석자의 입을 막은 빈센트는 요르나에게 다시 물었다.

그 물음과 패기를 받은 요르나는 살며시 눈을 가늘게 떴다. 슬쩍 입가에 곰방대를 옮겨 흘러가는 담배 연기를 폐에 넣었다가 달콤한 숨을 내뱉으면서 대답에 뜸을 들인다.

"물론, 저는 항상 각하를…… 볼라키아 황제 각하를 생각하고 있답니다."

"————."

"쿠후. 차가운 눈을 하지 마시어요. 하지만 저쪽 손님 분들은 물리지 않는 편이, 각하께서도 분명히 기쁘실 거랍니다?"

확신하듯 작게 웃은 요르나가 스바루 일행을 턱짓했다.

그제야 비로소 빈센트가 스바루 일행에게 흥미를 보냈다. 앞선 대화로 요르나의 변덕 외의 이유가 있다고 판단한 것이리라.

그 위험한 흐름을 끊고자 스바루는 질책을 각오하며 "어흠."
하고 헛기침했다.

"죄송하오나 다시 제안하지요. 저희는 자리를 잘못 찾은 모양
이고, 들어서는 안 될 말씀도 있으신 듯합니다. 여기선 일단 물
러나고자……."

"그건 또, 참으로 나약한 말씀이시어요."

허리를 굽혀 정중히 이 자리를 사퇴하려는 스바루의 말이 가로
막혔다.

순간, 담배 연기에 가려진 요르나의 눈초리가 장난스러운 빛
을 띠는 것을 본 스바루는 "아." 하고 자신의 실책을 깨달았다.

돌아갈 거라면 선객의 얼굴을 본 시점에서 결단해야 했다고.

그 점을 잘못 판단했기에 이렇게 후회하는 처지가 된다.

왜냐하면——.

"탄자로부터 들었답니다. ……당신들, 황공하옵게도 황제 각
하의 적이 되기 위해서 저를 권유하러 왔다면서요?"

일행의 의도 전부를 밝혀 버렸으니까.

2

—— '아벨 빡쳐'.

이 슬로건이야말로 『극채색』 요르나 미시구레의 공략법이라
고 스바루는 생각했다.

여하튼 여태까지도 종종 모반을 반복했다고 하며, 그 인격자

인 지크르마저도 괴멸적인 인간성의 소유자라는 낙인을 찍은 인물이다.

그런 인물과의 접견을 바라는 데 있어 스바루가 내민 방침이 '현 볼라키아 황제에게 반기를 들고자, 그만한 권력자가 내밀히 이야기를 하고 싶어 한다' 라는 것이었다.

스바루 일행 셋은 그 권력자의 친서를 들고 홍유리성을 방문했다는 설정이다.

솔직히 말해, 거짓말은 하나도 하지 않았다.

'현 볼라키아 황제' 란, 곧 아벨을 쫓아내고 그 이름과 지위를 가로챈 상대를 말한다. 내밀히 이야기를 하고 싶다는 '그만한 권력자' 도 본래라면 옥좌에 앉아 있을 입장인 진짜 황제니까 이쪽 말에 거짓은 없다.

스바루 일행의 목적은 어디까지나 아벨의 편지를 받게 하는 것. 그러기 위해서 필요하다면 거짓이든 날조든 늘어놓을 수 있는 법이다.

'이것이, 나츠미 슈바르츠의 계략이란 것이어요——!!'

그 신산귀모에 알과 미디엄의 갈채까지 받았다.

그러나——.

"각하께 대적하는 반란분자라고?"

요르나에게 이야기한 방편이 폭로되자 방의 분위기가 싸늘하게 식어간다.

냉기라 착각할 정도의 적의를 뿜는 것은 아까부터 이 자리에서 가장 뜨거워졌던 카프마이며, 그의 험악한 시선에 스바루는 퇴각은 불가능해졌다고 깨달았다.

제 꾀에 제가 빠진다는 말을 이토록 실감한 적은 없다.

"하지만 타이밍이 안 좋은 것과 정보 공유 부족은, 양쪽 다 아벨 탓이 아닌가요……?"

"그 입을 다물고 있어라. ——요르나 일장."

부조리한 곤경에 내몰려 아벨을 저주하는 스바루의 입을 카프마가 막고, 그대로 험악한 시선을 전방의 요르나에게 보냈다.

"귀공은 알면서도 각하와 이자들을 동석시킨 것인가? 대답을 받아야겠다!"

언성을 높이는 카프마의 분노는 긴장이 커지는 스바루 일행이 아니라 이 버팅 상황을 만들어낸 요르나를 향하고 있다.

그것은 책임 소재가 요르나에게 있기 때문이 아니다.

더 단순한 이야기, 스바루 일행을 위협으로 간주하지 않는다는 표명일 것이다.

실제로 용감히 일어선 카프마가 두른 분위기는 그가 황제의 수행을 명령받을 실력자임을 의심할 수 없는, 확고한 강자의 박력이 있었다.

"당사자인데 외야라 이건가? 좋은 건지 나쁜 건지……."

알이 작게 투덜대다시피 긴박한 대화는 스바루 일행을 떼어놓고도 이어진다. 카프마의 힐문을 받는 요르나는 곰방대에 입을 대었다가 "글쎄요." 하고 연기를 뱉어냈다.

"알면서, 란 무슨 의미인가요?"

"뻔뻔스러운 소리를……! 각하께 수도 없이 진언한 대로, 역시 귀공은 위험하다."

"뻔한 말씀을 다 하시어요. 제가 거듭한 행적을…… 설마, 당신은 아시지 못한답니까?"

"──큭."

도발로밖에 느껴지지 않는 요르나의 태도에 카프마의 이마에 핏대가 솟았다.

묘한 이야기지만 대화를 보기로, 스바루의 심정도 카프마에 가깝다. 사전 평판을 듣고 어느 정도는 각오했다 생각했지만, 요르나의 성격은 예상을 웃돌게 악질적이었다.

다만 단순히 반란분자인 스바루 일행을 우연히 발길을 옮겼던 빈센트 일행에게 바치려는 계획도 아닌 듯하다.

황제에게 반역자를 헌상한다는 장면치고는, 분위기가 지나치게 팽팽하다.

무엇보다──.

"여전히 구역질이 나는 악취미군."

요르나의 취향을 베어내는, 빈센트의 한마디가 터진 것이다.

그런 빈센트의 차가운 말에, 요르나는 고운 눈썹을 살며시 들고 물었다.

"세상에, 각하의 마음에는 드시지 않았던가요?"

"멍청한 것. 지나치게 일방적이면 그건 개를 부려 토끼를 사냥하는 것과 같은 꼴. 단순한 잔학을 유흥으로 삼을 만큼 짐도 제국에 질리진 않았다."

담담히, 그러나 확고한 위압이 담긴 빈센트의 발언.

요르나는 그것을 선선히 받아내면서 땋은 머리카락 틈새로 여우 귀를 떨었다. 그것이 어떠한 감정의 발로인지, 스바루는 짐작할 수 없었다.

하지만 짐작할 수 없는 것은 빈센트의 심중도 똑같다.

반란분자와 얼굴을 맞대는 처지가 된 빈센트—— 눈앞의 상대가 가짜 황제인 줄 알고 있는 만큼, 그 심중은 진짜의 생각을 상상하는 것 이상으로 어렵다.

하극상을 했다는 이상, 가짜도 아벨을 못마땅하게 여기고 있겠지만——.

"네놈."

"윽——."

무례하게 속내를 탐색당한 빈센트, 그 검은 눈이 스바루를 곧게 쏘아보았다.

그 즉시 눈을 피하는 행동도 금지되어 스바루는 준비 부족인 채로 대적과 마주 보았다.

어떻게 맞추었는지 진짜와 똑 닮은 인공적인 얼굴.

진짜와 가짜 양쪽 모두 공통적으로, 그 날카로운 검은 눈이 상대의 모든 것을 꿰뚫어 보려 든다.

그것이 너무나, 스바루의 속내를 간지럽혀서——.

"무언가, 짐에게 하고 싶은 말이 있다면 말해 보아라."

"화가 치미는 눈이네요."

"뭣……?!"

"아! 아뇨, 잘못 말했어요! 실수라고요! 방금 말은 얼떨결에 기세로!"

최고로 타이밍 나쁘게, 가짜 황제의 물음과 분개의 누설이 겹쳤다.

황제에게 정면으로 내뱉은 매도에 완전히 예상 밖인 표정으로 카프마가 말문을 잃었다. 그 모습에 허겁지겁 스바루가 손을 내젓자 빈센트 본인은 한쪽 눈을 감고서 침묵했다.

놀라고는 있지만, 동시에 스바루를 품평하는 듯한 눈초리다.

바드하임 밀림이나 슈드라크의 촌락, 그리고 과랄의 도시청사에서도 진짜 아벨이 스바루에게 보내던 시선── 그것과 동질의 것이었다.

"으음, 아무튼, 저희는……."

등 뒤에서 알과 미디엄도 마른침을 삼키고 상황을 보고 있다.

스바루의 충격적인 폭언에 둘 다 상당한 압박감을 맛보고 있을 터다. 방의 분위기는 싸늘하며 팽팽해서, 추가 실언 하나로 산산이 깨질 것이다.

그렇게 되기 전에 요르나에게 올린 의견은 철회, 반란분자라니 터무니없다고 머리를 조아리고 분위기를 깨는 광대가 되어서라도 이 자리에서 후퇴하는 게 상책 아닐까.

그렇게 마음먹고 스바루는 사교성 웃음을 띠려고 입꼬리를 올렸다가──.

──물끄러미, 스바루를 바라보는 요르나의 시선을 깨달았다.

"_____."

곰방대에 입을 대면서 요르나는 말없이 스바루의 동향을 보고 있다.

그것은 무관심이라고도, 그렇지 않다고도 판단이 가지 않는 매우 애매한 눈초리다. 피어오르는 담배 연기처럼 불확실한 그 것은 거머쥐려고 해도 사라지는 허깨비 같은 것.

그 허깨비를 확실하게 만들려면 이 순간밖에 없다고, 스바루는 분수령을 직감했다.

저, 스바루 일행으로부터 흥미를 잃기 직전의 눈초리는 한번 놔 버린 것을 다시 잡으려 생각할 만큼 별종이 아니다. 여기서 버린 의견은 다시는 건질 수 없다.

즉, 요르나 미시구레의 협력은 두 번 다시 얻을 수 없게 된다는 의미다.

그것은 승리로 통하는 미덥지 못한 길을 어둠에 파묻는 것과 같은 뜻이었다.

따라서——.

"신중하게 대답해라. 짐에게, 무엇을 고할지를."

"그것은——."

빈센트의 물음에 한 박자라기에는 지나치게 긴 시간을 들이며 고개를 들었다.

가짜 황제의 눈이 가늘어지고, 그 옆의 카프마도 주의를 스바루에게 돌렸다. 등 뒤에서는 알과 미디엄의 긴장이 커지고 요르나가 입에 머금은 담배 연기를 폐에 담았다.

그 변화들을 시야 끝자락에 담으며 스바루는 빈센트를 응시하고, 말했다.

"요르나 님의 말씀이 맞습니다. 저희는, 당신에게 선전 포고하겠어요."

물러나서는 안 될 국면, 양보해서는 안 될 기물에 매달리듯이.

과랄에서 귀환을 기다리는 렘이, 이 자리에 없는 아벨이, 뒤에서 대비하는 알과 미디엄이, 스바루에게 판단을 맡겨 주었다.

그 의미와 무게를, 나츠키 스바루가 착각하고 내던지지 않기 위해서——.

"————."

정면으로 적대를 선고받은 빈센트의 검은 눈이 살짝 흔들렸다.

그것을 보면서 스바루는 급속히 혀가 말라붙는 감각을 맛보았다. 당연한 노릇이다. 눈앞에 있는 것은 실권을 잃은 아벨과 달리 이 제국을 창으로서 쓸 수 있는 황제다.

실제로 빈센트가 작게 손을 들고 제지하지 않았으면 앞선 폭언을 들은 카프마의 격발로 스바루의 목숨은 조각이 났을 것이다.

하지만 그렇게 되지는 않았다. 빈센트가, 그러게 두지 않았다.

"쿠후……."

그런 스바루와 빈센트를 상석에서 내려다보며 요르나가 희미하게 목을 그렁거렸다.

숨죽인 웃음에 입 끝에서 연기가 새어 나오고, 어깨를 들썩이는 모습은 실로 유쾌하게 보였다. 목숨 건 스바루의 선고에 적어도 심심풀이의 효과는 있었던 모양이다.

"왜 웃느냐, 요르나 미시구레."

"우선은, 손님께서 그 선언을 거두지 않았던 데 있겠지요. 더해서 여기 세 분은, 어쩌면 각하의 몸을 위태롭게 할지도 모른다고…… 어떨지요?"

"방심 못할 여자로고. 짐에게 따르지 않는 것을 신조로 삼는 네놈도, 짐의 뜻은 알고 있지 않느냐."

도발적인 요르나의 추파에 빈센트는 표정을 바꾸지 않으며 응수했다.

그대로 그는 다시금 그 검은 눈에 적의를 고한 스바루를 비추고 말했다.

"이곳은 검랑의 나라다. 이 목을 노릴 기개가 있어야 진실로 제국민이라 할 수 있겠지."

"퍽이나, 자상하시네요."

빈센트는 "흥." 하고 콧방귀를 뀌며 스바루의 비아냥거림을 일소에 부쳤다.

그 대응도 포함해서 빈센트의 언행은 진짜를 완전히 베끼고 있다. 만약 이 자리에 아벨이 있어도 정확하게 똑같이 대응했을 거라고 여길 정도로.

"하지만 네놈들에게 쉽사리 내어 줄 만큼 짐의 목은 싸지 않다."

"그럼, 저희를 어찌실 요량이시지요?"

"그것이 문제군."

격발 직전의 카프마를 제어하고 황제에게 정면으로 반역의 뜻을 드러낸 스바루 일행을 인정하는 발언. 그러나 이어진 말을 떼어내면, 적대자에게 보내는 싸늘한 시선에 변화는 없다.

기개를 높이 사도 위해를 가하고자 하는 작자에게 사정을 보아
줄 이유는 없을 것이다.

　스바루와 빈센트의 검은 눈이 서서히 교차하며 방의 공기가 타
기 시작했다.

　"아아, 저도 죄 많은 여자예요. 이렇게, 남자들이 제 재산을 욕
심내어 다투는 모습을 보면, 참으로 흥분된답니다."

　"남의 일처럼…… 애초에, 저쪽은 여자가 더 많다. 남자들이
라니 무슨 헛소리를."

　스바루와 빈센트의 눈싸움에 몹시 생뚱맞은 감상을 흘린 요르
나. 그녀는 짜증을 내는 카프마의 지적에 "쿠후." 하고 비웃듯이
목울대를 울렸다.

　그 반응에 카프마는 더더욱 분노를 일으킨 표정을 지었다.

　"각하! 소관에게 명령해 주십시오! 저자들을……."

　"카프마, 이 친구야. 아까부터 너무 야단스러워."

　교착 상태에 못 버틴 카프마는 빈센트에게 직소를 시도했다.
하지만 그 말을 가로막은 것은 빈센트도 요르나도 아닌, 다른 인
물이다.

　그것은 빈센트가 호위로 데려온 세 명 중 한 명——.

　"각하께서 생각하시면, 웬만한 일은 우리가 생각하는 것보다
잘 정리된다고? 그런데 우리가 빽빽 떠들면 진짜로 방해 아니겠
나, 따져 보면."

　그렇게 말한 것은 하얗게 물든 머리카락과 눈썹을 길게 기른,
주름투성이 노인이었다.

어조에도 내용에도 귀찮아하는 분위기를 정성껏 버무린 왜소한 몸집의 노인. 보면 꽤 임팩트 있는 풍채로, 왜 지금까지 시야에 들어오지 않았는지 모르겠다.

아니, 시야에는 들어와 있었다. 단지 의식에 들어오지 않았을 뿐이다.

아마도 진짜 의미로 기척을 지우고 있었다. 그런 것이리라.

"하나, 각하의 번잡함을 제거하는 것도 충신의 소임이지 않습니까, 오르바르트 옹!"

"자기 입으로 충신이란 소리 꺼내면 멋대로 일 저지르다가 숙청당하는 녀석의 사전 단계처럼 들리지 않나? 난 싫으이. 전도유망한 젊은이의 목을 얼쑤 쑤시는 건."

느릿느릿 고개를 가로저으며 노인── 오르바르트라고 불린 인물이 귓구멍을 후볐다. 그 몸짓에 어떠한 압박감을 느꼈는지, 카프마가 얼굴을 굳혔다.

그러나 그 반응은 그 혼자만이 아니다. 스바루도 그 이름에 얼굴이 굳었다.

"오르바르트, 옹……."

"오? 나 말인데, 알고 있어? 그럭저럭 유명인이니."

"……네, 유명인이란 자각이 있으시다면, 분명히."

입술이 떨리며 나온 이름에 오르바르트 본인이 반응했다.

스바루의 놀란 기색을 보고도 여전히 그런 반응이라면 확실하다. 오르바르트의 이름을 들은 것은 과랄의 도시청사, 이어서 마도로 가는 여행 도중이다.

앞으로 스바루 일행이 제국을 공략하는 데 절대 피해갈 수 없는 『구신장』, 그중 한 명이 요르나이며, 그리고——.

"『악랄옹』 오르바르트 덩클켄……!"

"그거, 나 별로 좋아하지 않는단 말이지. 거의 험담 아니냐. 그렇게 성질 더러운 영감으로 보이냐고. 뭐, 직접 물으면 보인다 소리 못하나. 못하겠지, 카카캇카!"

노인이 입을 크게 벌리고 나이에 비해서는 가지런하고 하얀 이를 보이며 웃었다.

하지만 스바루는 도저히 웃을 생각이 들지 않았다. ——요르나와 교섭하기 위해서 마도를 방문했는데, 가짜 황제인 빈센트와 조우한 데다가 그는 오르바르트를 데리고 있었다.

이것은 즉, 이미 오르바르트도 가짜 황제에게 가담했다는 뜻이 아닌가.

"아라키아와 치샤, 그리고 오르바르트……."

서열이 높다고 간주되는 자부터 골라서 때리는 적의 전략에 스바루는 머리를 감싸 쥐고 싶어졌다. 게다가 장래의 문제만이 아니라 눈앞의 상황도 가속도적으로 나빠진다.

카프마만으로도 감당할 수 없는 중에 『구신장』 오르바르트까지 추가되다니, 이만한 악조건 모으려 해도 모을 수 있는 게——.

"거기 영감님, 나는 기억이 나?"

"뭣이라?"

긴박감이 솟구치는 방에서 그 목소리는 기습 같이 오르바르트의 고막을 때렸다.

몸을 앞으로 내민 알이 꺼낸 말이었다. 그 행동에 스바루는 눈을 부릅떴다.

"갑자기 무슨…… 지금, 일거수일투족을 심문받는 상황이라고요?!"

"이 상황에서 아직도 나츠미 노릇 계속하는 근성도 굉장한데, 나도 생각 없이 나선 건 아냐. 아니, 생각했던 건 아니지만…… 이봐, 영감님! 나야, 나. 나라고!"

"그런 나야나 사기 같이……."

상대가 노인이라고 해서 사기 비슷한 화술이 통할 거라 생각하는 건 경솔하리라.

실제로 그런 알의 부름에 오르바르트는 "음~?" 하고 몸을 기울이고 신음했다.

"아니, 모르는 괴짜구만, 자네. 나도 영감태기이긴 한데 그렇게 생긴 녀석이 있거든 쉽게 까먹을 게 아니야. 나랑 자네, 진짜로 아는 사이 맞아?"

"아는 사이랄 수준은 아닐지도 모르고, 전에 만났을 때는 머리에 뒤집어쓴 것도 없었어. 하지만 팔은 없었고 잠깐 얘기도 했었지."

"나랑 얘기한 팔 없는……?"

"그래, 맞아, 맞아. ──아라키아 아가씨도, 같이 있었어."

알이 살짝 목소리를 낮추고 입에 담은 것은 오르바르트와 같은 『구신장』이자, 스바루 일행을 실컷 휘저은 무시무시한 소녀, 아라키아의 이름이었다.

스바루는 전혀 짐작할 여지가 없는 알의 말. 그러나 그 말을 들자마자 오르바르트가 눈썹을 번쩍 세우고 "오옷!" 하고 목소리가 튀었다.

"너, 그거냐! 아라키랑 같이 섬 탈환한 녀석이냐! 듣고 보니, 풍채도 비슷하다면 비슷하구만. 카카캇카, 여태 살아 있었을 줄이야!"

"오오, 살아 있었지, 살아 있었어. 어떻게 별이 좋아서 말이야."

"그래서, 무슨 팔자인지 각하의 적으로 돌아섰냐. 이거, 그때 좀 더 각하의 평판이 좋아지게 말을 잘해 두어야 했을지도 모르겠어. 내가 실수했군, 실수했어."

크게 웃는 오르바르트와 스스럼없이 말을 주고받는 알.

두 사람이 공유하는 과거를 알 수 없어서 스바루는 눈이 휘둥그레질 수밖에 없다. 지금 사태가 호전되었는지 악화되었는지, 그조차도 판단이 가지 않는 상황이다.

"오르바르트, 네가 아는 얼굴인가."

그런 의문에 종지부를 찍듯이 빈센트가 오르바르트에게 물었다. 팔짱을 낀 가짜 황제의 물음에 오르바르트는 "오오, 그렇지." 하고 대답했다.

"2, 3년 전, 각하가 즉위한 직후에 여기저기서 한꺼번에 반란이 일어난 적이 있었지?"

"오르바르트 옹, 각하께서 즉위하신 것은 벌써 8년 전입니다만……."

"어라? 3년 정도가 아니었던가. 큰일이야, 큰일. 요 10년 남짓이면 나에겐 최근이란 인상이라 그만 실수했어."

"됐으니까 마저 말해라. 8년 전, 어쨌지."

일일이 이야기가 샛길로 빠지는 오르바르트를 빈센트가 궤도 수정했다. 그 수정에 따라 오르바르트는 "그러니까 말이지." 하고 알을 손가락으로 가리켰다.

"그때, 기눈하이브에서 일어난 반란……. 그것을 막아낸 게 저기 투구 쓴 녀석하고 아라키였단 거야."

"호오."

오르바르트의 이야기를 듣자 빈센트의 흥미가 처음으로 알에게 향했다.

그것이 호오, 어느 쪽으로 바늘이 기울었는지 알기 어렵지만 즉시 불경죄로 처단하는 방향으로 이어지지 않을 활약이기는 했던 모양이다.

거기에다 알은 한걸음, 스바루와 나란히 서듯이 앞으로 나서서 말했다.

"황송하게도 황제 각하, 거기 오르바르트 영감님은 아시겠지만…… 실은 8년 전, 나는 각하의 도움이 되었을 터임에도 아직 그 포상을 받지 못했어."

"필요 없다고 그런 거, 저 녀석이었지만 말일세."

"오르바르트, 조용히 해라. ──계속해라, 광대."

"그 포상을, 오늘 받고 싶구나 해서."

스바루는 조용히, 방의 공기가 얼어붙는 소리가 들렸다고 착각했다.

대담무쌍하게, 자기 자신의 공적에 대한 포상을 8년 만에 요구하는 알. 그 뻔뻔함과 운명적인 만남은 확실히 도박에 도전할 만하다.

스바루의 선전 포고를 듣고 즉각적인 처단을 명령하지 않은 가짜 황제—— 빈센트에게는 볼라키아 황제로서 행동할 이유와, 그 각오가 있다.

그리고 아벨의 말이 사실이라면 그의 신조에는 '신상필벌'이 포함되어 있다.

그렇다면——.

"네놈, 무엇을 원하지. 짐의 목인가?"

"달라고 해서 받을 수 있다면, 내가 딱 대역전극의 주인공이 되겠지만, 아무리 그래도 그건 달라고 말하는 것도 용기가 필요한 걸. 그러니……."

말하면서 알이 힐끔 고개만 돌려 스바루 쪽을 보았다. 그 시선의 의도를 알아차린 스바루는 품속에서 친서—— 이 홍유리성을 방문한 이유를 꺼냈다.

"이쪽의 친서를 요르나 님께 드리는 것이 저희의 목적. 제 동행의 공에 보답해 주시겠다면, 부디 그 행동을 허락해 주세요."

"친서라."

"저희의…… 주인이, 요르나 님께 보내는 연서입니다."

주인이라 부르는 것을 망설이면서, 뒤에 이어진 말에는 속으로 혀를 내밀었다.

연서라 듣자 상석의 요르나가 "쿠후." 하고 웃었다. 그녀의 흥미는 끈 모양이다.

그리고 검은 눈을 가늘게 뜬 빈센트도 불과 몇 초간 생각에 잠겼다가.

"8년 만이기는 하지만, 검노고도(劍奴孤島)의 사건, 애썼도다."

"오⋯⋯."

"원한다면 포상을 주지. 그 친서라는 것, 요르나 미시구레에게 주어라."

빈센트가 턱짓으로 요르나를 가리켰다.

순간, 빈센트가 꺼낸 말의 의도를 이해하느라 시간이 걸렸다. 하지만 그것이 알이 도박에서 승리했음을 의미한다고 깨닫자 스바루 일행은 얼굴을 마주 보았다.

흥하느냐 망하느냐의 대승부. 치고 나선 알의 판단은 옳았다고──.

"단──."

"으?"

소리를 높이며 함께 기뻐하기 직전, 빈센트가 엄정한 한마디를 던졌다.

돌아본 스바루 일행에게 가짜 황제는 그 검은 눈을 짙은 어둠으로 닫으면서 입을 열었다.

"짐이 허락하는 것은 친서를 주는 행위뿐이다. 의미는 알겠지?"

그리고 이해를 돕듯이 말했다.

그 말에 스바루는 눈을 부릅떴다가 곧장 어금니를 깨물고 뒤돌아보았다. 스바루의 시선이 향한 쪽은 능글능글 상황을 바라보는 요르나였다.

요르나에게 친서를 건네고, 그 대답을 받는 것이 스바루 일행의 목표지만.

"가령 친서를 드렸을 경우, 요르나 님의 답변은 언제 받을 수 있을까요?"

"그렇군요⋯⋯."

스바루의 물음에 요르나는 잠시 시선을 허공에 보냈다.

그리고 곰방대를 뒤집어 수발을 드는 새끼기생이 준비한 항아리에 재를 털고 말했다.

"저도 여자⋯⋯ 연서를 받자마자 조급하게 뜯는 모습은 보여드리고 싶지 않답니다. 그러하니⋯⋯ 손님 여러분이 제 성에서 나간 뒤에, 천천히 훑어보고 답장을 적기로 하겠습니다."

"성을 나가면, 읽어 주실 거군요?"

"저도 이 마도의 주인, 시종도 있는 앞에서 거짓부렁은 하지 않는답니다."

파란 눈에 깃든 빛, 그것이 성의인지 치기인지, 상대를 모르는 스바루는 거의 판단할 수 있는 일이 아니었다. 그러나 선택할 수단은 더 이상 없다.

예를 들어, 가령 알의 포상 내용을 변경하여 이 성에서 무사히 떠나고 싶다고 말하면, 아마도 빈센트는 그것도 받아줄 것이다.

그러나 그 제안은 아까와 동일하게 요르나와 손을 잡을 가능성을 끊는 셈이 된다.

즉———.

"알, 미디엄 씨."

각오를 마치기 전에, 스바루는 동행한 두 사람의 이름을 불렀다.

지금부터 일어날 일이나 해야 할 일에는, 둘의 협력이 필요 불가결. 그렇다면 행동을 일으키기 전에, 두 사람의 승낙을 얻는 것이 도리에 맞다.

뒤돌아본 스바루, 그 시선을 받은 알과 미디엄은 저마다 끄덕였다.

"뭐, 형제에게 힘을 빌려주겠다고 말했으니."

"오빠에게도 부탁받았거든! 나츠미를 잘 부탁한다고!"

고개를 모로 꼰 알과 힘찬 말을 해주는 미디엄.

두 사람의 답변에 용기를 받은 스바루도 두 사람에게 고개를 끄덕여 대답했다.

그리고 스바루는 천천히 앞으로 걸어가 방의 전방——상석에서 팔걸이에 기대어 곰방대를 피우는 요르나에게 향했다.

그 마성의 미모를 지척에 두고 달콤한 향이 감도는 가운데 스바루는 친서를 내밀었다.

"여기. 저희의 주인께서 드리는 친서입니다."

"수고 많으셨어요. 물론, 이다음이 더 큰일일걸요."

"네, 알고 있답니다."

단아한 손가락이 친서를 받고, 웃음을 머금은 말이 스바루 일행의 이후를 저주했다.

그러나 스바루는 그 말에 늠름하게 대답하고, 뒤돌아섰다.

그리고——.

"황제 폐하, 황공하게도 당신의 옥좌, 저희가 받아가겠습니다."

정면에 대고 조금 전 이상으로 명쾌하게 선전 포고를 했다.

3

그 순간, 일어난 사태는 극적이었다.

"잘도 짖었구나, 무엄한 것들이——!!"

직설적으로 선전 포고한 직후, 카프마가 눈을 부릅떴다.

더없는 무례, 불경의 극치인 스바루의 선언을 들은 카프마 일루쿠스는 황제에게 보내는 충성을 자신의 힘으로 증명하고자 했다.

그 결과, 두 팔을 뻗은 카프마의 웃옷이 터지고 무수한 가시넝쿨이 스바루에게 쇄도했다.

심록색의 가시넝쿨, 그것은 꿈틀대는 뱀처럼 스바루에게 뻗어가 압도적인 질량이 그 시야를 가득 메웠다.

도망칠 곳이 없는 면 제압, 한 가닥 한 가닥이 스바루의 팔에 필적할 굵기에 바늘이 붙은 넝쿨, 그것은 사냥감을 졸라 생명을 마지막 한 방울까지 짜내는 치명적 기술이다.

스바루의 반응을 일절 용납하지 않는 일격은 뱀이 쥐를 통째로 삼키듯이 가뿐히 그 몸을 가시넝쿨 안에 흡수하고——.

"말 잘했어, 형제."

가시넝쿨에 온몸을 꿰뚫려 장렬한 아픔이 올 것을 각오했다.

하지만 몸을 굳힌 스바루를 덮친 것은 아픔이 아니라 뒤에서 잡아끌어 쓰러진 엉덩방아의 충격과 스바루 앞에 나서서 가시넝쿨을 청룡도로 막은 알의 말이었다.

스바루를 등 뒤에 감싸면서 뽑아낸 두꺼운 날로 적의 공격을 받아 흘린 알. 전부 다 막아낸 것은 아니어서 그 어깨와 옆구리에는 찔끔찔끔 피가 배어 있다.

그럼에도 알은 이 압도적인 질량으로부터 스바루를 지켜냈다.

"어, 미디엄 씨는?!"

"우— 아—! 위험했어—! 알찡의 말대로 하지 않았으면 죽었을 거야!"

당황해서 돌아본 스바루 바로 옆, 쌍검을 뽑은 미디엄이 큰소리로 대답했다.

쳐다보니 두 자루 쌍검을 아래위로 들고 사방에서 엄습하던 가시넝쿨 일부를 베거나 혹은 막고 밟아서 전부 방어했다.

그 확고한 기량과, 그녀가 무사하단 사실에 스바루는 안도의 숨을 내쉬었다. 하지만 안도하기에는 아직 이르다. 여하튼 이것은 아직 제1파에 불과하며——.

"참으로 호들갑스러운 손재주로군요."

"으——."

대비하는 스바루 일행의 배후, 비슷하게 가시넝쿨의 사거리에 포함되어 있었을 요르나. 요르나는 친서를 받은 자세 그대로 그 품에 새끼기생을 끌어당기고 담배 연기를 뱉었다.

그 주위에도 가시넝쿨이 육박한 흔적이 있지만, 그것은 노린 것처럼 그 몸을 피해 요르나 주위에만 동그란 벽이 있는 것처럼 부자연스럽게 꺾여 있었다.

그것이 카프마가 의도적으로 꺾은 것인지, 요르나가 무슨 짓을 했는지는 추정할 수 없지만——.

"소란을 피워서 실례했습니다. 저희는 물러나도록 하겠어요."

"조심해서 돌아가시어요. 세 분이 성을 나가지 못한다면……."

"친서는 읽지 않겠다. 명심하고 있어요."

　거듭해서 해설해 주면 아무리 눈치가 나빠도 요르나의 의도를 알 수 있다. 빈센트가 구태여 명확히 한 이번 승부——.

"저희가 성을 나갈 때까지가 승부. ——알, 미디엄 씨!"

"엉!" "넵넵!"

"오른쪽으로——!!"

　힘찬 대답이 나온 직후, 스바루가 큰소리로 부르짖었다.

　그 말을 듣고 즉시 동행자 두 명은 스바루의 판단을 이해, 세 자루 칼날이 휘둘러졌다.

　외팔이의 청룡도와 유연한 쌍검, 그것이 사납게 가시넝쿨을 베어내어 시야와 진로 양쪽을 막은 질량을 날려 버리고 세 사람의 모습이 녹음 밖으로 뛰쳐나갔다.

"놓칠 것 같으냐!!"

　하지만 내디딘 첫걸음, 스바루의 코끝을 스친 것은 엄지만 한 굵기의 바늘이었다.

　가시넝쿨과는 다른 그것은, 시야를 스친 한순간으로는 하얀 뼛조각처럼 보이기도 했다. 그것은 스바루를 견제한 것이 아니라 관자놀이 언저리를 관통했었을 일격이다.

　반사적으로 사출된 바늘의 진로에 알이 칼날을 집어넣지 않았으면 죽었었다.

"가시넝쿨에 바늘, 묘기꾼이어요?!"

"저건 『충롱족(蟲籠族)』이야! 몸 안에 넣은 벌레로 공격해 대는 거야!"

"진짜, 황당무계 인간의 견본시장이네요!"

말해 봤자 별수 없는 언쟁을 나누면서 스바루는 자세를 낮추고 알과 미디엄의 원호를 받으면서 전진했다. 가는 방향은 방의 출구──가 아니다.

예의 바르게 온 길대로 따라가면, 카프마의 맹공에 벌집이 될 게 훤하다. 다시 말해, 스바루 일행에게는 대폭적인 숏컷이 필요하다.

따라서──.

"미디엄 씨!"

"네입!"

"힘내요!!"

"──힘낼게!!"

성원을 받은 순간, 과장 없이 미디엄의 온몸이 펄떡이며 기세가 늘었다.

그리고 긴 머리카락을 나부끼면서 두 손에 쥔 쌍검을 휘둘러 복잡기괴한 궤도로 밀어닥치는 가시넝쿨을 사납게 쳐냈다.

물론, 거기에는 미디엄 자신의 기량도 있다. 하지만 그에 더해서.

"오른쪽 무릎! 뒷목! 야한 포즈!!"

"우! 탓! 야압!"

피를 토하는 듯한 알의 절규가 미디엄에 육박하는 위기의 표적을 가르쳐 주었다. 미디엄은 순간적으로 그에 반응해 맞기 직전에 넝쿨의 가시를 방어, 피하는 데 성공했다.

어디까지 보이는 것인지, 아라키아 상대로도 발휘된 알의 높은 생존력. 그것은 자신만이 아니라 자신 이외의 상대에게도 발휘되는 모양이다.

그 은혜 덕을 보아 미디엄이 방의 끝자락에 도달. 목제 울타리를 한칼에 파괴하고 뛰어오른 긴 다리가 벽을 날려 버렸다.

눈 아래, 지상까지 거뜬히 30미터 이상은 될 천수의 방이 개방되고 시야 가득히 펼쳐진 마도의 푸른 하늘과 바람이 스바루 일행을 난폭하게 마중했다.

이판사판, 수준의 이야기가 아니지만——.

"성 밖으로 나가면!"

요르나가 친서에 손을 댄다.

이 조건을 받은 이상, 빈센트 일행도 거기서 더는 손을 쓰지 않을 터. 아마도. 어쩌면 그런 약속을 명문화한 것은 아니었을지도 모른다.

하지만 달리 믿을 만한 것이 없는 이상, 그쪽으로 가는 것이 유일한——.

"나츠미!"

벽을 뚫은 미디엄이 부르는 소리에 스바루는 이것저것 따지지 않고 전력질주.

깜빡 치마 입고 오지 않은 게 대정답. 하마터면 사인이 여장이 될지도 몰랐다. 중대국면에서 얼굴을 꾸미는 것도 잊고 스바루는 바닥을 뚫을 기세로 세게 박찼다.

그리고 미디엄을 따라잡아 함께 벽을 통해 밖으로———.

"미안하다만, 일단 나도 일은 해야만 해서 말이야."

"커흑……."

그 순간, 스바루와 미디엄의 정면에 뚝 떨어진 노인, 그의 관수(貫手)가 두 사람의 가슴을 찔렀다.

충격에 얻어맞아 숨이 막힌다. 『구신장』의 일격을 정통으로 맞았다고, 스바루의 의식에 금이 가고 그대로 모든 것이 산산조각 나려 한다.

그러나———.

"나츠미! 아무렇지도 않아!"

"어?!"

바로 옆에서 큰소리가 불러서 스바루는 놓으려던 의식을 되찾았다. 허둥지둥 자신의 가슴을 내려다보니 오르바르트의 관수에 얻어맞은 피해는 보이지 않았다.

피도 나오지 않거니와, 출혈 없이 심장을 뽑힌 흔적도 없었다.

"간다~ 나츠미! 혀 깨물지 말아, 줘!!"

미디엄이 혼란에 정신을 못 차리는 스바루의 옷깃을 잡고 깨진 벽을 큼직하게 넘어갔다. 그대로 주저 없이 홍유리성의 밖으로 뛰쳐나가——— 낙하가 시작되었다.

"으, 꺄아아아———!"

새된 비명을 지르면서 스바루는 미디엄을 끌어안으며 자신의 허리춤을 뒤졌다. 거기서 손에 익은 감촉을 뽑아서 허공임에도 채찍을 들었다.

승산을 많이 준비한 것은 아니었지만 요르나의 도발과 빈센트에게 날린 선전 포고, 더해서 카프마와 오르바르트와의 공방, 도박은 이어졌다.

가까스로 그 전부에서 점수를 따냈으니, 마지막의 마지막도 딸 수 있으리라 믿을 뿐——.

"비, 켜어어어!!"

미디엄의 가는 허리를 안으면서 스바루는 팔을 휘둘러서 채찍을 뿌렸다. 그 끝부분이 뻗어가는 곳은 허공이 아니라 마도 곳곳에 뻗어 있는 발판 중 하나—— 도시 이곳저곳에 거미집처럼 둘러쳐진 그것이 홍유리성의 외벽에도 닿아 있었다.

거기에 채찍을 걸고 그대로 성의 부지 밖으로 나갈 발판으로 삼는다. 그것이 방의 혼란 속에서 떠올린 스바루의 얼마 안 되는 최선의 수다.

"으——!"

팔에 걸리는 느낌이 오고, 스바루는 혼신의 힘으로 채찍을 손목에 감았다. 이걸로 악력이 부족해도 최악의 경우 손목뼈가 깨지는 피해로 몸을 지탱할 수 있다고.

나머지는——.

"알은…… 끼약?!"

"미안!"

채찍이 쭉 뻗은 순간, 스바루의 등에 맹렬하게 격돌하는 알. 아무래도 그도 스바루 일행과 비슷하게 성 밖으로 뛰쳐나온 모양이다.

공중에서 열렬한 합류를 달성한 스바루 일행. 셋은 엉킨 채로 200킬로그램 이상의 중량을 스바루의 팔 하나에 맡기고 매달렸다.

"끄가아아아아악──!"

팔과 손목, 팔꿈치와 어깨, 오른팔 전체의 비명을 진솔한 절규로 대신하면서 스바루 일행의 몸이 홍유리성 밖, 들보 하나를 지점으로 호를 그렸다.

그대로 반동이 그치기를 기다리다가 한 명씩 채찍을 기어 올라가서 발판에 오르는 것이 베스트. 거기까지 걸리는 시간과, 오른팔의 괴사를 비교하면서 스바루는 어금니를 깨물고──.

""──아.""

혼신의 힘을 짜낸 순간, 알과 미디엄의 목소리가 겹쳤다.

그것이 무엇인지 확인하기보다 먼저, 스바루의 오른팔에 걸리는 부담이 소실했다. ──아니, 정확히는 부담이 사라진 것이 아니라 채찍을 건 발판이 부러진 것이다.

천수각이 깨진 벽에서 뻗은 가시넝쿨, 그 맹렬한 질량에 의해.

"우, 아아아아아악──?!"

비명이 꼬리를 끌면서 엎치락뒤치락 스바루 일행 세 명은 공중을 날았다. 발판에 채찍을 건 반동 그대로, 스바루 일행의 몸은 포물선을 그리며 날았다.

천수각에서 뛰어내린 것과 비교하면 나아도, 그래도 20미터 이상이나 되는 높이에서 내동댕이쳐지면 육체적으로는 일반인인 스바루와 알은 살지 못한다.

새된 비명을 지르면서 어떻게든 타개책을 찾아 헤매는 스바루. 그 뇌리에 에밀리아와 베아트리스, 렘의 얼굴이 잇달아 떠오르고——.

"————."

세 사람은 맹렬한 소리를 내면서 지붕을 뚫고 성 아래의 마구간, 그 건초 위에 뒤엉키면서 뛰어들었다.

4

넓은 방의 벽에 뚫린 구멍을 통해 밖을 바라본 카프마가 증오스러운 듯이 입술을 일그러뜨렸다.

눈 아래, 바람이 휘몰아치는 가운데 먼지를 일으키며 감쪽같이 방에서 탈출한 세 사람의 모습이 사라진 건물에 시력을 집중한다. ——도망자의 모습은 보이지 않는다.

"————."

금이 간 발판이 소리와 함께 무너지지만 그 파편이 무례한 작당을 짓뭉개 줄 거라고 기대하기에는 다소 거리가 멀었다.

하지만——.

"놓칠까 보냐. 무슨 수를 써서라도, 각하께 저지른 불경의 대가를……."

"이 친구야, 그러면 쓰나. 저놈들, 수중의 패 전부 다 써서 빠져 나갔다고? 그걸 여기서 무시해서야 도리에 맞지 않는 셈이지."

"오르바르트 옹!"

도망자를 쫓으려던 발길을 막는 목소리에 카프마가 이를 갈면서 뒤돌아보았다. 그 시선을 받은 왜소한 노인은 "오오, 무섭구먼." 하고 어깨를 움츠렸다.

"애초에, 왜 그 여자들을 못 본 척했습니까! 오르바르트 옹이라면 그 여자들을 억류하는 것쯤이야 순식간에 가능했을 텐데!"

"그거, 자네에게도 고스란히 돌아가는 의견이네만? 그리고 나도 유난히 힘을 뺐던 게 아니야. 저 투구 애송이, 묘한 속임수를 썼거든."

"애송이라고 할 만큼 젊지는 않은 인상이었습니다만."

"그 점은 접어 두세나. 애당초 내가 보면 웬만한 녀석들은 아장아장 걷는 꼬맹이야. 실제로 네가 태어날 때부터 영감이라고, 나는."

자신을 손가락으로 가리키며 주름투성이 얼굴을 웃음으로 일그러뜨리는 오르바르트. 그 가벼운 태도에 카프마는 거듭 언급하려고 했지만, 그보다 먼저 오르바르트가 "그리고." 하고 말을 이었다.

"자네는 잊었을지도 모르는데, 나는 봐, 저기 여우 계집애의 경계도 해야 하잖나? 언제 각하께 적의를 드러낼지 알 노릇도 아니고."

"요르나 일장······. 확실히, 소관이 경솔했습니다."

"카카카캇카! 알면 됐네."

지적받은 카프마는 머리에 피가 오른 자신을 부끄러워하듯이 고개를 떨어뜨렸다. 그런 청년과 노인의 대화에 지목되며 위험 인물 취급받은 요르나가 눈가에 손을 올리고 말했다.

"이렇게 팍팍한 이야기가 어디 있을까요. 저 같이 가냘픈 여자를 마치 위험한 짐승처럼 말씀하시고…… 이런 모욕, 저는 처음 받사와요."

"어느 입으로……!"

우는 흉내를 내며 약 올리자 카프마의 분노가 요르나에게 쏠렸다. 하지만 요르나는 그 시선에 "쿠후." 하고 목을 그렁거리더니, 눈가를 만지던 손을 슬쩍 내렸다.

그대로 그녀는 곰방대를 입가로 옮겨 연기를 듬뿍 폐에 빨아들이고는, "후~" 하고 크게 뿜었다. ──그 연기가, 하늘하늘 일렁이면서 벽의 구멍으로 흘러간다.

그렇게 흐르던 담배 연기가 구멍에 닿자, 거기서 놀랄 만한 변화가 발생했다.

그것은 마치 환상처럼 부서진 벽이 천천히 복구되는 광경이었다.

붕괴된 홍유리성의 벽, 그 구멍이 뚫린 부위에 사용된 목재가 꿈틀거리며 생물의 상처가 아물 듯이 고쳐진다. 그것은 건물의 수선임에도 무기질적이라기보다 생물적인 인상을 주는, 기묘하고 정체 모를 과정이었다.

"이로써 깨끗이 원상복구……. 당신도 기분을 풀어 주시어요."

"이것이, 요르나 일장의."

"섣불리 마도에 손을 대지 못하는 이유……. 물론, 이 여자의 위험성은 그에 한한 이야기가 아니다만."

외벽 수선을 마치고 교태를 부리며 미소 지은 요르나에게 카프마가 숨을 집어삼켰다.

그의 전율을 보충한 것은 조금 전의 소동 사이에도 꿈쩍하지 않던 빈센트였다. 제국의 정점인 남자는 잠시 벽을 봤다가 요르나에게 초점을 맞추었다.

"그것들은 성 밖으로 나갔다. 짐과 네놈이 제시한 조건을 충족했다는 뜻이지."

"그렇겠군요. 그렇다면, 저희가 그 노력을 저버리는 것은 다소 소문이 좋지 않겠어요. 각하라면 알아주시겠지요."

"————."

"물론, 저도 각하의 생각을 존중한답니다. 그러니 잊지 마시길."

침묵한 빈센트를 응시하면서 처음부터 끝까지 황제 상대로 스스럼없는 자세를 고치려고도 하지 않는 마도의 주인, 요르나 미시구레가 웃었다.

"여기는 마도, 저의 도시. ——그 파란 애송이의 칼도, 저에게는 닿지 않아요."

그 선언은 마도의 주인으로서는 적절해도, 황제를 상대로 고하는 것은 부적절.

제국을 두루 지배하는 볼라키아 황제를 상대로 단 하나의 도시

일지라도 자신의 지배권이 더 위라는 듯한 언행은 불경한 수준을 넘어섰다.

그러나 요르나 미시구레의 그 말은 부정되지 않았다.

그것은 그 말의 옳고 그름이야 어쨌든 사실이라는 점을 누구나 숙지하고 있기 때문이다.

이 마도 카오스프레임에서 요르나 미시구레는 절대적인 힘을 가지고 있다고.

따라서——.

"하룻밤, 시간을 주지."

그것을 볼라키아 황제의 패배라고 간주한다면, 그자는 그 황제의 심모원려를 지나치게 모른다. 물론 황제가 그 검은 눈 속에서 돌리는 모략들은 설령 황제 가까이에서 섬기는 자여도 쉽게 짐작할 만한 것이 아니다.

다만 빈센트의 말에 도리를 어긋난 잘못은 없다고, 그리 믿을 뿐이다.

"감사히. 그렇다면 저도, 편지의 답장을 음미할 시간을 받겠습니다."

문언만을 보면 충실하고, 태도와 표정에는 고분고분한 내색을 일절 보이지 않으며 요르나가 빈센트의 허락을 얻고 대답했다.

빈센트가 인정한 이상, 이 화제를 다시 헤집는 짓은 용납되지 않는다.

"하지만 귀공의 태도는 묵과할 수 없다. 소관은 몇 번이든 말하겠다."

"쿠후. 그렇게 무서운 눈빛을 하면 저도 몸서리가 멈추지 않아요. 오르바르트 옹, 어떻게 해 주시지요?"

"나에게 불똥이 튀나. 늙어서 앞날 짧은 할아범인데, 친절히 대하는 게 젊은 것들의 의무 아니겠냐. 어라, 이거 혹시 나, 웬만한 녀석들로부터 선의 뜯어낼 수 있는 최강의 논리를 찾아낸 것 아닌가? 오는가, 나의 시대."

"오르바르트 옹!"

오르바르트의 장난스러운 말투에 카프마가 분노마저 드러내며 언성을 높였다.

곰방대에서 흐르는 연기를 흔들며 웃으면서 그 모습을 바라보는 요르나. 그런 『장』들의 모습에 빈센트는 눈을 가늘게 뜨고 작게 콧방귀를 뀌었다.

그리고 황제는 고개를 돌려 자신과 동행한 마지막 한 명——카프마와 오르바르트하고 다르게, 빈센트 이상으로 움직임을 보이지 않던 자를 보았다.

"참으로 말수가 적더군. 네놈답지 않아."

"그렇죠. 그래도 뭐, 얼굴을 마주치면 귀찮아지는 분이 계셨던지라."

쓴웃음을 섞은 젊은 남자의 목소리가 대답했다.

남자는 머리부터 파란 로브를 푹 뒤집어써서 그 얼굴이 주위에 보이지 않게끔 하고 있다. 그것 자체는 평소부터 하는 행동이지만, 평소 이상으로 로브의 목덜미를 쥔 것은 아무래도 같이 있던 손님과 관계가 있었던 모양이다. 그것도, 재회가 바람직하지 않은 부류의.

"이 마도에서는 조개처럼 입을 다물기로 하겠습니다. ──별도, 그러기를 바라는 것 같아서."

"별이 바란다고 했나. 하찮군."

"하찮다니 너무하신 말씀을."

목을 움츠린 남자는 빈센트의 잘라 버리는 듯한 말에 쓴웃음 지었다.

쓴웃음 지은 채로, 말을 이었다.

"만약 진심으로, 각하께서 별의 바람을 경시하고 계신다면 이런 곳까지 구태여 발길을 옮기시지 않을 거라고, 저는 그렇게 생각하는데 말이죠."

"머저리가, 짐의 속내를 다 안다는 듯이 논하느냐?"

"당치도 않습니다."

팔짱을 끼고 어조를 한 단계 낮춘 빈센트의 말에 남자가 어깨를 오므렸다.

그렇게 빈센트는 남자──『별점쟁이』로부터 시선을 떼고는 이미 막힌 벽 너머, 세 반역자가 사라진 하늘을 가늘어진 눈으로 바라보았다.

그리고──.

"별의 바람이라니, 하찮군."

그렇게, 누구에게도 들리지 않을 중얼거림이 입 안에서만 맴돌다 사라졌다.

"콜록! 컥! 에흑!"

뭉게뭉게 피어오르는 모래먼지 속에서 스바루는 기침하면서 필사적으로 폐에게 일을 재촉했다.

등과 다리를 강렬하게 찧은 것 같지만, 기적적으로 크게 다치지는 않았다. 무너진 발판이나 건물 파편이 흩어진 참상을 보면 핏기가 가실 만한 행운이었다.

"이런, 소리나 할 때가 아니어요……. 미디엄 씨! 알!"

"나, 나는 여기…… 아파, 아파～."

머리를 흔들고 순간적으로 함께 있던 두 사람의 이름을 불렀다. 그러자 바로 옆의 잔해 밑에서 대답이 나와 스바루는 허둥지둥 그것을 밀어내고 찾는 사람을 끄집어냈다.

파묻혀 있던 미디엄이 "콜록." 하고 기침하고 눈을 끔뻑거렸다.

"우아～ 죽는 줄 알았어! 나츠미는 무사해?"

"저는 어떻게든. 미디엄 씨랑 알이 지켜준 덕에…… 미디엄 씨의 부상은? 어디 아픈 곳은 없어요?"

"우햐햐햐, 간지러워～! 괜찮아, 괜찮아! 건강하다니깐!"

어깨와 등을 확인하자, 몸을 뒤튼 미디엄이 스바루의 가슴을 밀어냈다.

허세나 거짓말이 아니다. 미디엄도 두드러진 상처는 없는 듯하다. 다들 터무니없이 운이 좋았다고 생각되지만——.

"알은——."

대답이 없던 알을 찾아 스바루는 주위에 시야를 한 바퀴 돌렸다.

간신히 먼지가 내려앉은 시야, 스바루 일행이 날아든 곳은 빈 마구간이다. 홍유리성의 뒤편에 있던 그 건물은 아무래도 질풍 마용의 건초를 놔둔 창고였던 듯하다.

그 건초가 쿠션이 된 덕분에 끔찍한 추락사를 모면할 수 있었던 것이다.

"찾았다! 알찡!"

어두컴컴한 건물 안을 둘러보는 스바루의 옆에서 미디엄이 소리쳤다.

그 손가락이 가리킨 곳은 낙하 충격으로 뒤집어진 짐차였다. 마구간 바닥에 건초가 흩어져 있고 그 아래에서 꿈틀대던 것을 둘이 덤벼 구출했다.

이윽고 풀 아래에서 뻗어 나오는 굵은 팔, 그것을 단숨에 끌어올려서──.

"아팟! 오른팔까지 빠지겠다!"

"웃을 소리가 아니거든요!"

"하지만 알찡도 살아 있었어! 굉장하잖아!"

웃기지도 않는 농담을 하는 알을 야단쳤으나 미디엄의 말에 안도했다.

건초 더미에서 끌려나온 알, 그 몰골은 심각했다. 기적적으로 타박상과 생채기 정도로 끝난 다른 두 명과 달리 알의 온몸에는 열상과 검푸른 멍이 다수 있었다.

카프마의 가시넝쿨과, 일시적이라도 오르바르트를 막은 것이다. 마지막에 스바루 일행에게 뛰어들었을 때 위치상 적의 추가 공격을 받기 쉬운 입장이기도 했다.

그가 입은 상처 하나하나가, 본래 스바루 일행이 입어야 했을 상처다.

"이보쇼, 왜 우중충한 표정하고 그래, 형제."

"그건……."

"그런 표정을 지으면 내 등의 상처가 보답받지 못하지. 검사의 수치라고?"

알은 뻐근한 듯 어깨를 돌리면서 스바루를 격려하듯이 거침없이 말했다.

그 태도에 스바루는 숨이 턱 막혔으나, 곧 "그러게요." 하고 끄덕였다.

껄렁껄렁하고, 무슨 일이든 남의 일 같은 태도로 행동하던 알이지만 지금까지의 공방에서 보여준 그의 분전은 전부 스바루에게 보내는 성의가 원인이다.

스바루의 목적에 공감해 힘을 빌려주겠다고 약속했다.

그러기 위해서, 목숨 건 싸움에도 따라와 준 것이 알이라는 남자다.

"당신을 오해했었어요."

"엉?"

"언제나 껄렁껄렁하고, 건성건성으로 살고, 매사에 불성실해서 믿을 구석이 없는 성격인 줄로만 알았는걸요."

"어이, 이보쇼."

"하지만 당신은 저를 위해서 목숨을 걸었습니다. ──그 사실을, 잊지 않겠어요."

가짜 가슴에 손을 짚고서 진짜 결의를 알에게 전했다.

그가 없었으면 이 순간의 나츠키 스바루는 생존할 수 없었다. 그렇기에 앞으로의 나츠키 스바루는 알로부터 받은 은의를 잊지 않고 싸우겠다.

설령, 다음 순간에 목숨이 다하는 일이 있다고 해도──.

"나츠미, 알찡, 너무 우물쭈물하다간……."

"네, 알고 있어요. 모처럼 알이 희생해 줬는데 허사로 돌릴 수 없지요."

"희생되지는 않았거든?!"

미디엄에게 재촉받아 소매로 얼굴을 닦은 스바루가 굳세게 대답했다.

추락사를 면했어도 안도하기에는 아직 이르다. 요르나와 빈센트로부터 제시받은 조건은 충족했다고 할 수 있지만, 카프마와 오르바르트가 손을 뺀다는 확신은 없는 것이다.

"바로 나가죠. 몸을 숨기고, 상대의 답변을……."

"그런 걱정은 필요 없습니다."

"윽──?!"

알을 부축하며 밖으로 나가려던 순간에 목소리가 들렸다.

그 사실에 놀라 손을 놓는 바람에 부축하던 알이 나자빠져서 "끄억!" 하고 비명을 질렀다. 하지만 그런 알에게 신경을 쓸 여유가 없다.

마구간 입구에 서서 스바루 일행을 응시하는 인영과 대치해야
한다.

　"당신은……."

　"인사가 늦었습니다. 요르나 미시구레 님의 시종, 탄자라고 합
니다."

　그렇게 말하고 예절 바르게 머리를 숙인 것은 기모노에 사슴뿔
이 특징적인 인물——요르나 옆에 있던 녹인족 소녀다.

　탄자라고 이름 밝힌 소녀는 천천히 고개를 들고는, 일행을 감
싸듯이 앞으로 나선 미디엄과 대치, 그 고개를 획획 가로저었다.

　"경계하지 않으셔도 돼요. 저는, 여러분께 해를 끼칠 일은 없
어요."

　"정말로? 하지만 우리, 여기랑 성의 벽, 때려 부쉈는데?"

　"성도 마구간도, 요르나 님께서 고쳐 주십니다. ——요르나
님은 여러분을 사자로 인정하셨습니다. 이제 아무도 손을 대지
못하세요."

　미디엄의 불안을 해소하고 그렇게 덧붙이는 탄자. 그녀의 말
에 미디엄의 눈썹 끝이 안도하며 내려가지만, 스바루의 인상은
그 정반대다.

　요르나가 벽과 마구간을 고친다는 대목은 제쳐 놓더라도 그 다
음이 문제였다.

　"아무도 손을 대지 못한다니, 크게 나오시네요. 그 자리에 있
던 것이 황제 폐하라고, 저희는 알고 있는데요?"

　미디엄의 등 뒤에 숨은 채로는 폼이 나지 않기에 그 옆에 스바

루가 붙었다. 그렇게 앞으로 나선 스바루를 탄자의 회색 눈이 빤히 응시했다.

귀여운 이목구비인 것에 비해 감정이 겉으로 나오지 않는 소녀다. 새끼기생으로서는 애교도 필수일 테지만, 그 행동거지에는 인형 같은 느낌을 받는다.

"저희는 황제 폐하께 적지 않게 해를 끼치는 자…… 그것을 모시는 분들이 못 본 척하실 거라고요? 요르나 님이 인정하게 만들었다는 말씀이에요?"

"네. 누구도, 이 마도에서 요르나 님께는 거역할 수 없습니다. 빈센트 님도, 그것을 아시리라 생각합니다. 그러니……."

담담히, 그러나 절대적인 확신을 가진 탄자의 답변. 그 확신에 이어져야 할 말이 막혀서 어안이 벙벙해진 스바루에게 그녀는 천장을 가리켰다.

망가진 마구간의 천장에서 홍유리성의 위용이 보인다. 하지만 그 의도는 성이 아니다.

"그 호위들이 오지 않는다……. 그 강제력, 믿어도 되나 보네요."

"빈센트 님도 돌아가셨습니다. 편지의 답장은 내일, 다시 하신다고."

"알겠습니다."

"그럼, 조심해서 가세요."

탄식하는 스바루의 대답을 받자 탄자는 묵례하고 그대로 세 사람에게 등을 보였다.

필요 최소한의 일을 야무지게 마치고 요르나에게로 돌아가는 것이리라. 문득 떠나는 그 등을 스바루가 "탄자 씨." 하고 불러 세웠다.

발을 멈추고 뒤돌아보는 탄자. 그 인형처럼 움직이지 않는 표정을 바라보면서 물었다.

"당신에게 요르나 님은 어떤 분이세요?"

물어본 이유는, 스바루 안에서 요르나의 인상이 갈피를 잡지 못하기 때문이었다.

가짜인 줄 모르는 이상, 요르나가 빈센트를 대하는 방법은 황제였던 아벨을 대하는 방법과 동일할 터. 불경이나 무례를 넘어선 그 행동, 실력자이기 때문이라는 이유만으로 간과하고 있어서는 모범이 되지 않는다는 생각도 들지만, 그런 태도를 취하는 이유가 불명확하다.

요르나가 아벨에게 품고 있는 것은, 친애와 적개심 중 어느 쪽인가.

요르나를 아군으로 끌어들이길 바란다면, 알 필요가 있다. 따라서——.

"곁에 계신 분의 얘기를 듣고 싶어요. 요르나 미시구레 님의, 인상을."

"정이 많으신 분이세요. 아군을 사랑하고 적을 미워한다. 마도에 사는, 모든 이들의 연인."

막힘없이 대답하는 탄자, 그 눈에 처음으로 어렴풋한 감정이 스쳤다.

순식간에 사라지는 그것은 스바루의 눈에는 희미한 열기를 머금은 것으로 보여서, 그 이상의 말을 잇지 못했다.

잇지 못한 채로, 떠나가는 소녀의 등을 배웅할 수밖에 없었다.

"＿＿＿＿＿."

얻고 싶은 답을 얻었느냐고 물으면, 그것은 얻지 못했다.

그저 요르나라는 인물의 불가사의한 인상이 깊어질 뿐이다. 탄자의 말에 거짓은 느껴지지 않았다. 하지만 요르나가 애정 깊다고 해도 쉽게 믿을 수는 없다.

결국 마도에 온 뒤로 스바루 일행은 내내 휘둘리기만 할 뿐이었다.

"나 원 참, 가 버렸나. ……우리는 어쩌지?"

"어쩌고 자시고, 돌아갈 수밖에 없지요. 지금은, 탄자 씨의 전언을 믿고 내일 답장을 기다릴 수밖에 없는걸요."

탄자가 사라진 마구간에서 엉덩방아를 찧은 알을 다시 일으켜 세운다.

그 체중을 발에 힘주어 지탱하면서, 스바루는 다시 한번 홍유리성을 올려다보았다.

"눈길을 빼앗길 만큼 화려한 성…… 이것도『극채색』의 일환이에요?"

그렇게 중얼거리면서 스바루는 방금 탄자의 말이 진실이었음을 이해했다.

청색 속에 적색을 머금고 복잡기괴한 색채를 띠는 성, 그 천수각에 있었던 구멍은 어느새 아무리 눈에 힘을 줘도 찾아볼 수 없을 만큼 흔적도 남지 않았다.

6

"그런가, 그것이 와 있었나."

"그것 말고 할 말 없어요? 죄송하다거나, 미안하다거나."

엉금엉금 기듯이 여관에 돌아와 편지의 전달에 관한 전말 보고를 받은 아벨. 그의 첫마디에 대차게 얼굴을 구긴 스바루는 밉살맞다는 듯이 따졌다.

하지만 귀면을 쓴 아벨은 다그치는 스바루의 이마를 거추장스러운 듯 손바닥으로 밀어냈다.

"왜, 내가 사죄해야 하지? 네놈들은 잘했다. 애썼다고, 그렇게 칭찬해 주려고 하던 참이다."

"칭찬해 주려고! 칭찬해 준대! 그 말투가 거들먹거린다고요! 칭찬 안 받아도 좋아요. 필요한 일을 했을 뿐이니까. 그렇죠, 알!"

"이쪽에 불똥이 튀냐. 좀 봐줘."

수긍 못하겠다는 아벨에게 사납게 항의하던 스바루는 알에게 원호를 청했다. 그러나 타리타의 치료를 받아 붕대 남자로 바뀌어 가는 알은 손사래를 칠 뿐.

검은 투구에 붕대투성이, 그 복장의 괴이함은 그칠 줄을 모른다.

"하지만 나츠미와 미디엄이 무사해서 다행입니다. 저도 따라가야 했다고, 무척 걱정하고 있었으니까요."

"봐요, 들었어요? 이것이 올바른 반응이에요. 당신도 황제로서, 족장을 물려받을 타리타 씨를 본받으면 어떠세요?"

"그만두세요, 저 죽습니다……."

스바루가 위에 서는 자로서의 마음가짐을 설파하자 견본으로 지명된 타리타가 얼굴이 새파래지면서 고개를 저었다.

황공하다는 태도지만, 스바루 입장에서는 매우 아쉽다. 누군가, 아벨을 혼쭐내기에 적합한 인원은 없을까.

이럴 때, 남의 언동을 빌려서 싸울 수밖에 없는 자기 몸이 처량하다.

"우―! 아우―!"

"아! 루이야, 안 된다니깐! 둘이서 중요한 얘기 중이야!"

그런 스바루의 사고를 헤집는 것은, 옆방에서 들리는 새된 외침 소리였다.

쳐다보니 옆방과 이어진 문 쪽에서 루이와 미디엄 둘이 투닥거리는 중이었다. 물론 루이가 미디엄에게 대항할 수 있을 턱이 없어 어른과 어린아이가 씨름하는 꼴이다.

금세 루이가 어깨에 메이고 다시 그 모습이 건너편 방으로 사라진다.

"아―우―!"

"참 내, 뭔가요. 돌아온 뒤로 줄곧 제 주위를 얼쩡얼쩡."

"이러니저러니 해도 가장 따르는 사람이 형제라는 거겠지. 나 따위는 거들떠보지도 않아. 딱히 따라 주길 바라는 것도 아니지만."

탄식하는 스바루에게 수준 떨어지는 할로윈 변장처럼 변한 알이 투덜거렸다. 옆에서 타리타가 만족스럽게 이마를 닦고 있는데, 그 미적 센스는 참 대단하다. 아마 에밀리아와 베아트리스하고 사이좋게, 그리고 치열하게 경합할 것이다.

그렇게 두 사람을 생각하자 또다시 그리움에 가슴이 사무쳤다. ──아니, 그리운 것은 두 명만이 아니라 국경을 넘은 땅에 있는 모두였다.

스바루가 볼라키아에 날아오고 슬슬 20일 정도가 된다.

베아트리스와 람이 있으니까 이쪽의 안부만은 전해질 터. 그러나 그 이상의 정보는 없으니까 그녀들도 걱정하고 있을 것이다.

한시라도 빨리 에밀리아 일행과 합류하기 위한 길을 내고 싶다.

"그런데 이 가면 남자는 중요한 말도 하지 않고……."

"흥, 나를 가리켜 가면이라니 못하는 말이 없군. 내가 가면이라면 네놈들은 뭐지? 머저리와 광대쯤 되나?"

"수준 낮은 할로윈 같은 꼴이 되었고 말이야, 우리는."

방금 스바루의 속마음을 딱 알아맞히는 알. 그의 말과 아벨의 지적에 스바루는 "으그그." 하고 분하게 이를 갈았다.

스바루의 여장은 어디까지나 실익을 위한 것이니까 같이 취급하지 말았으면 좋겠다.

"아무튼! 성에서 요르나 씨와는 만났지만 대신에 황제 일행과도…… 그건, 당신의 대역으로 보아도 되는 것이지요?"

스바루가 손뼉을 치고 억지로 이야기를 궤도 수정했다.

그 막무가내식 화제 전환에 아벨은 "그래." 하고 귀면인 채로 끄덕였다.

"모습을 베낀 자뿐이라면 얼마든지 있겠지만, 나를 체현할 수 있는 자가 있다면 그것은 한 명밖에 없지. ──치샤 골드다."

"치샤 골드……. 구신장 말이죠. 아마, 『흰거미』?"

"그렇다. 꾀가 많고 대군의 지휘가 특기지. 그리고."

"아벨을 처음으로 배신한 녀석이고."

알의 마지막 보충을 침대에 앉은 아벨이 말없이 긍정했다.

배신자 『구신장』, 그 처음 한 명이자 아벨의 신뢰도 두터웠을 인물. 그것이 아벨을 대리해서── 아니, 바꿔쳐서 황제 자리에 있다.

"치샤…… 가짜 황제는, 무슨 목적으로 이 마도에 왔다고 생각해요?"

"놈도, 이 싸움의 승리 조건은 이해하고 있겠지."

"그럼, 역시 그들도 요르나 미시구레를 아군으로 끌어들이기 위해서?"

"그건 생각하기 어렵다. 요르나 미시구레…… 그것이 설득이나 교섭에 귀를 기울일 거라고 생각할 만큼 놈은 무모하지 않을 거야."

"──? 그렇다면, 뭘 하러?"

"뻔한 것이다. ──내가 마도에 온다, 그렇게 짐작해서 한 일이다."

아벨의 답변을 듣자 스바루는 의미를 알 수 없어 물음표를 머리에 띄웠다.

비슷하게 곤혹에 빠진 알이 "아벨." 하고 손을 들었다.

"그쪽 가짜 황제가, 아벨이 카오스프레임에 올 거라고 예측했다? 그거 진지하게 하는 소리야? 진짜라면 위험한 거 아닌가."

"그것은 상당한 정밀도로 내 사고를 추적한다. 애초에 옥좌로부터 날아간 곳과 성곽도시 공략의 흐름, 구신장의 배치…….마도를 요충지라고 추려내기도 쉽지."

"그걸 알고서…… 아니, 설마!"

담담한 아벨의 말을 처리하던 스바루가 퍼뜩 눈을 부릅떴다.

"당신, 저희와 가짜 황제가 맞닥뜨릴 것을 예측한 게 아니어요? 직접, 맞닥뜨리는 것을 피하기 위해서 자기만 여관에 남고……."

"멍청한 것. 그런 짓을 해서 무슨 의미가 있나. 순순히 기물을 줄이면 이길 샤트란지라도 가망을 잃겠지."

"그건, 그렇다고 생각하지만요."

조리가 맞지 않는 점을 말하면, 아벨이 스스로 불리해질 수를 놓았다는 점뿐.

그것이 최대이자 유일한 문제점이고, 그 부분을 논파하지 못하는 한 스바루가 품은 악질 아벨의 음모설은 말 그대로 음모론으로서 치부할 따름이다.

어쨌든――.

"그렇다면! 얘기를 되돌려서, 어떻게 된 거예요? 가짜 황제는 요르나 씨를 아군으로 끌어들일 수 없을 걸 알고 있었어요. 그래도 당신이 올 거라고 마도에 나타나서……."

"선수를 쳐서, 빈센트 볼라키아와 요르나 미시구레의 화목을 깨트린다. 나중에 나타난 내가 홍유리성의 천수에 쉽사리 올라갈 수 있으리라 보나?"

"아~ 그래……. 뭐랄까, 얍삽하게 머리 굴리는 녀석이네, 거."

납득이 갔다고 끄덕이는 알에게 스바루도 조용히 동의했다.

간신히, 스바루도 아벨의 의도가 전해졌다. 즉, 빈센트는 요르나를 적도 아군도 아닌, 무효표로 붕 뜬 상태로 만드는 것이 목적이었다.

그러기 위해서 스스로 성에 발길을 옮겨 황제와의 교섭이 결정적으로 결렬되기를 계획했다.

"……그럼, 저희의 도착이 하루 늦었더라면."

"그것의 작전이 성사되었겠지. 따라서 말하려 했던 거다. 애썼다고."

"――――."

눈을 부릅뜨고 스바루는 아벨을 빤히 바라보았다.

그 말은 즉, 아까 대화는 나름 진심 어린 치하였다는 말인가. 그렇다면 부하를 칭찬하는 게 서투른 상사인 데도 한도가 있다.

"용케 힘냈어요, 저…… 알과 미디엄 씨도!"

"오? 오오, 그렇지. 힘냈지, 우리."

"그러게~. 나츠미의 큰소리, 무지무지 멋있었는걸!"

함께 사선을 넘어서 결속력이 높아진 세 사람이 서로를 칭찬했다. 따돌림 당한 타리타가 살짝 서운한 눈치인 것이 아벨과 다르게 스바루에게는 가엾게 느껴졌다.

"하지만 사전에 전해 주길 바랐던 사항이 많아요. 예를 들면, 요르나 씨가 당신을 믿지 않게 여기고 있던 거라거나."

"아, 그거, 나도 말해야겠다 싶었어. 부탁하자고, 아벨. 잘생긴 건 타고난 거니까 어쩔 수 없지만 그렇다면 그렇다고 미남세를 내 줘."

"네놈이 무슨 말을 하는지 전혀 모르겠다, 광대. 그리고 네놈도 헛짚었다."

"헛짚었다니, 실제 대화를 보았는데요?"

실제라고 해도 요르나와 빈센트의 대화이기는 하지만, 그녀가 아벨에게 도발이나 유혹의 눈초리를 보낸 것은 사실.

그러나 스바루와 알의 추궁에 아벨은 깊이 한숨을 쉬었다.

"요르나 미시구레가 마음을 주는 것은 내가 아니다. 볼라키아 황제지."

"그러니까, 그게 당신 아닌가요? 설마 이제 와서 사실은 당신 쪽이 가짜고 그쪽 황제가 진짜 황제라는 소리는 안 할 거죠?"

"멍청한 것. 액면 그대로 받아들이지 마라. 확실히 나는 볼라키아 황제지만, 볼라키아 황제란 나만을 의미하지 않는다. 과거에도 미래에도 볼라키아 황제는 존재한다."

하나하나 풀어서 설명하는 아벨의 설명에 스바루는 눈이 동그래졌다. 옆에선 알도 "호에~." 하고 얼빠진 소리를 흘리다 확인했다.

"즉, 요르나의 노림수는 아벨의 돈이나 지위란 거야?"

"자세한 사항은 요르나 미시구레도 설명하지 않지만, 대강 그렇게 파악해도 문제없다. 그것이 원하는 것은 제국의 정점······볼라키아 황제의 총희 자리다. 나일 필요는 없어."

"왠지, 불쌍하네요."

"네놈 안에서 진행한 얘기로 멋대로 나를 연민하지 마라."

어떻게 보아 공사 구분한 연애 조건이라고도 할까.

황제의 총희—— 요컨대, 황제의 부인이 되는 것이 요르나의 목적인 모양이다. 확실히 그 입장이라면 황제가 되지 않아도 권력적으로도 재력적으로도 제국을 지배할 수 있다.

마도 카오스프레임의 통치만으로는 그 아름다운 호인족의 탐욕은 메꾸지 못한다는 말이다.

"지금 얘기라면, 편지에는 뭐라고 적은 건가요?"

"뭐, 이쪽에 붙으면 신부로 삼아 주겠다거나, 그런 거 아니야? 그것이 제일 쉽고 빠른 방법이다 싶고, 미인이기도 하고."

"미인이란 점으로 다 때울 만한 처신이었을까요……."

다소의 문제는 허용할 수 있다 쳐도, 한도는 있다. 프리실라나 요르나는 틀림없이 미인이지만 스바루라면 신부로 맞이하는 건 사절이다. 목숨이 여럿 있어도 부족하다.

"친서 내용을 밝힐 생각은 없다. 하지만 네놈들의 기대를 배신하는 답장이 오진 않는다. 그 점만은 보증해 주지."

"보증도, 신뢰가 있어야 비로소 성립……아아, 아뇨, 그만두지요. 말해 봤자 어쩔 수 없는 일이고, 그만그만!"

스바루는 짝짝 박수 쳐서 억지로 화제를 일단락한다.

납득이 가지 않는 결말을 본 아벨은 못마땅한 눈빛을 띠지만, 스바루는 "그런데." 하고 새로운 화제를 꺼내는 겸 앞을 돌아보았다.

"그 자리에 있던 구신장, 오르바르트라고 했었지요. 『악랄옹』이라는."

"그래. 나도 여러 가지 위험한 작자들 봐 왔지만 그 중에서도 특출하게 위험한 부류야."

"그 위험한 노인장, 이미 상대에게 포섭되었다고 생각해요? 그렇다면 이미 아라키아와 치샤, 더해서 세 명째까지 빼앗긴 셈인데요."

『구신장』 중, 확보해야만 하는 것이 과반수인 다섯 명.

그런데 스바루 일행이 아직 첫 번째에 애먹고 있는 중에 이미 상대는 세 명의 『구신장』이 줄짓고 있는 꼴이다.

참고로 오르바르트가 제3위이고 치샤가 제4위라고 하니, 멋지게 상위 넘버 독점이다.

"당연한 우려지만, 그럴 필요는 없다. 예상이지만 오르바르트는 상대 진영에 가담하지 않았어. 현 상황은 구신장으로서 황제의 명령에 따르고 있을 뿐이다."

"그 근거는."

"오르바르트 덩클켄도 예측하지 못할 남자이기 때문이다. 아라키아는 말로 주무르면 얼마든지 움직일 수 있지만, 오르바르트를 농락하는 것은 쉬운 일이 아니야."

"결국 구신장을 전혀 통제하지 못한다는 얘기 아닌지……?"

즉, 자신이 고삐를 쥐지 못한 상대니까 자신으로 변신한 대역도 고삐를 쥐지 못했다는, 그런 이야기가 된다.

기뻐해도 된다는 생각은 도무지 들지 않고, 앞날도 불안해지는 이야기다.

"그럼, 그 오르바르트라는 노인은 아군으로 삼을 여지가 있다는 말씀이군요."

"물론 교섭 자리에 앉히려면 그만한 재료가 필요하지. 그것도 방심 못하게 노회해. 상황이 파악되면 어느 쪽에 붙을지 저울질하겠지."

"그러고 보니, 알은 아는 사이였지요? 어떤 사이예요?"

오르바르트에게 교섭 여지를 바란다면, 가장 유력한 것은 알이라고 스바루는 생각한다.

천수각에서 알과 오르바르트의 대화에는 그 가능성이 보였다.

"검노고도였던가요. 거기에서 일어난 사건의 해결에 한몫했다고……."

"오오, 그래그래. 근데 말은 그래도 특별히 덧붙일 일은 아니거든? 8년 전, 아직 볼라키아의 검노였던 내가 섬에서 일어난 반란에 말려들었단 얘기야. 섬의 검노가 사투를 관전하던 상급백을 인질로 삼아서 해방하라며 요구했거든."

"꽤 대사건으로 들리는데요……. 그걸 알이?"

"엄밀히는 나랑, 아직 로리였을 적의 아라키아 아가씨지. 그리고 인질이 되었던 상급백 말인데…… 그쪽의 자세한 사정은 나중에 이야기하자."

이야기 후반을 흐린 알이 목덜미를 어색하게 긁었다. 이야기하기 불편한 사정 같지만, 숨겨진 세부 내용을 빼더라도 대충은 알 수 있으리라.

검노고도의 반란과 8년 만의 포상. 그것을 이용해 알은 목적을 달성해 주었다.

자기 자신의 목숨을 걸고 스바루에게 협력하는 일념을 위해서.

"설마 이렇게 장대한 복선이 될 줄이야. 당시의 무기력한 나에게 감사해야겠어."

낄낄 기분 좋게 웃는 알은 그 이상 스바루에게 부담을 줄 생각은 없는 모양이다.

그 배려에 스바루가 감사의 마음을 품는 것과 아벨이 "그렇게 된 건가." 하고 납득한 끄덕임을 보인 것은 동시였다.

아벨은 귀면의 턱을 잡고 슬쩍 들어서 민낯을 알에게 드러냈다.

"즉위 직후의 소동 때, 검노고도에서 활약한 검노가 있었다고는 들었다. 포상을 요구하지 않았다고도 들었지만…… 그것이 네놈인가, 광대."

"그랬나 보더라. 그보다 황제의 귀에 닿았던 거랑 그걸 똑똑히 기억했다는 것 쪽이 더 식겁하겠어. 여행 중의 넉살도 죄다 기억할 것 같아."

"애썼도다. ——네놈의 공에는 보답하지. 설령 무슨 일이 있더라도."

"오……."

민낯을 보인 아벨의 말은 무겁고, 움직이기 어려운 진지함으로 장식되어 있었다.

신상필벌, 아벨의 신조인 그것이 또다시 그에게 황제의 표정을 짓게 했다. 공적을 올리고서 포상을 바라지 않는 자에게, 아벨의 제왕학은 자비가 없다.

알도 이번에는 포상을 받지 않고 도망치지 못하리라.

"어쨌든 친서가 넘어간 이상, 내일의 답변을 기다릴 수밖에 없겠지."

"그건 그러네요. 이쪽에서 할 수 있는 일은, 이제 아무것도. 일단, 요르나 씨의 수발을 드는 아이로부터 가짜 황제 일행에게도 손을 쓰지 못하게 했다는 말을 들었어요."

"그것이 요르나 미시구레의 말이라면 의심할 여지는 없을 테지."

탄자로부터 전해진 안전의 보장, 그것을 아벨도 주저 없이 받아들였다. 거기에는 아직 아벨이 이야기하지 않는, 스바루 일행이 모르는 사정이 숨어 있을 듯했다.

"그것을 설명해 달라고 제가 말해 봤자……."

"줄 정보의 취사선택은 내가 한다. 네놈이 알 수 있는 정보는 네놈이 알아도 지장이 없는 것이다. ──적어도, 당분간은."

"당분간…… 말이지."

순간, 스바루의 어조가 본색으로 돌아오고 가슴속에 움튼 불화를 스스로 단속했다.

아벨의 이것을 비협력적이라고 잘라내기는 쉽다. 하지만 아벨도 스스로 패배를 바라지 않는다. 스바루가 최선을 다할 수 있게, 아벨도 최선을 다하고 있다.

그 방법이 최선을 다해 말하고 싶어 하는 스바루와 보조가 맞지 않을 뿐이지.

"그럼 오늘은 이만 끝인가? 다행히 목숨을 건져 내일로 이어졌어. 덤으로 상대의 노림수도 꺾었으면, 성과는 최상인 셈이야."

알이 스바루와 아벨 사이의 미묘한 분위기를 쳐부수듯이 큰 소리로 말했다.

그 배려를 받아서 스바루는 "그러네요." 하고 끄덕였다.

예상 못 한 사태와 만나긴 했으나, 요르나 미시구레 공략의 첫걸음은 알과 미디엄 덕분에 최선의 수를 놓았다. 나머지는 내일의 결과를 기다릴 뿐이다.

"아무래도 역시 피로가 와락 몰려오네요."

오늘 할 수 있는 일은 없다고 결론 내리자마자 몸이 무거워졌다.

긴장 상태가 풀려서 몸이 피로를 의식한 것이리라. 긴 여행이 끝난 즉시 등성, 그리고 가짜 황제 일행과의 조우에 요르나와의 접견, 마지막의 대승부다.

"졸려……. 하지만 채찍 점검도 해야……."

스바루는 휘청거리는 머리를 잡고 멍해지는 의식으로 중얼거렸다.

그 모습을 본 타리타가 "나츠미." 하고 어깨를 부축했다.

"중요한 역할을 한 다음입니다. 무구의 손질은 제가 해 두겠으니 오늘은 일찍 쉬세요. 야습의 경계도 제가 하겠습니다."

"도시 안에서 야습 경계라니, 끝내주게 세기말……."

스바루는 타리타의 걱정에 작게 웃으며 호의에 따르기로 했다.

깊이 숨을 내뱉고는 할당된 자기 방으로. 다만, 그때――.

"우―!"

"또 당신인가요……."

옆방에 격리되었을 터인 루이가 기다렸다는 듯이 스바루에게 달려들었다. 팔을 잡아오는 루이의 행동에 스바루는 진저리 치며 머리를 감싸 쥐었다.

놀아달라며 어린아이답게 호소하는 모습은 루이가 아니라면 싫지 않다. 하지만 상대가 루이라면 경계를 풀 수 없고, 피곤하다면 더더욱 그렇다.

스바루는 말없이 루이의 이마에 손가락을 들이대고, 하얀 이마를 딱 튕겨 "아윽." 하고 물러나게 했다.

"당신하고 놀 여유는 없어요. 자, 비켜 주시어요."

"아— 우아—!"

"아~ 또 침대에서 나왔어! 미안해, 나츠미. 이리 와~ 루이는 여기! 나랑 같이 자~!"

이마를 잡은 루이의 몸이 뒤에서 뻗은 미디엄의 팔에 들렸다. 그 뒤에도 루이는 다리를 바동대며 필사적으로 스바루에게 달려들려고 했다.

그 모습이 다시 문 너머로 사라지고, 이번에야말로 루이의 악행도 막을 내렸다.

"참 내, 대체 뭐여요……."

"유난히 더 형제에게 집착했지. 그거 아냐? 얘기에 따라오지 못해도 형제가 죽을 뻔했다는 건 느꼈다거나."

알의 지적이 사실이라면 루이의 태도는 스바루를 걱정했다는 뜻이 된다.

그것을 인정하는 것은 스바루의 심정적으로는 어려운 일이다. 저, 천진한 아이로서 행동하는 루이, 그 깊은 곳에는 사악하고 용서하기 어려운 악의가 잠들어 있다.

그렇게 고집스럽게 믿음을 유지하는 것이, 스바루와 루이 관계의 대전제이므로.

"아벨, 저는 방에서 쉬도록 하겠어요. 당신은…….."

"상관하지 마라. 네놈이 있어도 유사시에는 별반 도움이 못 돼."

"당신은 타리타 씨에게만 맡기지 말고, 밤새 야습이나 경계하시지요."

걱정할 보람이 없는 대답이 나와서 스바루도 뚱하게 대꾸했다.

사이에 낀 타리타가 안절부절못하는 것은 미안하지만, 일단 쉬기 전의 쌓인 속은 이걸로 일단 풀었다.

"화장을 지우고, 옷을 풀고…… 죽은 듯이 잠들겠어요."

주어진 방으로 돌아오자 스바루는 머리를 앞뒤로 까닥이면서 여장을 풀기 시작했다.

슈드라크의 부족을 떠난 현재, 가발도 쉽게 보수할 수 없다. 아주아주 소중하게 손질해서 쓸 필요가 있기에 그쪽 부분 처리는 신중하다.

눈이 촘촘한 그물에 넣어 가발을 조심스럽게 손빨래하고, 벗은 옷과 신발도 정성 들여 빤다.

최소한의 처치를 마친 뒤에 스바루는 침대에 쓰러졌다.

눈을 감고 천천히 의식이 멀어진다.

"내일이, 되면…….."

다시, 상황이 움직인다.

상황이 움직이면 보이는 것이 달라진다. 보이는 것이 달라지면 길이 열린다. 길이 열리면 목적에 가까워진다. 거기에 따로따로 떨어진 모두가 있다.

"렘, 베아코…… 에밀리아, 땅……."

가슴에 둔통이 스치면서, 스바루는 이방의 땅에서 사랑하는 이들의 이름을 불렀다.

사랑하는 이들의 이름과 재회를 꿈꾸며 의식이 흐려지고——.

7

천천히 의식이 각성하고, 스바루는 침대 위에서 눈을 떴다.

평소에 잠이 빨리 드는 편은 아니지만 어제는 역시 피곤했었는지 곤히 잘 수 있었다. 꿈도 꾼 기억이 없을 정도로 깊은 잠이다.

그걸로 몸의 피로는 꽤 가셨다고 생각하지만——.

"뭐지?"

다만 스바루의 각성을 촉구한 것은 충분한 수면이 아니라 소란스러운 기척이다.

스바루가 자는 침실, 그 문 너머에 무언가 시끌시끌한 목소리와 기척이 있다. 그것이 자명종 대신이 되어 스바루를 수면에서 끌어낸 것이다.

——기상과 동시에 소란스러운 분위기, 결코 좋은 예감은 들지 않는다.

창문 밖, 커튼 사이로는 아침 해가 새어들고 있어서 새벽이라기에는 다소 시간이 지났음을 알 수 있다.

이미 소란스러운 마도의 분위기를 느끼면서 스바루는 응달에 말리던 가발을 쳐다보고 어쩔지 판단을 망설였다.

여태까지의 일을 감안하면 나츠미 슈바르츠답게 여장해야 한다.

그러나 문 너머가 절박한 상황이라면 여장할 시간은 없다. 잠시 묵고하다가, 어차피 사태 확인이 우선이라고 판단했다.

애당초 지레짐작일 가능성도 있다. 중대사라면 알이나 미디엄이나 타리타, 아무튼 아벨 말고 다른 누군가가 스바루를 깨웠을 터다.

그렇기에——.

"아얏?!"

그렇게 생각하면서 침대에서 내려오려던 스바루는 어깨부터 바닥에 굴러떨어졌다.

충격에 눈앞에 불꽃이 튀고, 스바루는 자신에게 일어난 사건에 기겁했다. 딱히 몸이 좋지 않은 것도, 벗어던진 옷을 밟은 것도 아니다.

다만 눈어림이 틀린 것처럼 다리가 바닥을 헛디딘 것이다.

——스바루의 다리가 침대에서 바닥까지 닿는 거리에 닿지 않았다.

"뭔 어처구니없는…….."

스바루도 자신이 숏다리 기미가 있다는 고민이 있지만, 아무리 그래도 일상생활에 지장을 초래할 정도는 아니다. 다리가 짧은 몸이라도 18년 동안 함께한 육체다.

그리 쉽게 실수할 턱이 없다고 몸을 일으키고 깨달았다.

——어제와 비교해서 묘하게, 실내 모든 것이 크게 보인다는 사실을.

"야, 야야, 왜 이래, 웃기지 말라고……."

얼굴을 굳히고 목소리를 떨면서 스바루는 자신의 얼굴을 더듬더듬 만졌다. 그리고 유난히 시끄러운 심장 소리에 숨을 헐떡이며 헐렁한 옷에 팔다리가 걸리면서도 기었다.

그대로 스바루가 손에 든 것은 가방에 넣어 두었던 거울이다. 화장을 고치는 데도 몸을 꾸미기 위해서도 필수인 거울. 거기에 자기 모습을 비추고 무슨 일이 일어났는지를——.

"뭐야, 이거……."

그 거울에 비친 것을 보고 스바루는 넋이 나가 중얼거렸다.

손에서 떨리는 거울, 거기에 비친 것은 바로 나츠키 스바루다.

단——.

거기에 있는 것은 열 살 가까이 어려진, 나츠키 스바루였다.

《끝》

후기

네, 여러분, 수고하십니다! 나가츠키 탓페이입니다. 네즈미이로네코이기도 합니다.

리제로 28권, 함께해 주셔서 감사합니다. 28권이라고 쉽게 말했습니다만 이것도 꽤 터무니없는 숫자죠. 28권씩이나 되면 왕년의 명작 만화들이 완결할 권수, 그것이 소설로 이어진다는 것은 정말로 보통 일이 아닙니다.

이것도 평소의 독자 여러분의 응원 덕분, 앞으로도 아직도 앞날이 긴 본 작품이기는 합니다만 끝까지 애호해 주시기를 절실히 바라마지 않습니다.

뭐, 28권에는 낯익은 주인공의 모습이 한 권 통째로 등장하지 않는다는 폭거. 자칫하면 29권에서도 위태롭지 않을까 싶습니다만, 그런 본 작품의 제7장, 다들 즐겨 주셨으면 고맙겠습니다!

마음고생이 끊이지 않는 주인공과 피할 도리가 없는 절박한 상황, 신용할 수 없는 아군에 무슨 짓을 저지를지 모를 적, 그리고 속수무책으로 찾아오는 '죽음'. 그것이 본 작품의 테이스트임을 이미 28권 동안 따라와 주신 여러분은 아시는 대로.

앞으로도 그런 인식에 어긋나지 않는 전개와 내용을 계속해서 보여드리게끔 작가도 예의 주인공에게 노력시키고자 합니다! 네, 여기서 합장!

그럼, 이미 낯익은 지면 할당량에 따라 늘 하는 감사의 말로 이행하겠습니다.

담당자 I님, 이번에도 연말을 염두에 둔 아슬아슬한 진행 속에 여러모로 도움을 받았습니다. 화집 발매도 얽혀서 여전히 아수라장이었으리라 생각합니다만 계속해서 잘 부탁드립니다!

일러스트 오츠카 선생님, 28권에서는 여러 명의 신 캐릭터와 신 스테이지인 마도에서 『홍유리성』의 설정 등, 곳곳에서 이번에도 크게 힘을 빌렸습니다! 그뿐만 아니라 주인공의 다채로운 변화에도 어울려 주셔서, 정말로, 정말로 늘 감사합니다!

디자인 쿠사노 선생님, 여태까지의 표지 일러스트와 살짝 분위기가 다른 한 장, 그러나 시리즈의 한 편으로서 완성해 주신 솜씨 훌륭합니다. 언제나 신세지고 있습니다!

만화판 관계로는, 월간 코믹 얼라이브에서의 아토리 선생님 & 아이카와 선생님의 4장 만화판, 신세지고 있습니다! 최신간의 발매도 이 28권 코앞일 테니 매장을 둘러보아 주시면 고맙겠습니다. 항상 즐겁게 눈요기하고 있습니다!

그에 더해 MF 문고 J 편집부 여러분, 교열 담당자님에 각 서점의 담당자님, 영업 담당자님과 많은 분들의 협력을 받고 있습니다. 정말로, 늘 여러분 감사합니다!

그리고 재차, 항상 응원해 주시는 독자 여러분께 최대한의 감사를!

새로운 스테이지와 새로운 고난, 앞으로도 질리지 않을 이야기를 엮어 가겠으니 부디 끈기 있게, 오래도록 함께해 주세요!

그럼! 다음 권에서 또 만나 뵙기를!

2021년 12월
《매년, 1년의 속도에 놀라면서 내년을 그리며》

미디엄

"그린! 이유로! 우리가 이 큰 임무를 분부받았다는 거란다, 동생아!"

"굉장하다, 오빠! 뭘 하면 될지 하나도 모르겠지만, 축하해~!"

"핫핫핫! 기운과 기세가 있어서 역시 대단하구나, 미디엄! 그래야지 남편 군과 촌장 군으로부터 일을 임명받은 보람이 있다마다!"

"나츠미네로부터? 그럼 힘내야겠네! 뭘 할 거야?"

"여기서 우리가 요구받은 역할…… 그것은 이 작품에 관련된 선전 및 보고야! 즉, 행상인인 우리에게 딱 맞는 일이라는 것이지."

"아항, 오호라~! 하지만 행상인인 것은 오빠뿐이고 내 일은 오빠의 호위인데, 도움이 돼?"

"물론이지! 제일 가까운 곳에서 나를 응원해 주거라, 동생아!"

"알았어! 힘내, 오빠! 지지 마, 오빠!"

"지지 않다마다! 자, 처음 소식은 남편 군을 덮친 터무니없는 사태의 속보가 그려지는 다음 29권의 발매야! 이것은 22년 3월을 예정하고 있어!"

"아~ 나츠미가 그렇게 되어 버려서 무지무지 깜짝 놀랐지! 하지만 내가 같이 있으니 힘이 될 수 있게 마구마구 힘낼게~!"

"그래야지, 동생아. 마구마구 날뛰도록!"

"그래서, 그래서, 다음은 다음은?"

"음! 이 28권과 동시에 오츠카 신이치로 선생님이 그린 일러스트들을 수록한 리제로의 화집, 그 제2탄이 발매됐을 거야!"

Re: Life in a different world from zero

Flop
플롭

"나츠미네가 우리랑 만나기 전까지의 추억 같은 거 말이지!"

"화집에는 일러스트에 달린 오츠카 선생님의 코멘트나 인터뷰, 그리고 여태까지 그린 점포 특전을 수록한 특전 소설도 동봉되어 있고, 재미가 즐비하다마다!"

"나, 오빠처럼 좋은 거 나쁜 거 잘 분간 못하지만, 예쁜 일러스트는 좋다고 봐! 오빠도 그런 거 못 그려?!"

"핫핫핫! 쉽게 말하는구나, 동생아. 그런 것은 노력과 연구의 산물이야. 그저 솔직하게 칭찬을 보내자. 그리고…… 어이쿠?"

"왜, 왜? 아! 렘이다! 그리고 쏙 닮은 사람?"

"흠, 이것이 남편 군이 얘기하던 부인 군의 언니겠지. 아무래도 이 둘의 생일 이벤트가 올해도 개최되는 추이 같군!"

"햐~ 생일! 좋겠네! 우리도 축하하고 싶어! 오빠는?"

"물론, 나도 축하 행사는 아주 좋아하다마다! 아무 우려도 없이, 다 같이 즐겁게 축하를 만끽할 수 있게 우리도 힘내야만 하겠어!"

"웅웅! 그럼 잠깐 힘내다 오겠심다, 오빠!"

"그래! 마음껏 기운차게 밝고 명랑하게, 갈겨 버리고 와, 동생아!"

※일본어판 발매 당시 내용입니다.

Re:제로부터 시작하는 이세계 생활 28

2022년 04월 25일 제1판 인쇄
2024년 12월 30일 제2쇄 발행

지음 나가츠키 탓페이 | **일러스트** 오츠카 신이치로

옮김 정홍식

제작 · 편집 노블엔진 편집부

발행 데이즈엔터(주)
등록번호 제 2023-000035호
주소 07551 서울특별시 강서구 양천로 570 NH서울타워 19층
대표전화 02-2013-5665

ISBN 979-11-380-1273-7
ISBN 979-11-319-0097-0 (세트)

Re : ZERO KARA HAJIMERU ISEKAI SEIKATSU volume 28
ⓒTappei Nagatsuki 2021
First published in Japan in 2021 by KADOKAWA CORPORATION, Tokyo.
Korean translation rights arranged with KADOKAWA CORPORATION, Tokyo.

나가츠키 탓페이
관련작 리스트

◆

86-에이티식스-
Alter.1

저승사자, 때때로 청춘

◆

애니메이션 방영작

청춘을 누리는 데, 장소는 관계없다.

비록 전장일지라도, 그들의 청춘은 정말로
거기에 있었다⋯⋯.

죽음의 전장에서, 끝내 다다른 안식 속에서,
다시 찾은 전장에서, 처음으로 발을 내디딘
눈의 왕국에서. 전우와, 형제와, 연인과, 가족
과. 함께 식탁을 에워싸고, 술잔을 주고받고,
때로는 서로가 태어난 날을 축하하면서.

전쟁만이 일상으로 정해진 신과 레나, 모두
에게 찾아온 평화로운 한때. 부디 내일도, 이
평온한 시간이 그들에게 찾아오기를. 그렇듯
기도할 수밖에 없는, 소박한 행복으로 가득
채운── 또 하나의 「86」.

아사토 아사토 지음 | 시라비 일러스트 | 2024년 11월 출간

청춘의 상상, 시동을 걸어라!

가난한 내가 유괴 사건에 말려들면서 모시게 된 주인은
숙녀의 탈을 쓴 생활력 빵점 영애였다──?!

아가씨 돌보기

영애들이 다니는 명문 학교에서 제일가는 아가씨(생활력 없음)를 남몰래 돕는 시중 담당이 되었습니다

1~6

남자 고등학생 '토모나리 이츠키'는 유괴 사건에 말려들었다가 국내에서 손꼽히는 재벌 가문의 아가씨인 '코노하나 히나코'의 시중을 들게 되었다.

겉으로는 뭐든지 잘하는 히나코 아가씨. 하지만 그 정체는 혼자서는 일상에서 아무것도 못할 정도로 생활력이 없고 나태한 여자애. 그러나 히나코는 집안의 체면상 학교에서는 '완벽한 숙녀'를 연기해야만 한다. 그런 히나코를 지키고 싶은 마음에 하나부터 열까지 지극 정성으로 모시는 이츠키. 마침내 히나코도 그런 이츠키에게 몸과 마음을 의지하는데…….

어리광 만점! 생활력 빵점?!
완벽한(?) 아가씨와 함께하는 러브 코미디!

©Yusaku Sakaishi
HOBBY JAPAN

사카이시 유사쿠 지음 │ **미와베 사쿠라** 일러스트 │ **2024년 11월 제7권 출간**
청춘의 상상, 시동을 걸어라!

500년이 지나 부활한 마왕이 눈뜬 곳은, 급변한 미래 세계?!
2024년 10월 TV 애니메이션 방영 스타트!

마왕 2099

1~3

통합력(F.E) 2099년——불사의 왕국을 다스리던 전설의 마왕, 벨토르가 소멸하고 500년 후—— 마침내 마왕 재림의 순간이 찾아온다.

하늘을 찌를 듯한 마천루의 숲, 눈이 어지러운 극채색 네온사인. 마도공학의 기술 혁신을 통해 눈부신 발전을 거둔 미래도시, 『신주쿠』. 마왕이 강림한 세계는 옛 절대지배자를 내버려 둔 채, 경악스러운 진화를 이뤘다.

거대 도시 국가가 손에 넣은, 화려한 번영. 하지만 그 이면에 숨겨진 건 무시무시한 『어둠』——.

눈부시면서도 황폐하기 그지없는 『새로운 세계』를 다시 지배하기 위해서, 과거에서 부활한 마왕은 미래에서 힘차게 나아간다!

 무라사키 다이고 지음 | 크레타 일러스트 | 2024년 12월 제3권 출간

청춘의 상상, 시동을 걸어라!